U0500881

谜托邦
MYSTOPIA

华文推理新大陆

推理迷的乌托邦

钱幸 著

危险

Dangerous
Defense

辩护

北京联合出版公司
Beijing United Publishing Co.,Ltd.

目录

引子

　　她回过头来看他，黑色大衣紧紧裹在身上，裸露的脖子倔强地迎着风。那眼神看得他心里发麻发虚，恐怕她看到了自己的阴谋或者诡计，看到了自己的脆弱以及不堪。更可怕的是，看到了自己的愚蠢和虚伪。他心里发紧。可是她却突然把头凑上来。她的短发清清爽爽地搭在他胸口，那么自然。她一边叹气一边说话："你呀你。你呀，唉，你。"

　　他们在一棵法桐下，而法桐藏在一盏路灯底下，风吹来了，灯影在摇曳的树影里婆娑，风把他们吹得抱在一起。好像过冬的企鹅。她抬着头看他，这样他就能看到自己的眼底，于是他发现她眼底除了有星星还有他，一个清澈的无欲无求的他。他感到一阵潮湿的感动。他想搂紧她，结果她踮起脚，把嘴唇奉上来。

　　一开始，他以为自己在做梦，随即，他感到一阵头晕目眩。鼻子也好，眼睛也好，耳朵也好，都已经不在原来的位置。去哪里了？他不知道。只知道海浪掀起来了，一阵急似一阵，狂风与骤雨把他裹挟，全包全围地裹挟。他在快乐中被卷走，一片不剩。然后，他丰盛，又贫瘠；他碎裂，又完整。他不知道嘴该做什么，而她温柔地教他。不像话，他又不是个童男子，他们又不是第一次。母亲店里的姑娘们又没少光临他，更别说还有郑好。不。在这种时候，求求你，不要想别人。

　　但有一瞬间，他明白了，这比第一次还糟。因为他在下沉，大地在陷落，而上一次没有。为什么会这样？难道地球已经在这段时间变得柔软易陷？开什么国际玩笑，难道这种事还需要宇宙来为自己买单吗？

　　他还有什么办法呢？他无计可施了。她的嘴唇那么湿润，牙齿那么小，好像他触摸的只是晶莹宝贵的瓷器，以及包裹瓷器的柔软锦缎。他觉得自己膨胀起来，又迅速缩小下去。缩小的是他自己，是他的磅礴复仇大业，是他的雄心壮志，一钱不值。膨胀的是他的下体，是他的失意，是他的爱而不得，虎虎生威。他为自己的不满足而发狂。

一

起初，潘婷是一个普通的，却并不安于普通的女孩——不，请让我更正——女人。这个故事，全部源于这个"不安于"的字眼。

如果说，人与动物有什么不同，那么，不安于现状算是一种。追求过和没有追求的人生就在目标明确的那个刹那，电光石火般闪出了两条道路，一条通向清清楚楚的人间，一条通向浑浑噩噩的尘世。

"还没下班？"庄宥铭从他宽敞的办公室里挪出来，站在潘婷狭小的桌子前面，潘婷慌忙起身，杯子被她带得轻盈地往两边晃了晃。

庄宥铭是一个两百斤的胖子，不仅发际线偏高，还已经"地中海"了，不管从哪个角度看，他的头都像是一颗又亮又圆的球。要命的是，他还矮。一米七的潘婷要费一番工夫才能将眼睛投放到合适的去处，比如说，看着他的膝盖，不过这样一来，她细长的眼睛变成了有点目中无人的吊梢眼。"我想把这个表格弄完，明天去见一个当事人。"她尽量用不卑不亢的语气回答。

"穷凶极恶的那个？"

啪的一声，潘婷突然把桌子上的记录本拍到庄宥铭面前。

"主任，"她声音开始明显颤抖起来，"我来卓越所一年了，因为就我一个女的，所有强奸案子打下手都要找我，有时候还要单独见当事人，我根本就不想帮这种罪犯，我恨他们。我求您别让我跟徐律师了行吗！"她想说这句话很久了，从实习开始，她就一直在跟着方知和徐瑾办涉妇女儿童案，尤其是徐瑾，但凡遇到这种事情都要带着她。

庄宥铭微笑着看着她，两手一摊，身上的肉灵活地一晃。"没办法呀，刑事方面就你一个女的。小刘办非诉案件呀。"

"那，那我可以给鹿纯明当助手。"潘婷声音低了下去。

"不不，你不懂，徐瑾很专业的，看上去是投靠咱们，实际也算是咱们撬过来的呀。"庄宥铭说这话时一点都不觉得羞耻，"他经验丰富，你跟着他多学点不是很好嘛，你不想当'勾兑律师'吧？让他传帮带是多少实习律师的梦想啊？再说你也就几个月就拿到正式工资了。小潘，不要眼高手低，要厚积薄发。再说强奸的案件，"庄宥铭嘴角咧得更大了，"哎呀，确实你一个未婚女孩不合适，可没办法呀，有些当事人就是容易跟女性推心置腹的呀。"

潘婷不说话了，看着窗外。夕阳已经落幕，只把自己的裙裾掀起来，长空中，徒留一些微弱的霞光。

庄宥铭用手指点了点她的桌子，"就这样吧，小潘，我们干这一行，要心大，要奔放。"

凌晨四点钟，齐城的夜空一如既往地浑浊，城市周边的工厂仿佛从没有消停过。哪怕是夜晚，哪怕即将过年。过年会把这个城市推入更深的浑浊中，很多人在花灯间醉生梦死，当然了，这个城市不配太多人醉生梦死，因为众所周知，这是个三线到最低配的城市，不，要不是某省省会，只怕还要跌进四线五线城市一列。但是，潘婷停下来享受这个"但是"婉转的转折——她恰好喜欢这座城市的土气，用个文明点的说法就是，尘间的气息。

而在夜晚，齐城尘间的气息更浓重了，仿佛白天的人潮车涌、被人潮车涌鼓噪起来的喧嚣都混合在一起，被无数个热电厂巨大的擎天烟筒递送到四面八方，很快便和这个城市不见云彩的夜晚融为一炉，浑然一体。

潘婷毕业时也去过北京，去过上海，一到地铁，她就乱了方寸，她被成千上万神采奕奕、目标清晰的年轻人裹挟着，他们从地上拖起她，拖进地铁，夹在人群里，然后彻彻底底地淹没。她找不清方向，她只是路人，渺小感和无助感从肚子底部侵袭而来。齐城不是这样的城市。齐城敦厚、老实，它可以容纳全国各地的打工者，自然也能容下她，容她不够美丽优雅，不够才气逼人，不够目标笃定。绵延的泰行路就像是一个缱绻的怀抱，她可以蜷起四肢，放弃抵御，凭一己之力找个容身之所。毕竟，藏匿像她这样平凡的人，是这个城市唯一值得称道的优势了。

那一天，潘婷把庄宥铭茶杯里的残渣倒掉后，就开始对着电脑前面的小型文竹发呆。文竹就像一道不会说话的风景，在钢筋水泥里卑微地栖息着自己的绿色，就像她栖息在这家新鲜出炉的律所，做最微不足道的实习律师。庄宥铭在迎新宴上举起酒杯豪情满怀："我们律所刚起步，需要大家同舟共济、携手共建，在这里，我们将见证卓越的成长，在座的每一位都会成为卓越的元老。法律是什么？法律是因权力和利益的资源短缺而产生的复杂社会关系的调节工具。我们是什么？我们是这架调节工具最精密、最卓越的一环，我们要捍卫法律尊严，维护公平正义，担当社会道义，悲悯人间绝境！祝大家卓越！"

　　卓越，是这个成立仅三年的律所名称。擅长民事和行政案件的常辛红、擅长刑事和非诉案件的庄宥铭是合伙人，他们原先都是从别的律所跳过来的，这个行业就像龙门和鲤鱼的关系，总要跃动，才会有声色。所里元老是徐瑾、辛贤、鹿纯明和方知。除了徐瑾是投靠而来，其余都是庄从原先所里带过来的。一年后，常辛红招募了周拂晓，再过一年，庄招揽来刘冉和潘婷。有传言说辛贤是庄宥铭的侄子，但是两个人拒不承认。对了，这个律所的宗旨就是要保持同事间的周而不比，不提倡裙带关系和恋爱关系——"不提倡"一词多么温和，如果声明是禁止，就涉嫌知法犯法了。当然，徐瑾老早就提醒过潘婷——若想奔着做合伙人去，最好把"不提倡"理解为"禁止"。

　　潘婷在成为实习律师之前，在北京一家石膏板公司法规部上班，跟着主任天天胡吃海喝、各处打假，风险和啤酒肚一起云涌。到第四年出差时，主任起了歹心，借醉酒狂敲潘婷的房间门。恰是宾馆二楼，潘婷顺着通气管手脚并用地爬下来。她穿着丝质睡衣，冰凉彻骨、气喘不绝地坐在台阶上，想着这些年自己的荒废、散漫，也难怪会有今天的遭遇。停下来，她第一次看到凌晨三点仍在颤抖的城市，灯光把它熏染得明艳照人。隔壁的大排档还没打烊，早点摊就开始支起来，晨和昏在忙碌中没有一丝交接的空当儿，这期间，年轻人潮水般涌入，然后又流水般填满各个角落。

　　从那起，她像醒酒一样醒悟。钱不是问题，问题是要找到人生的场子，找到自己的那片风景。她想起这些年自己被当作公司的吉祥物或者招贴似的，只消像尊日本瓷娃，精心装扮，柔媚地坐在饭桌旁，听主任与知假贩假者合谋串通，倒酒喝酒再敬酒，有时遇到揩油的老手，油滑地打太极，然后滑溜溜地逃出门。大学里精心习得的法律知识、全力以赴考取的资格证书在短短五年的工作经历中丢弃一隅，落满灰尘，心里泛起一种苍茫和孤独感。她是没有价值的，她已经为了养家糊口而没有价值地工作了五年，这五年只是作为一个标签存在，技艺没什么增长，激情在退却，酒量倒是见好。连夜，她逃离北京，剪了短发——好像头发是女性桎梏似的。最后在自己念大学的城市齐城落了地。她撒网式向各大律所投递简历，只有一家回复，便是小小的卓越所。为什么是律所呢？可能因为法律在法科生心里始终点着一丛微弱的火苗，火苗蹿升，人就躁动地想跟这个鱼龙混杂的社会一起燃烧，而法庭，总是这场燃烧的最好炉灶。

庄宥铭是一个心宽的人，可潘婷不是。潘婷见过很多迷茫的人，或许对生活迷茫是人到中年相伴而生、隔三岔五就光顾的情绪之一。但是迷茫并不可怕，你总能从迷茫中杀出一条血路或者找到属于自己的阿 Q 精神，并且在这个过程中咂摸出一点生活的真味。就像浓郁的酒，辛辣、灼烫，最后又有一点点回甘。

繁忙能削弱迷茫。跟着徐瑾一年来，她不仅打下手还要打杂，大到一场没那么严谨的庭审、一场律师协会的辩论赛，小到送材料、编页码、买咖啡，她从身到心都感到疲惫。疲惫消减了她在北京认为自己没价值的荒凉感，她也的确学到很多，比如怎么切入案件谈判、准备、出庭、制作法律文书的实际操作；深入了解案件的影响因素和司法实践对事件的定性；对市场、业务、客户的定位……这一切倒是避免了自己作为新手律师"天未亮、路已迷、雾还浓"的局面。可是，她的心里还是泛着一种淡淡的怨念。第一次跟着徐瑾去看守所时，男监里哄哄泱泱涌动着一些兴奋的气息，这些气息哪怕像游丝，也是前后交织、密不透风的游丝，像一张网实实在在地把她裹挟。徐瑾喜欢事无巨细地仔细盘问，譬如在哪里实施了强奸，衣服怎么脱的，话怎么说的，是插入式还是摩擦式。潘婷听得面红耳赤，夺门而出。

徐瑾在看守所外面与潘婷会合，他面无表情地说："小潘，你这样显得我们不专业，当事人也许一时冲动犯了错，但现在的处境很孤立无援，我们跟他站在同一条战线，发自内心理解他的行为，这对他来说是巨大的精神支柱。你得职业一点，像男科医生见器官一样，不要往龌龊的地方想。"

"我没法不往龌龊的层面想，他们干的就是龌龊事。"潘婷像个学生般把案卷抱在胸前，她的眉毛高高耸起，"徐律师，杀人偿命、欠债还钱、强奸拐卖的下地狱，做了这样的事情还寻求什么理解？那能是正常人吗？分明就是变态、人渣！"

"人权在哪儿体现？不光是看你对待善良人，也看你怎么对待罪犯。行，你可以不为他考虑，但你想想，他是某个人的儿子、某个人的丈夫、某个人的爸爸，你现在做的，就是能让他无辜的亲属知道到底发生了什么。他们有权知道对吧？知道了，他们就能少走一点弯路，少花一些时间发愁，不知所措，东奔西跑，烧香拜佛，广散钱财，寻门找路……"

"得了吧。"潘婷有气无力地反驳，"徐律师你的法律是语文老师教的吗？"

徐瑾属于严谨有余而温情不足的人。他每天固定时间阅读法制新闻，之后就把头埋在两垛厚厚的案卷后面，鬼知道他在干什么。不看卷的时候他仰起脸来，就着临窗的日光端详着一本摊开的《犯罪心理学》，看到精彩处，便把潘婷叫过来，像小学生寻章摘句似的给潘婷神采飞扬地念上几段。潘婷甚至认为，他充分地理解并认可罪犯，在很大程度上是罪犯的心理同盟，所以他老婆才会跑了路。

关于他妻子跑路的事情，徐瑾讳莫如深，然而私下各种传闻早就炸开了锅。律所聚会唱歌的那天，方知攀着潘婷的肩膀，言之凿凿而神秘地说，"徐瑾绝对是出轨了。据说出轨了个当事人的媳妇，当然现在是遗孀。"

"那女人的丈夫呢？"潘婷嫌恶地把肩膀挪出来。

"嘿嘿嘿！"方知笑得一张粉脸只剩下油腻腻的褶子，他举着红酒杯往潘婷身上扬，差点泼潘婷一身。

"别说了，徐律师要唱歌了。"潘婷又挪了挪身子，离方知远一点。KTV里，庄宥铭对着屏幕在点歌；鹿纯明和辛贤推说不会唱歌，老早躲在一边，对着酒瓶掏心窝说知己话；刘冉坐在沙发中间，和着庄宥铭的嘶吼勤奋地摇着铃——正好划割着前面的喝酒区和潘婷、方知的看热闹区；徐瑾举起话筒站在所有人的前面，屏幕上播出了田震的《野花》。

"山上的野花为谁开又为谁败……"

"没事，闹哄哄的听不见……"方知把身子探过来。

"那你说。"潘婷把杯子凑到嘴边，压低了声音。

"据说那是个死刑犯，崩了。"方知小拇指和无名指往里扣，对着自己的脑袋做了个枪毙的姿势。

"……我想问问他知道吗我的心怀，不要让我在不安中试探徘徊……"

"啊？是之前还是之后？"潘婷的意思是徐瑾是跟遗孀好了呢还是跟尚在人间的当事人之妻好了。

"哈！据说是之前！"方知心领神会地回答，兴奋到满脸的油光又开始蓬勃地往外冒。

"……因为那团火在我心中烧得我实在难耐……"

"那是有点说不过去。"潘婷盯着徐瑾，后者闭着眼睛，嘴紧紧贴着话筒，一副陶醉的样子。

方知伸手给自己又满一杯，"这不就等于说自己把情敌送上了西天嘛。"

"让我渴望的坚强的你呀经常出现在夜里，我无法抗拒我无法将你挥去……"

徐瑾突然起了超高音，刘冉兴致勃勃地冲着屏幕和徐瑾挥手、摇铃，像是狂热的粉丝撞见了真正的歌星。

潘婷盯着徐瑾，一字一句道："徐律师应该不是这样的人吧。"

"什么？"歌声在爆发，粉丝在雀跃，仿佛气球在空气中依次爆炸，方知没听清，贴过来。潘婷贴近方知的耳朵对他又重复一遍。

"什么叫不是这种人？婷你还是太天真了，不谙世事，徐瑾这家伙花心得很，也狡猾得很哪。"

很不幸，原来《野花》这首歌在热烈的高潮后，是彻底的寂静，就像骇人的海浪瞬间拍在沙滩上，徒留一遭白花花的静默。包间里只有音乐声在缓缓流淌，庄、鹿、辛、刘一个个停下了眼前的活计，视线齐刷刷地在徐瑾和方知之间巡礼。而方知看向潘婷的瞳孔突然变大了，他咬紧了下嘴唇，因为不知如何是好而一动不动。潘婷倒是大大方方地把身子调正，直面徐瑾的目光。

那个目光怎么说呢，有种幽然的凌厉。

二

徐瑾最近代理了一个"有良心的"案子。他喜欢把案件分为"有良心的"和"挣钱的"两种。换句话说,"有良心的"案子不怎么挣钱,但此类案件可纾解为罪人辩护挣钱而产生的心慌,和像泡沫一样短暂泛起的对法律信仰的质疑。而且代理这样的案子虽然没钱拿,但有利于传播名声,这对徐瑾来说,是充实他朋友圈的好素材。

"要死,我这个当事人有自暴自弃的倾向。"徐瑾对潘婷说。

潘婷前一天晚上看了卷宗,是一个在年三十晚上杀人的案子。当事人叫刘长生,被害人是同村的小混混,一个月前偷了他家的母猪。

"不至于吧,一头猪。"潘婷合上卷宗,放在一旁,"法律援助的案子你还接?"

"不至于?"徐瑾把嘴里的烟吐了三分之二,满屋都是袅袅的烟雾,"白菜在地里都烂掉了。"

"什么?"潘婷再次翻开卷宗,"白菜?"

"他们家地里种的全是白菜,不巧连着下了几天雨,白菜烂了一大片,根本卖不动。原先一斤能卖一元多的白菜,滞销到一斤五分钱,加上运费、人工费和经营费,在市场上批发才一毛钱一斤。全家人劳作一年,一分钱没挣。可孩子要上学,来年还得交学费,老母亲有腿病,腐肉都沤进骨头里,老父亲有冻疮褥疮,生活不能自理,妻子年前就跟着进城打工的跑了。为了老的小的,他想着把猪卖了,总得有点钱过年,等过完年给小的交学费,给老的拿点药,再买点种子下地——而这个猪呢,"徐瑾吞云吐雾,眼睛盯着远处,"就在这时被偷了。"

"但也没必要杀人啊。"潘婷深吸一口气,再次合上卷宗。

"不，你不明白，潘同学，"徐瑾的眼神从遥远的地方扯回来，盯着潘婷的脸，"你衣食无忧的，从小学钢琴、学吉他，还学了什么？"

潘婷紧紧抿着嘴，不理他。

"学舞蹈，学围棋，是吧？哈哈，所谓多才多艺不就是爸妈的钱堆出来的吗？你学钢琴的钱够他们全家好几年的——"

"徐律师，"潘婷抬起眼来，"我没吃你的，没喝你的，我也没学过那些，你说话别人身攻击。"

庄宥铭从他的隔间挪出来，端着一支烟，把千层饼似的肚皮堆放在徐瑾的桌子边，笑呵呵地摸着自己的地中海头，"哎，师父说徒弟几句，不能叫人身攻击啊。"

潘婷作势愤而离去，徐瑾的手越过桌子抓住她胳膊，"好，我错了。总之，我想说的是——穷人，穷就是他们的病，这个病治不好的。像我们这些没得过穷病的——我是说我们都无法体会这种辛酸。刘长生活着已经很艰难了，又被偷了猪，那可是压在他身上的最后一根稻草，情急之下杀了人，也不是很难理解。刑法是处罚那些对社会有恶意的人，犯罪本质不就是——违法情节严重，对社会危害很大，触犯刑法并应受刑罚处罚的行为吗？他对社会危害性大吗？他穷途末路了啊！"

"情绪失控的人，不管什么理由都容易失控，"潘婷气哼哼地斜睨了徐瑾一眼，然后从徐瑾环视到庄宥铭，"剥夺他人生命就是错的。他明明可以诉诸制度，我们每个人让渡一部分权利，不就是为了实现制度杀人的正当性吗？他不是穷途末路，他是不相信法律……你放开我，徐律师。"

"哎，小心，你现在就在'情绪失控'。"徐瑾松了手，"小潘，没想到你的世界还是非黑即白啊，做律师要锻炼的地方可多了，你什么时候明白世界是灰色的，什么时候就能出师。"这时，鹿纯明从外面回来，风尘仆仆，白色衬衫上透着汗渍，他回到自己工位坐下，咕咚咕咚如牛饮水。

辛贤端着一杯咖啡，一脚迈上来，一副和事佬的架势。

潘婷将开额前的刘海，"也许我就没有看到灰色的那一天呢？徐律师你有没有想过，世界是灰色的，可能因为你戴着灰色眼镜？"

"小潘正义感这么强！"辛贤到哪儿都端着咖啡杯，这会儿端着咖啡退到后面，让潘婷凛然地从他身边踱过去，那句"真是稀缺物种"不知道有没有递送进潘婷的耳朵，他悻悻站着，冲着徐瑾歪了下嘴。

拐角处，潘婷回头，"辛老师，你错了，我不是正义感强，我只是，我只是——很容易失望。"

和徐瑾闹别扭的结果就是加了三天班。现实总是猝不及防地告诉你，胳膊千万别拧大腿。

为了保障刘长生的最大权益，她法庭辩护的重点集中在刘长生系现实遭遇下的激情杀人，公诉人的定性不对，应当是故意伤害致人死亡而非故意杀人（既遂）。她陈述："故意杀人中的故意，是指明知自己的行为会引发他人生命被剥夺的结果，却希望或者放任这种结果的发生。而被告人刘长生生活所需、全家所系被对方掠夺，一头猪看似不要紧，实则要命，没有猪，一家就没了指望，在激愤中，他没有杀死对方的故意性，仅仅是希望或者放任了这种结果的发生。被害人偷盗在先，其行为引起被告人刘长生的一时激愤，被告人没有故意杀人的思想基础，和被害人平时关系良好，没有故意杀人的动机。综上所述……"

整个法庭辩论集中在故意和过失的定性上，闭庭后要待合议庭合议后宣判，然后等裁判文书送达。庭上看法官的表情，潘婷觉得胜诉希望较大，跟徐瑾一起抱着所有卷宗从区法院的立案大厅出来，徐瑾老远就冲前摆手，像是一只加大版的招财猫，脸上露出他乡遇故知的亲热劲儿。

对面马路沿着人行道走过来一个大高个。

"季踊。"徐瑾大步迈前，不忘把卷宗塞到潘婷手里，好腾出两只手紧紧攥着来者的胳膊。

对方不说话，只是笑，脸本就不白，逆着光，更显黑了，五官也辨认不清。就这光线和距离徐瑾也能把人认出来，潘婷简直要感叹徐瑾的好眼力。

"介绍下，"徐瑾腾出一只手指着潘婷，"这是我小师妹。好一阵没瞧见你了，你出差挺多的？"

潘婷心里想骂去你的，但脸上还是挤出了一个公式化的笑容。

叫季踊的人放下手，依然没说话，就在潘婷想他是不是个非洲来的哑巴时，他打了个响指道，"前天我还看见你了，带着你小师妹。"

"哈，那你也不跟我打个招呼，你们忙吗？"

"忙个屁。"季踊说着脏话，声音低沉，像是刚从井里打捞出的字词。

徐瑾招呼着，他们从光亮处走到树荫下，树荫把对方的脸色染黄了，潘婷这才瞧出他一是并不黑；二是鼻子坚挺得很；三是，三是什么呢？条纹衬衣和绷直的牛仔裤，坚硬如麦茬的短发，五官像是用过于精细的刀法入木三分刻上去的……张震的即视感，不，不是那个讲鬼故事让人汗毛耸立的张震，是演《牯岭街少年杀人事件》的小四，后来成了北镇抚司锦衣卫沈炼的张震。

徐瑾坚持要找地方叙旧。季踊脸上不动声色，可低沉的声音出卖了他的不情不愿："行是行，得晚上八点，现在忙着蹲点呢。"

"行，忙你的，老地方，八点见，等你到十点。"

七点半，徐瑾开着他的雪佛兰，载着潘婷前去赴宴。车内播放着舒缓的音乐，单曲循环到第五遍的时候，目的地到了。潘婷拉了拉车门，没开。外面下起了绵绵细雨。她扭头看着徐瑾，"开门呀。"

"还不到点，待会儿。"

车内仪表盘显示七点五十分。外面的细雨模糊了路灯和霓虹，大地在人们将歇时营造了一个梦境般的世界。潘婷换了首歌，"老听一首，你不腻啊徐律师。"她说得口是心非，她喜欢这歌。但是气氛太尴尬，她不希望空气里有湿漉漉的靡靡之音，她想听点摇滚和干燥的唱腔。

还好，换了一首杨坤的，够干燥。

"我们为什么要跟季踊吃饭啊？再说你吃私饭为什么要带我？我法条还没看，明天就等着我两眼一抹黑吧。"

"以为当律师就是背法条是你对咱们这个行业最大的误解。我在教你打点关系懂吗？律师，三分靠充电，三分靠人脉，三分靠脸皮，还有一分靠运作。再说，季踊这个人不错的。"徐瑾声音低沉，在车的下半部盘旋着，雨刷正在机械地画着半圆，整个车像是一头栽进了城市的水底。

"什么？"潘婷没听清，扭过身子看着他。

"季踊啊，我小时候跟他一个院里长起来的，初中后他转校了。后来我读了公安大，他原先成绩好，后来颓靡了，成绩一落千丈，之后自考了职业资格证，现在是晚报的政法线记者。跟别的政法线记者也有区别，他只上尾条，专曝光刑事案件。咱们齐城能有多少刑事案子，嗨，快被他包场了。听说他还蹲过卖淫嫖娼窝点，也隐身进传销窝里。善意点的，叫他是'社会良心'，也有的说'这人啊，有病'。哎，对了——他高中的女朋友是我们那儿评出的金陵十二钗之首，"徐瑾对着车窗轻柔地一笑，"白衣长发，飘飘欲仙，现在在区法院，当年是很多人倾慕的对象。很无聊吧，男生宿舍在夜里熄灯后，话题终归要聊到女人。话说，季踊那小子也没什么特色啊——"

潘婷轻声说："不识庐山真面目……"

徐瑾打断她，"哎，人挺有手段，也有点不达目的誓不罢休的韧劲。"这段点评说得很奇怪，可潘婷没有留意，因为暴雨突然如注而下，窗外陡然局势森冷起来，车内车外像是天际两端。

"你们那么熟？"潘婷问。

"还行，"徐瑾的后半句话被骤雨吞没了，"我们可是旧相识。"

车门被乒乒乓乓敲响时，潘婷还以为下起了冰雹。

徐瑾解了车门锁，一个人迅速猫着身子进来。车门打开时，潘婷听到了外面的电闪雷鸣，以及一种氤氲的温情。

"避会儿雨。"潘婷闻声往后一看，叫作季踊的那个尾条记者正闭着眼睛，浑身湿淋淋地躺在后座上。

"靠，你丫的，我这座子是真皮的。"徐瑾边说边打火。

"去哪儿啊？"潘婷被他们的默契隔绝开来，不明就里地问。

"下雨了嘛，老地方是马路牙子大排档，这会儿去明摆着受罪，换我家。我孤寡一人，欢迎作陪。"徐瑾把烟向后递过去，"哪，新玉溪。"

"饭怎么办？"潘婷问。

徐瑾看着前方没有说话，嘴角却咧开了，这时候，后座上传来一个软绵绵快要睡着的声音，"我做。"

徐瑾家在齐明区，靠近中心城区繁华的一带，小三室。车位不好找。"堆门外吧，交警那儿我有熟人。"季踊保证道。徐瑾把车停在小区外面的公路上。

开门是个院子，里面种了一棵枣树。任凭潘婷来自小地方，她也绝不能区分树的品种。树，对她而言，只能区分到阔叶和针叶这个层面。她是靠满地半手指长的湿淋淋的红枣猜出来的。季踊随手捡起地上的枣忙不迭地塞进嘴里。"不甜哪，老徐，枣树疯了吧？"

"对，早疯了，说要环割才能救回来，忙得没那工夫，让它寿终正寝吧。"进屋后，徐瑾把外衣扒下来，从卧室找了两件干净衣服扔给他们，"换上吧，还是多少淋了点雨，潘婷你去里屋换。"

徐瑾的里屋没有什么生活气息，除了一张落满灰尘的书桌，还有一张铁艺床。潘婷没有开灯，摸索着脱下濡湿的衣服，换上一件灰色套头衫。她原以为这会是徐瑾的，毕竟徐律师身材矮小，但是穿上竟然很合身，她猜这大概是徐瑾前妻或者现任的遗留物件。她想起了关于妻子跑路的那个传闻，身上打了一个寒噤。

两个大男人在厨房里忙活，潘婷借机释放被新高跟鞋折磨的脚后跟，盘腿坐在宽大的纯皮沙发上，把自己窝得像只猫。季踊端着菜出来时，看到她愣了一下。

"不好意思，我是不是太放飞自我了？"潘婷赶忙把腿放下去。

"没事。"季踊轻描淡写笑了一下，就像是水滴落在池塘里，只是起了微微的涟漪，"西红柿炒鸡蛋，加了糖的那种。"

"谢谢季大厨，"潘婷把盘子接过来，"加不加糖我都爱吃。"

"嗯。"

潘婷眼神轻轻轻落在他的身上——一个惟妙惟肖的玻璃人，冷冰冰的。

饭菜很快就全出锅了。天气有些冷，等最后一盘红烧肉被徐瑾端出来时，西红柿炒鸡蛋已凉透了。徐瑾从酒架上翻出一瓶红酒给自己倒上，潘婷把凉透的西红柿炒鸡蛋端到自己面前，他们说话时，她边吃边听着，舌尖一片凉滋滋的酸甜。

"你前阵子看见我，怎么没叫我？真不够意思啊。"徐瑾给季踊倒酒。

"不喝。"季踊拒绝，随手把问题打太极回去，"你最近也没找我，你也不够意思。"

徐瑾笑，褶子在他的脸上荡漾，"最近狼狈办案，形象不好，怕你笑话。"

季踊也笑，只是轻轻地扯了下嘴角，"你还想怎样好。"他吃了一口菜，不动声色地转了话题，"以后可别吃豆芽。"

"啊？"发出疑问的是潘婷，她正对着徐瑾做的排骨炖豆芽大快朵颐，"为什么？"她越过徐瑾一脸不解地看他。

"我前阵子跟踪一个生产销售有毒有害食品的作坊，他们往豆芽里放AB 粉，豆芽三天蹿老高，会导致儿童发育早熟、女性生理期改变、老年人骨质疏松等，甚至有致癌的可能。不过，"他轻描淡写地用筷子夹了一小撮豆芽放嘴里，"味道倒是鲜美。"

徐瑾喝了一口酒，望着小院，"瞧见没有？咱老季就这么专业。"

"行，你们俩的爱好挺吻合。"

季踊的脸上荡漾出一丝微笑，又倏忽不见，"我们是对抗邪恶的同盟军。"

这句话到底什么意思，直到很久以后，潘婷才终于明白。只是这个"终于"来得太迟。

饭桌上，季踊是定风针，只要他不说话，徐瑾即便平时闹腾，也只好三言两语作罢。季踊喜欢提起一个话题聊几句，但只要徐瑾的探头伸过来，往深里窥视，他就像被风吹动的风车，迅速转方向换话题。刺向他的问题像是用筷子插橡皮球，很容易就弹回来。潘婷在一边吃着饭，眼睛却时不时瞥向季踊。她看得越清晰，越觉得他像张震，线条分明，眉毛清淡，薄唇紧闭，眯着眼睛，一副心不在焉的模样，像是一只公猫，叫声不响、爪子会挠人的那种。他轻盈又宽大的手掌握着杯子，似乎不用力，又似乎很用力。

"季踊，"徐瑾看着他，"最近，你和她还有联系吗？"

"谁？哪个？"

"还能有谁？校花呗。"徐瑾深深抿了一口老窖酒，"你不动手我都想追了，她最近开的几场庭我也在。有一回开完庭，当事人按捺不住问我，'这该不会是网红法官吧？我们是庭审直播？'我一脚抢过去给他普法，'网红法官可不是你从肉面理解的这个意思，直播也不是那种直播。'"

潘婷赶紧把头埋在装满可乐的杯子里，用飘忽在外的眼睛看着季踊，他一如既往地沉默，好像沉默是只属于他的把戏。

"少开玩笑，你能缺女人吗？"他回答得十分干脆，吃了一口菜，脸上没有任何表情，只是两只细长的眼睛眯起来望着漆黑的院子，"她大概一路高升，非常优秀。"

"据说她从书记员升到助审，再到审判长，只用了五年。"徐瑾用手比了一个数字五。

"是。"季踊点点头。他用完了餐，身体向后仰着，把长长的腿搭在椅子横梁上。

"是哪，跟你似的，你俩那时候不就郎才女貌。"

"不，"季踊笑了，"我们那是豺狼虎豹。早恋早得令老师心寒。"

"你俩不是高中好的吗？"徐瑾诧异，两根筷子像是断了一半的话头般停在半空。

"早了，我们初中就好了。"

徐瑾不知道的是，其实季踊和她初中就在一起了。就像花开得太早，更容易被太阳灼谢般，容易凋零。女生叫郑好，如同这个名字，她在季踊的青葱岁月中出现得正正好。她坐在季踊的前面，马尾辫像是一把黑色的小麦，季踊总是想象那会有怎样的味道，比如阳光下熟透了的麦香味，新割的青草味，刚洗完头发甩一甩头后散发的味道，对，是某种淡淡的洗发水的味道。

跟所有人不同，郑好的父母不怎么爱她，至少季踊是这样认为的，因为郑好无数次在学校后面的小花园里对他哭诉，父母是怎样在她面前用冷漠筑起一道墙——钢筋混凝土的那种。起初季踊会反驳，说哪有父母不爱自己的孩子。郑好听后深深地看了他一眼，眼泪停滞在脸颊上。她变得面无表情，沉默良久。

"你怎么了？"

"你根本不懂，季踊，你这个大少爷，你一点都不懂。"

她说错了，她也一点都不懂他。

他们好的时候，在季踊眼里，郑好还是个土味十足的丫头，马尾辫、白球鞋和一身白蓝交错的校服。也不知道从什么时候开始，人们开始称呼她为校花，顺带把季踊谑为校草。那时候她已经长开了，乌黑的头发又长又直，身材小巧玲珑，皮肤白皙，甚至可以看见血管。嘴巴上有一个俏皮的小尖，鼻头右侧有颗不起眼的痣，却给她的精巧美加了一丝无拘无束的灵气。

说起他俩是怎么好上的——一进初中的时候，他们军训，男女组分别对排走，郑好在女生堆里，扎着很高的马尾，歪着头，看见季踊就笑，看不见时就在找他，季踊脸上没显露什么表情，但心里认定这个姑娘不错。

郑好喜欢笑，笑起来眼睛弯弯的。有一回一堂讲作文的课，郑好趴在座位上偷偷地哭，肩膀一耸一耸的。季踊给她写了封信，从校门口的邮箱寄出，辗转邮局一天，从学校传达室到她手里。她偷跑到厕所看了信。然后，他又见到她的笑容了。

他在信上对她说，不要哭，你笑起来很美。

对了，那堂作文课，主题是母爱。

他们偶尔能够一起推着自行车上学、放学。那个时候，全球气温还没变暖到成为一个重大议题，夜晚一个大月亮昭彰地显摆在夜空中央，星星闪闪。上晚自习的时候，她传小纸条给他，"晚上一起"或者"我妈接我"。在黑暗的巷道里，郑好校服里面套着厚棉袄棉裤，她轻轻晃了晃季踊的袖口，"季踊你快听听我的心跳，我快不行了。"

"怕什么。"他把她抱在怀里。他当然知道她害怕什么，郑好第一次讲述她的遭遇时，季踊把她搂在怀里，他浑身颤抖，哪怕两脚叉开，利用三角形最固定的原理立着也不行，从肩膀到脚一直抖个不停。他心里骂自己，季踊你这个傻子你这个呆瓜你这个笨蛋你不要动了你别这样很丢人。可是身体不听他的，晃得她也在轻轻颤动。还好她没有说什么，她一直在低声啜泣，肩膀跟着耸动。他害怕她听见自己咚咚的心跳声，惊慌失措下随便扯开了话题："你的头发好香。"

"用的是潘婷。"她含着哭腔说。

郑好的妈妈每次跑回娘家，再回来时，她们娘俩就要挨揍。揍她俩的是她爸，武器是扫帚，抽到扫帚苗全部弯折。她的父亲酗酒成瘾，母亲饱受摧残。他们在一起，用战争燃烧着婚姻的激情。郑好正好是这场战役唯一的俘虏。季踊几次想去她家解救她，但是她不肯，她母亲的宗旨是"家丑不可外扬"，她的宗旨是"清官难断家务事"。所以郑好奋力学习，最后成了一名清官，最先就是在家事审判庭工作，主要负责审判家暴者。

对比那时候的郑好，季踊算是生活在幸福的家庭。不过也只是幸福到十四岁。那年发生了一件让他无力回天的事情。他的人生就此崩塌，变成了另外一个人。

毕业后，他们最终摆脱不过校园恋情的结局——分手。季踊再次见到她的那天，阳光非常好，好到季踊需要眯起眼睛，连夜鏖战追踪一条入户抢劫案新闻的他，竟在闭眼的瞬间掉下一行泪。郑好拎着装得满满的购物袋径直走来，距离近到他跟跄着后退一步，可他眼眶泛泪，模模糊糊竟然看不清她的样子。是她的声音像风一样地吹进来，柔和的，并且异常明亮。

"你好呀，季踊少爷。"

"哦，好久不见。"季踊强装镇定，可溢出眼眶的泪水早已失控。

"好久不见，你还好？"

"好啊，能吃能喝能睡的。"的确，除了偶尔吃些抑郁药，每天晚上头疼欲裂，其余都棒极了。

"那就好，听说你经常出差，还以为见不到你了。"

"不，也没那么经常，以后会常见面——"没错，常见面，彼此也将因回忆而尴尬。

"你，哎，还是原来的样子。"她叹息，声音轻飘飘的，却从他身体里穿了过去。好尴尬的场面，他想。他们像是被钉在地面上，浑身难受，动弹不得，强装镇定，都在隐忍。

"对。还那样，你也没变，还是，嗯，很漂亮。"季踊笑得中气十足，可这分明是装出来的。

她拂了拂额前碎发，细长的眼睛眯着，"对了，这是我的新手机号。"她放下购物袋，像从前那么落落大方地把他的手拉过去，用签字笔在他手背上写了一串号码。

等她走远了，季踊的视线才重新看清前方。天干物燥，从轿车黑色后备箱反光中，他看见自己的身影像一个破旧的稻草人。季踊不知郑好是否还在想着他，可是他已经放下了。放下这段感情是为了拿起武器，去寻找多年前伤害他的人，以及永远不会得到救赎的十四岁。

他逐渐遗忘了郑好的长相，眉目模糊不清，只有一个大概的轮廓忽明忽暗，继而遗忘了和她在一起的时光。时光的遗忘很神奇，就好像认识她之前的岁月和了结后的岁月没有缝隙地衔接在了一起，衔接的地方像皮肤上一个缝合已久的创口，突兀地隆起，令人不舒服，但它切切实实在愈合了。看来遗忘也是很有力量的，这股向内而生的力量让人很容易一错再错，也很容易不知羞耻。

　　那天跟徐瑾、潘婷吃完饭，晚上他穿过污水横流的民族街，夜已经黏稠，没有一丝风，就像一道屏障挡在他面前。临街的店面里，凶残地挂着牛羊的全尸，牲畜们的头耷拉着，只剩一团没有生气的血肉，还有经久不息的腥臭。他从腥臭中逃进家，一个五十平方的阁楼。在低矮的阁楼中，他脱下衣服，平躺在床上。良久，他爬起身，看向窗外，楼下有条"红粉街"，其中有个店铺卖高端男装，常年没有一个顾客。店面看着不大，实际进深很长。每天都有精致的小姑娘衣着鲜亮，轮班倒。他母亲是那里的店长，但很少露面。店里实行会员制，他只进去过一次，然后就被母亲打了出来。

三

潘婷喜欢齐城的夜晚，不那么喧闹，也不那么萧条。总之，是一种恰到好处的安宁。三线城市嘛，这点馈赠，上天还是有的。倒不如说，这是全城的老百姓固守而成的。

把白色翘臀的高尔夫开上高架桥，是潘婷一天中最放松的时刻。齐城多的是数不清的高架桥，就像城市皮肤中隆起的血管，而自己是在血管里缓缓流动的血液。呵，到了下班点，这些纵横交错的血管像是停滞了，那些血液恨不得随天地蒸腾，化为青烟一缕又一缕，转个街角，再幻化成车，继续奔忙。

窗户打开，风在咆哮，但这咆哮声一点都不狰狞，有点湿润。每天加班到这个时候，潘婷想骂街，还只能在车里骂，因为这是她的私人领域。当小白车载着她从高架桥一跃而下的时候，有那么一瞬间，潘婷觉得自己在飞驰。她终于逃离小时候的地方，逃离眼前的困境，没有跟企业的觥筹交错，没有冲公检的烧香拜佛，没有对法官的卑躬屈膝，没有跑断腿、说破嘴、看瞎眼——她以为抵达了远方。当车稳稳地落在平路上时，她回到了现实。明天，桌前依然有厚厚的卷宗、永远都说不清事实真相的当事人、永远都不置可否的审判长在等着她，还有出差——出差可不是什么借机游玩的乐事——身上背着任务和目的，哪怕腰酸背痛、身心俱疲，也得踩着高跟鞋到处奔忙。

原先在石膏企业的日子的确幸福，但那种幸福无滋无味。现在的劳累就好比自己亲手割麦、忍冬熬春、期夏盼秋后亲手收获的一把麦香，是值得骄傲和细咂慢品的。人生的本质不就是自我折腾吗？

到家了。小区在玉兰花和连翘丛中寂寞地暗淡着，灯光流泻，暖暖的，一团一团聚拢在各家窗前。潘婷开着小白车沉入水泥森林般的地下车库。她把两只胳膊像软绵绵的口袋搭在方向盘上。只有这会儿，她很享受。小白车没熄火，发动机有着不易察觉的嗡嗡待命声，震颤，并且散发着温热，潘婷在这儿能发好久的呆。接着，她使劲搓搓脸，进电梯，开门进屋，连洗把脸的时间都没有，直接滚进被窝里睡觉。

第二天，她还要精神抖擞地面对光怪陆离的世界。一切如故。

有一件事倒是没有如故。在徐瑾家喝酒后一个月，潘婷又遇见了那位季踊同志。当时她去公安局查一份证据，办完事后从一楼大厅电梯口出来，看见市局门口一群人吵吵嚷嚷拉拉扯扯。有人顺势躺在地板上，另一些人激动万分，穿制服的民警和一些便衣在拉架。

她远远地看到人群中有个瘦长的身影——她感觉熟悉。她停在原地，等对方发现自己，等得甚至有点做作了，不知道该怎么站才好，怎样摆出一副恰好出现、没在等的样子。

季踊过来了，过来了，近了，又近了。

"真够闹的，你怎么也在这儿？"潘婷抱着公文包，像一个女学生似的站在门口。

"我来跑报道，倒遇上好素材，不知让不让写——有个嫌疑人突发心梗。"季踊身子贴过来三分，七分还扭向那边骚动的人群。

"没做体检吗？"

"做了，据说查出来只是小问题，他们全局都很小心，特事特办，可惜没小心过天意。"

"啊？什么意思？"

"拐卖妇女儿童的，拐卖那么多，最多判个十来年，死了算是天意吧。"

"那谁在闹？家里人？"

季踊从裤兜里掏出一盒烟，用食指顶着拇指弹了弹烟盒底部，里面蹦出来一支烟，他点上，轻轻地吸了一口。说话的时候，白色的烟雾从薄薄的嘴角弥漫开来，"有他的家人——这无可厚非对吧？还有一些，"他的嘴角向上拉了一个微妙的角度，"被拐孩子的养父母和娶上媳妇的庄稼汉。"

"不是有收买被拐卖妇女儿童罪吗？他们这么猖狂！"

"没买卖就没伤害，那些人是真的要不上孩子，又无法进行代孕，你知道——这在我国是违法的。领养的孩子大多残疾，手续又烦琐，没办法。拐的孩子多是农村没人看管的，当然，没人看管也不是被拐卖的理由。可怜之人必有可恨之处。不过他们也算积极配合解救，法律不追究罢了。"

"我最恨拐卖儿童的，恨不得他们判死刑。"潘婷抱着胳膊，恨恨道。

"重刑有时反而会引发犯罪分子的逆反心理。他们会想，既然拐一个就死定了，还不如多拐几个回本。"季踊深深吸了一大口，漫不经心地把烟戳灭在一旁的小型垃圾箱上。

"你来干什么的？"季踊接着问。

"有个聚众斗殴的案子，我来找一公安看看证据。"

"办得顺利吗？"

"还成吧，倒是挺好说话的。"

季踊若有所思地看着她，"你有空吗？"

"什么？"潘婷听见自己的心脏紧急地咯噔一声，握着案卷的手哆嗦了一下。

"我问你有空吗，今天晚上？"

"有啊，"潘婷答应着，"我有的是空。"眼睛直直看着他。

"好，那晚上一块吃饭。"季踊垂下眼睛，不动声色地避开了潘婷的视线。

堵车了，潘婷内心焦急，车载音乐播放着理查德·克莱德曼的 *Love Story*，路上的车像是笨重的猛兽，沉默地抵在一起，动弹不得。潘婷好奇，在《爱乐之城》电影里，那些从车门里钻出来随即在拥堵不堪的公路上载歌载舞的人，难道真不为堵车而烦恼吗？见过电视上南极冬天的企鹅吗？它们垂着头一个挨着一个，企图紧紧靠在一起抵挡来自大洋的酷寒，企鹅的队伍逐渐像是个盘起来的炮仗，一阵穿肤刺骨的寒风把队形吹散，吹得它们东倒西歪。有些小企鹅掉队了，大企鹅赶忙用脚兜着小企鹅再一次匆忙钻进队伍中——依旧那样垂头丧气，好像戏演砸了的剧场演员。这一刻，这些车真像是在冰天雪地里抱团取暖的企鹅。想到这个比喻，她笑了，他们不才更像那些企鹅吗？说一个人是一座孤岛，但人人都如抵御寒冷似的抱团，不管抱的是姐妹团、恋人团、家庭团，还是——像潘婷一样抱着工作团。

终于把车挪回了家，她从楼道就脱了鞋，提着高跟鞋哐哐哐往家里跑。她住五楼，一室一厅的公寓，租金勉强可以维持。她抓紧准备晚上的行装。照着镜子，才过三十岁的潘婷慌张地发现自己眼角的皮肤终于傲娇地起了一层细细的皱纹，就像是冬夜河面上微风抖过的涟漪漾在脸上。她惆怅地对着镜子照了又照，镜子不耐烦地将这张看了一万遍的脸投映了又投映，最后双方达成了一致意见：眼不见心不烦。潘婷感觉自己有一个世纪的空当儿没有谈恋爱了，虽然上一次是大学时候跟自己的学弟，但那仿佛属于二十岁出头很缥缈的过去，早已尘封进了记忆深处，一起尘封的还有悸动、喜极而泣、激情澎湃以及诸如此类的词语。这些词语难免矫情，但矫情得理直气壮，因为它们描述了恋爱的人们那难以尽述的情感历险记。历险记的最后，童话总会幻灭，公主要蹲茅坑，王子不洗袜子，生活的琐屑才是坏皇后的毒苹果。

季踊约她的地方在她大学附近的馄饨馆。

从窄小的门厅进去，里面寥寥几人。季踊就坐在一片氤氲的热气中，对着一碗只剩下汤的馄饨，用筷子翻来倒去地找剩下的香菜和虾米皮。

"看来你是没准备请我吃饭呀。"潘婷把包放下，然后坐在了季踊身边。

"太饿了，不介意的话我可以再陪你吃一碗。"季踊放下筷子，目光落在她留着短发的侧脸上，发根被她拢到耳后，露出娇小的耳朵，身穿黑色连衣裙，肤色被衬托得光彩照人。很奇怪，他们明明是第二次见面，却熟悉得不问过往，轻易地把两个人之间不相熟的时间折煞进去，仿佛此刻的相遇接住了前世的回眸。有人把这解读为缘分，有人说这叫一见钟情。季踊不信这些，但固执地不信也是一种迷信。

"老板，我来碗荠菜馄饨。"

"来两碗，一起的。"季踊喊。

店虽小，但馄饨做得相当地道。潘婷吃出了一身薄汗，睫毛上起了一层细密水珠。

"你就请我吃这个？"潘婷放下筷子。

"不，你错了，"季踊早已吃完，把烟灰弹进碗里，"这顿是你请。"

听得潘婷被汤呛住，赶紧扯了张纸擦掉溅在衣服上的油渍。

掀开馄饨店厚重的挡风帘，他们并肩走在夜晚的街头。潘婷感慨："在我家，冬天一般七点钟就都关门闭户了，夏天呢，不过就是延长一小时，我没见过什么世面，觉得还是齐城好。"

"上海还是不夜城呢。"

"是啊，但是上海嘛，太有距离感了。我说的不是地图上的那个距离。"

"我明白你的意思。"季踊这句话说出口，两个人都感受到一种心照不宣的默契，像夜幕里的风一样缓缓流转。

季踊轻轻推开这股默契的风，"徐瑾这个人你觉得怎么样？"

"啊？"潘婷停在红绿灯路口，长长的斑马线两端攒动着数不清的人，"一个不折不扣的工作狂。"

"是吗？"季踊嘴角往上一挑，"我看他不像。"他略一迟疑，又道，"那庄宥铭呢？你们主任怎样？"

"有手段，有胆气，是个当律师的老料，据说他原先在齐城最有名的白云律所——对，就是咱们这儿最有名的那个律所——可谓'心狠手辣'，捞钱捞命样样不等闲，能把死刑办缓刑，五年办三年。还有个投毒案，据说把死立执改成了死缓，总之，牛气烘烘哪。不过放在现在的形势和环境下，庄主任那一套总是有点过时了，现在新时代了嘛，风清气正、正本清源，老一套那些好像都行不通了。反正我是没有手段的，居然也活下来了，虽然刚够维持生计。对了，你问他干什么？"

他安静地听她说完才开口："没，职业习惯，总看你们所代理难缠的刑事案子，问问。"

一阵暖风吹过，两边的高中生嬉笑着跑过去。潘婷的手握着包有些出汗了，她应该有所警惕，可她没有。像所有迷信自己直觉的女人一样，她以为他是对她的周边感兴趣，等她明白他的目的时，一切已经太晚了。她犯的是过于自信的错。

绿灯闪亮，他们一前一后往前走，潘婷双手一拍，"对了——要说最好的律师，还得是徐瑾那样的，他在我们所总是一副日夜加班的状态。呵，天天教育我要理解尊重被告人，很来劲的嘛，事后跟你们记者讨论给个什么标题、什么称号、给他留多少版面时才叫寸步不让。你没看《齐城晚报》吗？上回头版报道还给他封了个标签——齐城最美律师。他跟记者说'别给我定最美，要不广大齐城民众还以为我是个女的，叫我最帅行不行'。人家回他说'不行'，他说'那最美就最美吧，但你们得争取加印，广泛宣传，回头我给你们多供稿，保准都不用改的那种'。"

"呵，大学时候看不出来啊。"

"是吗？他上大学什么样？稍等，我买根雪糕。"

潘婷跑到路边冷柜前拎回两根"老麻酱"雪糕，递给季踊一根。

"我不吃，"季踊摆手，"这才刚立春，天气依然很冷，肯定是上年的货。冻一年卖给你。"

"我问摊主了，她说新进的，新鲜着呢。"潘婷把两根雪糕的包装纸都撕开，褪去一半，又递给季踊，"快吃吧，太讲究了没法在这个社会生活。"

因为常年蹲点跑报道，吃饭没个准头，他的胃不好，平时生冷不沾，这会儿接过来放进嘴里，一边嗦一边担心胃疼会如约而至。

他们在广场找了个位置坐下。季踊不像其他男人，不会在女士坐下之前抢着拿纸巾擦座位。他自顾自地一屁股坐下，伸长了两条腿，漫无目地直视前方，他不理从潘婷身上飘过的轻微发香，也不理潘婷看他时的目光，澄澈透明，近乎水晶一样，似乎把他看到底了，又似乎只是关照了他表层。他接着话题说："上学时，徐瑾挺普通的，总是摆出一副傲视群芳、孤芳自赏的样子——每个班里都有的那种。"

潘婷坐下来，笑得璀璨，露出齐整细碎的牙齿。路灯投下的光影，让她的笑容有点调皮的味道。

她说，"没想到，他现在可是长袖善舞、八面玲珑。"

"你呀，"广场的音乐喷泉开始响起，被灯光穿透的水柱擎天，"当着你领导好朋友的面说领导坏话，岂不是自掘坟墓。"

"你错了，"潘婷天真地仰起头，甚至说，那份天真让猛然瞥见她那模样的季踊心里泛起一阵潮湿，"你跟他，根本不是什么好朋友。"

潘婷欣赏着季踊愣住的表情。当然，季踊的愣住只是一刹那，他很快恢复往常，继续和颜悦色。"的确，我跟徐瑾不熟。"季踊犹豫片刻，撒了谎。

"其实我早就认识你。"季踊说，说完他有点后悔，这句话怎么听都有些俗套。

但是潘婷不慌不忙地说："我知道。"

"嗯？"

"那天听你声音，我就觉得耳熟，回去我翻了翻案卷，发现半年前我代理一案时，你那儿有一手的记录，咱们通过电话。我可能是吃了瘪，在笔记本上记着'此记者不好打交道，务必注意'。"

季踊说："我倒不是因为这个，我是在饭店碰到你们的。当时我在隔壁桌，徐瑾过来跟我喝了一杯。我临走要去打招呼时，看你醉得挺不像话的。"

"啊！对啊，那天是我醉得最厉害的一次。好像庄主任说了好些女人工作没用的话，我生气了多喝了些。徐瑾把我扛回去的。"

季踊歪着头想说什么，然后笑了，"是我扛的。"

潘婷的眼睛追过来。

季踊说："徐瑾要送你们请的那位领导，就不说什么部门什么职位了，不仅身份，酒量也是顶好的。你其余几个同事也给灌得不相上下，徐瑾把他们塞进出租车里。唯独你，他说一共就几步路，别人送不放心，让我捎回去得了。"

"天哪，"潘婷站起来，"就是你把我扔地板上的？我腰椎间盘突出了一礼拜。"

"路上接了个电话，要我去一个凶杀案现场，挺急的。"

"你……"他们一块开口，然后一块笑了。笑声混在一种巨大的骚动里，是水柱又升起来了，水滴在空气中翻滚，在灯光中斑斓着，有歌声穿行其中，声音变得妖娆。潘婷红着脸，努力盯着水柱发呆，她在想——大概因为人在娘胎中就被水包围，所以人的一生都自然而然地亲近水。而季踊心里却泛起一种潮湿，好像是一阵硕大的浪空前绝后地打过来，打在他这片贫瘠的沙滩上，打在他垂死挣扎的寂寞中，他想，究竟哪来的潮湿呢？好像是潘婷兴致勃勃的声音，是她充满生机的语气，是她毫无城府与戒备的心。但他放下了那种潮湿感，他微微吐出一口气，把自己的姿势摆正。别想这些，季踊，别走岔，你没有时间东张西望，你没有资格谈情说爱，你没有能力游刃有余，你应当往前走。你一直都是在黑暗中跋涉的人。你这样的人，在随便一个翅膀下暖宿一晚，足以忘记严寒。那就随便找一个翅膀吧。只要不迷恋翅膀的温暖。

于是他继续说："我想拜托你一件事，当然，也许是妄想。"在潘婷走神的时候，季踊的声音在嘈杂的人群中悠然而至。

潘婷回过神来猛盯着他，心跳加速，"什么？"

季踊根本没敢抬头承接那目光，他低着头说："有个案子，我听刑警队的熟人说的，最近我一直追踪，想搞个系列报道。是一群小孩暴力行凶，残忍杀害了一对经营水果摊的夫妻，拿走了他们口袋里的一万元钱。其中一个孩子是十四岁零一个月，其他小孩都不满十四岁。"说这些话的时候，季踊粗黑的眉毛根根耸立起来。

潘婷侧过脸看着他，"十四岁以上实施杀伤奸抢投毒火爆的，不就可以逮起来吗？"

"是啊，只有那一个小孩能因犯罪付出代价，其他人都没法告慰那对夫妻在天之灵。"

"这也是没办法的事。"

"对，我们要说的就是这个已满十四岁叫张成童的小孩。不，严格来说，是小恶魔。"季踊调整了下姿势，站起来伸展了下腰背，"这几个孩子很'出名'，大事不多，小事不断，经常在学校门口威胁低年级的小孩从家里拿钱，不给就揍，被他们威胁过的没有十个也有八个。在学校里收保护费，还把一名女老师逼得辞了职。剥猫皮，杀狗，去年夜里，把一个不会水的小孩推进护城河里，录下视频看他挣扎多久，好在最后有一名路过的消防员及时下水救了孩子，那群小恶魔跑掉了。这回出事是因为他们夜里喝了一顿酒，借着酒劲儿，总想在哪里寻点刺激。正好看见那两个摊主，上去要钱，没要到，其中一个就掏出了刀子，另外三个拿摊位上的塑料袋学着电视里那样一层一层套在两口子的头上。妻子活生生窒息，丈夫力气大一点，挣脱开了，但因为有腿疾，没爬多久，被他们用小刀和摊位上切西瓜的水果刀捅死。这一幕，都被监控如实记录了下来。"

"这么残忍。"潘婷唏嘘。

"案件三天告破，刑警大队在火车站口把他们逮捕，递交检察院，提起了公诉。原本一切都很顺利，主犯是一定要惩治的，一直以来，这个小恶魔团伙也是他在主导，其他人都是听命于他。犯罪的时候，他刚过完十四岁的生日。"

"然后呢？"

"嗯？你怎么会知道有'然后'？"

喷泉的水柱从三米多高哗啦啦地坠下来，溅在脚下，潘婷向后退了一点，"你铺垫了那么久，总得有点重头戏呀。"

季踊笑了，像沉寂已久的海面上荡起了层层细碎的波浪，"对，请注意，重头戏来了——徐瑾这货给这个小恶魔头目做了代理，致力于证明他实施犯罪时年龄有虚，实际不满十四周岁。"

"这怎么证明？身份证上都有。"

"他提出了当年他们家是非农业迁入户，在村里接生，生日由大队填写。而当年大队里有严格的计划生育指标，为了满足上级的生育指标，很多二胎家庭将第二个孩子的生日虚报了一到两年。徐瑾找到了当年那个接生婆，我猜他下一步就是要求证人出庭作证。"

"所以，你的意见是？"潘婷听得一知半解。

"徐瑾这样是不对的，他把那孩子放出来，就是把恶魔放出来了。有人说十四岁以下的孩子心智不成熟，但说实话，"他看着前方，"我就没见过长大后成熟过的。也许心智不成熟就是这类人的终生特征。"

潘婷沉默了。她的脸燥红，原来他不是倾心于她，他不过是有求于她。

季踊盯着她垂下的脸，呼吸有些加重。"我需要这个证人的电话。徐瑾把她的信息藏起来了。我希望你能站在我这一边。上次一起吃饭我就看出来了，潘婷，你心里还是很有正义感的。"

潘婷咬紧了牙，不知道该说什么，她的脑海里呼啦一声巨响，像是被白色海浪没过。

"你肯定会同意我的。我们制造监狱，是为了关住恶魔。可如果恶魔关不住呢？"

"季踊，"她嗫嚅，"刑事年龄是个硬杠杠，没有商量的余地。我理解的十四岁指的是实际年龄。如果徐瑾真的能证明张成童不满十四岁，那他就算是恶魔也没理由罚了。再说，你管那么多干吗？"潘婷总觉得他在仔细打量自己的表情。

"我特别爱管闲事。"季踊淡淡一笑，"你比我了解徐瑾。听你这么说，你觉得他胜算很大？"季踊一针见血，觉出了潘婷的言外之意。

潘婷一愣，季踊能提出这个问题，正好说明他也非常了解徐瑾，了解徐瑾对于成功的不择手段。于是她说："我只能说我不知道。但我们是有职业操守的，我选择相信他。"

"万一呢？你们可是放过了一个恶魔。"

"万一？"

"就算徐瑾有职业操守，但万一他判断失误呢？我们是不是放出了恶魔？"

"徐瑾办案子很有原则，他不会同意的，你们相熟他都不会同意，更别说我一个名义上的徒弟了。"

季踊看着她，慢慢靠近，他们几乎肩靠肩，也许还要更近。她感觉到一股炽热升起来，她许久没有过这番感受。但是她不怕。她听到他声音低下去，好像漂浮在地面，等着她捡起来，"不是让你找他，难道你只能明着找他了吗？"

潘婷对上那个目光，她被那个深邃的目光裹挟着动弹不得，她大脑嗡的一声轰鸣，"你是要我找庄主任操作？"

"这很难吗？"他呼出的气息沿着她的耳朵边荡过去。

潘婷挪开两步，"我有点理不清了，你为什么不跟徐瑾直接谈？"

"他有多拗，需要我提醒你吗？"

"庄主任虽然有备份，我也有他的钥匙，可是……"潘婷脑袋又一次轰鸣。

"我给你时间。"季踊露出了一种辽远的目光，他的目光穿过了潘婷散发着的淡淡香气，穿过了潘婷的内心。

突然，季踊胃痛发作，一开始是隐隐的，好像一只怪兽从他的肚子里冬眠初醒，伸开懒腰，粗鲁地撞击着他的脏器。但是很快就演变成了肚内的海啸，一波急似一波。他需要厕所，也许还需要两颗丁啉。一开始他还可以忍，潘婷还在说话，但他什么都听不清楚，他在全力跟自己的胃打架。他对胃说，你给我停下来，你争气一点，你！

潘婷跺着脚，好像在抱怨徐瑾的脾气性格之类的。那场海啸要淹没他了。"闭嘴！"他冲她吼了一声，突然蹲下身子。跑不跑？公厕在最南边，还能若无其事地走过去吗？此时此刻，如果他不捂着肚子，腹中的东西可能就会连滚带爬地蹿出来。但他是个成年人，他连苦、痛都生生挨过来了，难道却要在这一刻惊慌失措？

他的鼻尖冒出了汗。这时候，潘婷的声音宛如天籁，"你是不是肚子凉着了？对不起，都怪我。我带你找厕所。"

　　两个人手拉着手在广场上狂奔，与浪漫毫不相干。他们浑然不觉地闯入了喷泉区，突然，喷泉从他们刚踏过的地面平地而起，形成了一个卷帘洞，将他们围困其中。潘婷急了，"怎么办？"

　　他还能挤出一点笑来回应她，"等等吧。"他的声音有气无力地落下来。音乐还在继续，喷泉持续地升空、变换着妖娆姿势。在他眼里却是一种可恶的搔首弄姿。

　　"这个喷泉表演得有十分钟！"潘婷咬着下唇，用手摸着下巴，端详他。季踊重重地叹了口气，他在拼力抵挡胃里海啸的下行。但是它一而再、再而三地叩击着他的防线。

　　"冲吧，快！"潘婷突然紧紧地贴住他，拉起他的手，然后他们像两支捆在一起的箭一样直射出去，穿过了巨大的水幕。他全身都湿了，她也是，他们听到了周围的喝彩和欢笑。

　　他们逆风而行，晚风掀动着衣角。他跟着她一直跑，一直在与海啸负隅顽抗。

　　后来，每当季踊回忆他们之间的枝枝蔓蔓，总是哭笑不得地想到这个场景。尤其是他打电话给等在厕所外面的潘婷，问"你有纸吗"的时候，他拼力保持平静的脸上泛起笑容，这是琐碎的真实生活下的自然反应。那时潘婷也没有纸，但她赶紧买来了，然后等到一个也要进厕所的男士，托他把纸带进去。

　　他从来没跟人这么亲近过，亲近到上厕所能有一个人等在外面。而她并不嫌弃，当他尴尬地走出来时，她也没有觉得他们之间经历了什么不寻常的事情，她拍拍因等待太久而作酸的腿肚子，满含体谅地说，"唉，我觉得那根雪糕真的有可能是去年的货，或者更差，是前年遗物呢。"

　　他轻轻笑一下，尽力把尴尬掩饰过去。

　　"刚才买纸巾时买的。"她从包里掏出一只绿色保温杯，拧开，半瓶热水的热气在他眼前氤氲着。她把另一只手摊开，他注意到她细长的手心里盘满了错落的掌纹和一些淡去茧，但他选择忽略，乖乖地把两颗药丸塞进嘴里，和着热水灌下去。他的眼角泛起来一些什么，反正拼命压进去就是了，今天，就今天，这副身体不争气的时候太多了。

潘婷全身湿热，就像一块光亮的大理石，小心翼翼地泛着月光。风把她吹得一哆嗦，他上前抱住她。他没有察觉到自己同样全身湿热，风吹过的地方又沁着寒。他们抱着，纯洁又安宁。那一刻他想到了母亲，"母亲"化作一个代名词，它所蕴藏的全部奥义都找上了他，将他紧紧裹挟，让他平白地想哭一场。

四

　　齐城的夏天实在称得上人神共愤。潘婷洗完澡裹着大浴袍站在落地窗前发呆。空调坏了，前几天潘婷天天披星戴月地跟着徐瑾忙案子，回来已是深夜，倒头就睡也不觉得热。后来徐瑾出差，潘婷懈怠下来，白天泡在家里查材料。可夏日的淫威全方位施展，外面是大火炉，家里是桑拿间。人哪怕静静站着，汗也像雨滴那样从身上啪嗒啪嗒地往下掉，客厅里仅有一台老式风扇，潘婷庆幸自己去年夏天结束时没把它扔掉。

　　鹿纯明把湿透的 T 恤一脱，躺在潘婷的沙发上，享受风扇吹来的微不足道的风，"我说小潘，你要不要考虑考虑我？"

　　潘婷从他背后进门，把钥匙扔在门边的五斗橱上，从卫生间取出一条毛巾递给他，"鹿哥，娘矬矬一窝，咱俩要是结婚生孩子，拉低你们鹿家的智商。"她说这话时，没有看鹿纯明，而是拉开窗帘望着外面。其实她什么也没看，她想到一个身影，那个眯起眼睛忧心忡忡的身影。

　　"我怎么听着像在损我。"鹿纯明利索地擦着身子。

　　"哪敢，你智商爆表，咱俩不是一个级别的。"潘婷从冰箱拿出两罐可乐，自己先打开，痛快地喝了一大口。

　　"我还是觉得你在骂我。老实说，潘婷，你怎么想的？"

　　潘婷看着窗外，一棵硕大的梧桐树开满了紫色的串花，枝枝蔓蔓伸展开来，阳光被枝杈打散，稀稀疏疏地透进屋子。"我没什么想法，随缘。"

　　"随缘最难，随缘就是自己给自己添麻烦，就好比吃饭'随便'，买东西'都行'。你不是快实习期结束了嘛，什么打算？继续跟着老庄不？跟着老庄，最好就从了我，因为我——"鹿纯明刹住话。话不说完，这是鹿纯明惯用的伎俩，他喜欢看别人猜测后半句，喜欢别人追问深意。但潘婷不吃这一套。她又不是他的当事人，她不动声色地看着他，"你老大不小了，怎么还不找？我倒怀疑你有问题！"

鹿纯明差点一跃而起，见她在忽明忽暗的日光里岿然不动，只好收了气焰，"我还不是让工作耽误的。"

"法国总统马克龙不比你忙吗，也没耽误找对象。"

鹿纯明见势不对，赶忙转移话题："徐瑾代理的那个案子怎么样了？"

"你指哪个？哎呀！"潘婷挥舞着随风飘进窗内的杨柳絮，它们总是不请自来，"讨厌，这东西无孔不入，总是往人的眼睛鼻子嘴巴里钻。我要打12345投诉！"

鹿纯明又好气又好笑地走过去，帮她关了窗户，"我在说那伙未成年人杀害老两口的事。"

"唉，别提了。"潘婷不知道鹿纯明是哪个立场，她试探道："徐瑾说找到当时的接生婆了。"

"好家伙，老徐可以啊。这案子又要轰动了。"

"巧嘛，也不知道徐瑾认识那个村的谁，但你知道的——六度空间理论，最多通过六个人你就能够认识任何一个陌生人。"

"老徐每天的酒真不是白喝。听说他刚入行那阵子，人黑瘦黑瘦的，酒量还不行，跟着老庄天天喝，天天吐，天天哭，后来人变得白胖白胖的，酒量就上来了。你不知道，老庄和老常那时候给我们的敬酒词怎么说的，说'一旦入了这一行，你就得把当事人当情人，得会哄会骗会撒谎'。我他妈后来才知道，我是真的把当事人当情人了，我都连着三个月白加黑五加二了，我是被他们连哄带骗地干活呢。"

"这你跟我说有什么用，我又不能给你加薪。"潘婷一边说，一边用手给自己扇风。

"找你诉诉苦也行啊。我这阵子连个囫囵觉都没睡过，还得被拉着喝酒，上回我快喝死了，想着万一壮烈了也该倒在办公室，好歹算个因公牺牲。我拿钥匙捅了半天办公室的门，顺势倒在地板上装死，第二天醒过来看见满地的卷宗和摊开的书，桌上一堆烟屁股，我才知道我是借着酒力拿自己的钥匙捅开了徐瑾办公室的门。怪不得这家伙对自己办公室严防死守，邪乎，太邪乎了。还好我赶紧撤了，连指纹我都擦了。你不会喜欢徐瑾吧？

嗯嗯，你应该不会，太邋遢！我记得你喜欢张震，徐瑾还不到张震身高一半吧。"

"没那么夸张，鹿哥。我谁也不喜欢。我的问题就是倦怠，你明白吗？我很倦怠，对什么都提不起兴致。我也没有目标，更没有信仰，我就是沿着既定的轨道往前滑。"

她说了实话，但也不完全是实话。她在跟季踊靠得非常近的那个时刻，她觉得自己活过来了，她又活了一次，那一刻的感觉是青春吧。可怕，她才三十岁，青春的触感已经像是上个世纪钉在墙上的黑白画了。也许过路的人以为他们不过是全天下最常见的一对恋人。可他们不是，但又比"是"更近于"是"，暧昧就是用来解释这种状态的。可潘婷对着自己摇头，这算什么呀。寻找人生的定位，就这么容易堕入一场俗气的风花雪月中，变成一个普通的女人，生一个普通、但以为绝不普通的孩子？然后让这个普通的孩子去完成自己曾经并不普通的理想？到底什么才是她的方向呢？谈一场恋爱就可以获得幸福和价值吗？她承认在此之前有无数的可能，而之后只有一条路可以走，一条俗世幸福和远大理想的泾渭之线。可巧的是，有一天她拥有了这些幸福，却一不留神就跨了过去——踏上世俗的道路——在那里获得俗世的幸福。

你会像是喝了忘川的水，忘了对自己的交代。变成一个你以前不曾想过，以后也没有怀疑过的多重身份——为人妻、为人母。你将为了这些角色架上鞍子，不停地负重前行，你只能前行。你恰恰忘了，你还是你自己。

这样的一个开启是怎么回事——是从她变成一个男人的女人开始。不，她彻底摇头，摇到自己把这类念头统统甩开。但是，她又停下来，她好像听到季踊在耳边轻轻说话，声音低沉又压抑。他的压抑，就像风的旋涡在裹着她，吸纳着她，他的克制和冷静像糖衣般藏着弱小的灵魂。怎么不弱小呢？你看他因为一场胃疼而惊慌，因为吃了药而安静，好像从来没得到圣诞礼物的孩子突然知晓了圣诞老人降临那般窘迫。算了，就让她随他去吧，变成被旋涡卷走的一具肉体，在风里刮来刮去。

鹿纯明走过来看着她，摇着她的肩，她陡然惊醒。

"你怎么了？这么心不在焉。"

"不好意思，我有点走神，在想个案子。"她撒谎。

鹿纯明宽容地笑笑，继续说，"还说你是沿着轨道滑行，我可没见过滑行得这么带劲的。你那么有正义感，我看你干劲十足呀。"

"没有目标的瞎正义、没有规划的瞎起劲是我这样的人自我安慰的托词。忙起来，不用面对自己的麻木不仁，不也很好？要是世界上真有一种病我可以定义，"潘婷低头咬着下唇，拿手随意抓着自己的头发，"我得的是冷淡症、麻木症、迷茫症……"

鹿纯明看着潘婷，他伸出一只手想摸摸她的头发以示安慰，但又在半空中落下，只是拍了拍她肩膀。

"换个轻松的话题吧。"鹿纯明表情凝结了一秒，又迅速化开，"你酒量也可以，老庄怎么不拉你出去？"

"对主任来说，女干事比自己能喝，可不是什么光荣的事情。"

"你别说，"鹿纯明拍她肩膀的手缓缓放下来，变成她肩头的负担，"你有些时候还挺一语中的。"

"我们这么拼命保罪犯，这样对吗？"

"注意啊小潘——是犯罪嫌疑人、被告人。"鹿纯明退回沙发上，打开面前的一罐可乐，"我们的职责不是实现正义，我们只是当事人的发言人，要在最不讲人权的地方讲人权，在最不该怜悯的时候去怜悯。"

"鹿哥，"潘婷仰头看着他，显出很信服的样子，"说起来，你得帮我个忙。"

"什么叫帮忙啊，有话直接说。替你办事儿是我的义务。"

算起来，这是季踊第三次和潘婷单独会面。注意，是"会面"，而不是"见面"。除了那次一起冲过喷泉池，其余时候，每次见面都像是为了一个案子而开的小会——庄主任经常在大家出外勤回来，走出自己的玻璃隔间，表现出一副体贴下属的姿态，开一些"感想过去，抒发现在，畅谈未来"的过于无聊的会议。这样的会议每月都会上演，辛贤公然打着哈欠，鹿纯明抱着跷起的二郎腿，徐瑾一本正经地拿着本子记，周拂晓和刘冉在小声交头接耳。这样的例会是每个职场人不得不经历的，如果把会议时间画在人生时间表中，超长的线条将触目惊心。要是季踊还在提案子，那么这个线条会由此再加长一点。只不过跟庄主任"开会"，潘婷不过就是给百无聊赖这个词多加一点诠释，而跟季踊"开会"，潘婷的心里是有期待的。

季踊身子斜靠在律所外面一人高的花坛上，两条腿舒展地杵在地上。看见潘婷，他不易察觉地点了点头。他们一前一后地往停车场走。那个突如其来的拥抱好像只是一个模糊回忆罢了。

潘婷害怕他询问进展，于是先声夺人，"你怎么等在这儿呀？我以为在饭店见面，你在这儿让老徐看见，肯定要把你扣押了，走，去他的巢穴吃饭。"

"不会的，"季踊大大方方地拉开潘婷的车门，让她迈进去，"他给我打过电话，说在外地出差。"

"那既然你们经常联系，有些话你不妨就直接跟他商量呗。倒好过我从中作梗，把你们两个人的心思搬来搬去。"

季踊绕到车的另一侧，准备上车。潘婷突然觉得不对劲，"你怎么认识我的车？我之前好像没开过呀？"

"想认识还不简单。"季踊说，"我没别的本事，就是四通八达。"

"你这话说得倒举重若轻。"他们上路了，奇怪的是，穿过隧道后，路上一辆车也没有，天气还澄明得令人炫目，但风已经从车窗缝中钻进来，似绸缎般温柔，从他流淌过她。潘婷享受这一刻的静谧。她不知道那是爱意降临的声音。对，爱意降临时万籁俱寂。很久以后，她想，可能是那天的夕阳太过温柔，也可能是那天的天气热得令人偾张，风也婉转，车流又顺畅。总之，她相信天时地利人和。

她在毫无防备中跌入陷阱，但好在是心甘情愿跌进去的，所以盖棺定论时，她也伤感得比较自然。

好像吃饭是人们挑起话头深入了解彼此的标准开端。季踊自然地劝说着："多吃点，你看你多瘦。"

"终于跟着你吃顿像样的了。"潘婷点了一堆鲁菜，九转大肠、糖醋鲤鱼……"你们天天下馆子，怕是不喜欢这么油腻的，可我就是吃不够。"

"呵，我替那些肥油哭，'这该死的人类，怎么吃了还不见胖？'"季踊说完话语气一顿，接着拿筷子敲敲潘婷的碗，"我们什么时候天天下馆子了？"

"谁天天下馆子谁知道，我不天天下馆子我哪知道。"

季踊发现自己被绕进去了，"我发现，"他的目光让潘婷心头一凛，"你还挺有心眼儿的。"

潘婷抿嘴笑，不接话。

菜很快上齐了，糖醋鲤鱼上浇着金玉满堂、晶莹剔透的汤汁，颜色映得两个人都看饿了，顾不得交流，各自对着自己的盘子使劲。老式空调自顾自地在角落里轰隆伴奏，大厅里哄闹的吵嚷声从门缝渗透进来。酒肉下去一半，吃饭的节奏渐缓，聊天的氛围有了，这都是水到渠成的默契。

潘婷跟服务员要了五瓶啤酒，指着季踊，"你只管喝，我送你回家。"

"我一个人对杯干吹？"

"不啊，对佳人。"她拍拍自己的胸口，白色丝质衬衣发出沙沙声，"我，佳人。"

"你这么贿赂我，"季踊挑着眼睛看她，"看来事儿没办成。"

潘婷叹口气，"你一上来就叫我为难。这事需要天时地利呀，我在等。"

季踊不再说话，只是继续看着她。他喜欢看她吃东西的样子，好像吃的是多美味的食物。他想说话，但是喉咙干，干得他不停地喝啤酒，却让喉咙更干了。他想他必须说点什么了，但是又找不到什么词语，毕竟他常常独来独往，跟一个女士，尤其是自己觉得还蛮可爱的女士一起吃饭，到底该说什么，他并不十分了解。

他没说话，拿起啤酒，咬开了瓶盖，咚咚咚地一瓶干了。他把瓶底给潘婷看，潘婷回过神来感叹一声："好酒量。"随即二人又陷入了良久的沉默。

潘婷心里也琢磨着，要说点什么把气氛调动起来。她看着他，然后想起张震，却尽量不把季踊那张脸跟张震搅在一起，因为季踊的脸比张震多一些漫不经心，多一些随意。店内灯光昏暗，把他的脸照得一半清明一半阴冷，他抿着嘴，好像苦大仇深似的，偶尔笑笑，也只是在那苦大仇深的海平面上漾开一个不起眼的涟漪，随后又收归平静。潘婷想，上次的事情让他犯了愁？可哪有什么好犯愁的，大不了不认账就是了。自己也算是好打发的。可到底应该表露出自己好打发，还是表示自己不好打发——她不好决定。所以她故意一笑，拿筷子点着他的盘子，"你究竟在苦大仇深什么？"

"什么？被你看出来了？"季踊淡淡一笑。

"太明显了。同志，请收敛一点。要喜怒不形于色。"

"跟你在一块还要这样吗？"季踊问，他给自己倒了杯白开水。

跟你在一起？潘婷想，在一起是什么意思？是有意思还是没意思？然后她问："吃完饭干什么去？"

"随处转转怎样？"见潘婷瞬间红了脸、用力点头的样子，他觉得喉咙又开始发干，他努力咳嗽一声，"对呀，你该多笑笑，长点皱纹好看。"

他看见潘婷抱着啤酒笑，一边笑，一边从手机的反光中偷瞧自己的妆容保持得是否妥当。

吃完饭，季踊提溜着没喝完的两瓶啤酒，见潘婷要往停车场的方向走，赶忙把她拉了回来，"知法犯法。"

"那打车吧。"

"找辆共享单车吧。"

两个人是一块说出口的。

潘婷笑了，"怎么这么绿色无污染啊。"

"来吧。"饭店门口东倒西歪地停着几辆小黄车，像是被浪花齐刷刷地冲到了海岸线上，季踊从中随意扶正了两辆。两个人扫了码，骑上车在八月的齐城大街上徜徉。如果没有目的地，可能这段路程会更从容一些，但是不巧，他们有目的地，不妨说，是季踊有目的地。一段缓坡后，潘婷开始叫苦。

"去哪儿呀？我们这是……"潘婷清脆的声音在安静的街道上四散。

"跟我走呗。"季踊没有心思解剖自己的过往和来历，他心里想的是如何假装轻松地把潘婷引到他想让她看到的世界面前。

他们沿着立交桥卖力上行，然后顺势往下闯进了隧道，"能行吗？"潘婷的声音被隧道放大了，声势磅礴。

"我在这里，你说能行吗？"季踊跟在后面，顿了一顿又说，"——当然，也可能不行。"

"——那肯定行。"

声音重叠在一起，呼啸而过，在隧道的上空盘旋，冲撞着每隔几米就亮起的路灯。

"敢情你才是知法犯法。"潘婷笑。

在冲出隧道的当口，季踊看表，二十点零六分——就是现在了，季踊心想。他加速蹬着自行车，潘婷也跟在后面加速。然后季踊张开双臂，像一只黑色的大鸟。

夜风吹来，一点都不轻柔，凌厉有劲，像长刀似的劈过来。突然，在隧道口处，一辆逆行的摩托车紧紧贴着季踊擦过去，跟在后面的潘婷连尖叫的机会也没有，那辆车一个急转弯，将她连人带车重重摔在地上。

"啊——"潘婷痛得惊呼。她觉得小腿痛得发麻，黑暗的隧道让她天旋地转。季踊从远处爬起来，隐约间，潘婷看见他很快靠边停好了两辆车子，走过来用一只手握着她的肩膀，另一只手扶着她的身子坐起来。

"好疼。"她说。

"我知道，没事，擦破点儿皮，但是也有可能骨折了。"

听到有可能骨折，潘婷顿时觉得更疼了，膝盖上的皮肉好像撕裂开来，里面的骨头散架似的这边疼，那边也疼，疼的层次还不一样。

"人呢？"潘婷在疼痛中不忘扒开挡在她前面的季踊，"摩托车人呢？"

"跑了。"季踊说。

"可恨！还敢跑哪，明天就找媒体曝光他。"

潘婷咬着牙，一脸哭相，还发誓作狠，看得季踊笑起来，"你想怎么起标题？'女子擅闯机动车道，被逆行摩托匡扶正义撞倒在地'？"

"好痛，快打120吧。要抢救。"潘婷往后一倒，倒在季踊胳膊上，她闭上眼睛。

一阵轻盈，好像疼痛束缚了翅膀。再睁开眼睛时，映入眼帘的是季踊，季踊微微眯着细长的眼睛，横着把她抱了起来。

她看着他的侧脸，像高中课本里的大卫，但又更柔和、兼具刚硬和阴柔。她想起《请回答1988》里阿泽抱着德善从操场上回家的场景，不，不对，不像那样。那样的两个人太过于生硬，毕竟阿泽刚跟德善划清了某种界限不是吗？那么，那么就像是《德伯家的苔丝》里安琪抱苔丝那个场景。"你眼睛真好看。"她不知道胳膊往哪里放，就拽着他的裤口袋。

"你看来疼得不厉害啊，"他歪一歪嘴，"——你别拽我裤子，我没扎腰，很容易掉——这边离医院不近，我带你去附近一个私人骨科诊所。"

季踊抱着潘婷，一面心里暗叫"好重"，一面假装云淡风轻，脚上马不停蹄。他走出隧道，走下立交桥。密集的车灯和霓虹灯把这个夜晚照得明亮中有些轻浮。

"我是不是很沉？"潘婷明知故问，声音活泼得像是忘记自己受伤的事实。

"沉，"季踊发扬实事求是的精神，"我快抱不动了。"

"你知道吗？"这会儿潘婷眼睛里神采飞扬，"苔丝！《德伯家的苔丝》里，安琪为了抱苔丝过河，把苔丝的胖朋友先抱过去的。"

"呵，你想说明什么？"

潘婷故意逗他，"我想说，我可能是苔丝的胖朋友。你别嫌沉，很快你就能抱上苔丝了。"

季踊不是不明白她的心思，只是不说破，"是呀，在抱窈窕淑女之前，我胳膊就断了。"

潘婷一手抓着他的腰，一手作势打他。

"别动。"他沿着斑马线穿过人行道，夜风吹来，他闻到很清新的洗发水味道。"潘婷？"他轻轻地问。

"嗯？"潘婷偎在他的怀里，感觉到他心脏在胸腔里蓬勃有力。

"我是说你的洗发水。"

"不啊，"她笑了，"我用的是沙宣哦。"

在去诊所的路上，季踊一直担心潘婷会揭穿他，发现他所设计的"意外"很拙劣。好在她没有——起码她没有表现出来。诊所位于小区的里面，一路上，季踊额头上的汗珠滴滴滚落，被潘婷抓住的衣服也已浸满汗水。左拐右拐到了地方，潘婷问在几层，季踊回答在三楼。潘婷听后非要下来，季踊由着她，把她一只胳膊架在自己肩膀上。才挪了一层，潘婷就受不住了，季踊不由分说地将她背起来。潘婷心里泛起一种朦胧的悸动，喉咙异常干热得令她难过，倒是消解了腿上巨大的痛觉。

走过贴满小广告的斑驳墙面，上楼梯到了三层。季踊哐哐哐地敲门，下巴上的胡须偶尔清凉地扫过潘婷，每一次扫动，潘婷胸腔里就一阵紧缩。好像心脏瞬间皱起来，然后血液全部被吸收进去。好在他很快把她背进屋里，放在一张摊开的折叠床上。

开门的人是个身穿白大褂、戴着瘦金框眼镜的男人，一丝不苟的严肃气质跟他的嘴角很相配，他嘴角抿得紧紧的，像是看见了前世的债主。

"你来了。"他从抽屉里掏出一沓一次性手套，动作麻利地戴上其中一副，"哼，我就想你该来了。结果你还给我带来个礼物。"

季踊不动声色地瞥了他一眼，白眼快翻到天上去了，"快给她看看，腿折了怕是。"

白大褂轻轻捏着潘婷的腿，抬起又放下，疼得潘婷脑门直冒汗。

"这是哪位妹子啊？"白大褂边检查边看了季踊一眼。

"表妹。"潘婷甚至没有看见季踊的嘴角动，这两个字干脆地冒在他们三个人之间，她清了清喉咙，想要给这个虚拟身份加点真实性，结果白大褂笑了，两只眼睛眯起来，像只慵懒的大猫，"贾宝玉林黛玉那种表兄妹？"

潘婷愣了一下，想要说点什么，季踊倒完水凑过来递给她，"对，有这个打算。所以你抓紧给我治好她。"

白大褂笑得更酣了，季踊凑近她的耳边，"闭上眼，一会儿就不疼了。"潘婷的心脏又一次紧紧地缩起来，怦咚怦咚的声音从胸腔震荡起来，响彻耳边，身体开始产生一种无力的抽动，好像季踊是太阳，把她炙烤得想要后退和紧缩。嗨，我这出息呀，潘婷想，这让我变得渺小了。

过程不算疼，因为潘婷变得有些微醺，是刚才喝过酒的缘故吗？不对，潘婷像个刚生完孩子的母亲一样，可能会疼，但是因为兴奋和惊喜而变得无知无觉。在漫长的时间流逝中，恋爱的感觉又一次从天而至——眼前像布满了泡泡，眼神迷离，视线模糊。季踊就站在这些泡泡中间，站在每个女孩子年少时的幻梦中，穿越了模糊画面的清晰光芒，炫目得让她想哭。恍惚间，一阵疼痛来临，在那片疼痛中，潘婷咬着牙，幸福得像一个安静的疯子。

很多年之后，当潘婷成了一个母亲，她会知道，那一刻她把正骨的疼痛比作分娩之痛简直荒诞得可笑。那时潘婷躺在手术台上，看着医院的天花板有一块吊顶快剥落，孩子已经产出，在看不见的一边哇哇哭着，而胎盘还没有顺利排出来，卡在已经开了十指的宫口不上不下。护士不耐烦地喊着"正确使劲！再使劲，不然我就用手抠了"。而她只想拖着沉重的身体跳起来，把那块吊顶狠狠地揭下来。她在渐渐疼昏的过程中，想起这一刻——这一刻她看着季踊的脸，还以为疼痛是一种幸福的感觉。

——回到这一刻，她从眩晕中清醒过来，季踊和白大褂弯着腰看着她的腿。

"没骨折，就是扭伤了，我给你稍稍正了正。休息几天，少活动，不疼了之后基本就能下床走路，没什么问题。你要是必须走，尽量少用这半边身子的力，一瘸一拐的姿势更适合你。"白大褂把手套摘掉，转身对着季踊："嗨，我还以为骨折了呢，我接骨做得可棒了。"

"完全相信。"潘婷接话道，她喝了季踊及时递过来的水，心情大好。

季踊打算背潘婷回去，他弯下腰，像是一张蓄势待发的弓。这时门铃响了，季踊抬头看了一眼门上边挂的钟表，神情微妙。

来人五短身材，挂着一根枯木做的拐棍，进门的动作十分僵硬，墨镜之下是张面无表情的脸。

"盲人？"潘婷在床边对季踊使口型。

季踊点点头。白大褂接过他的拐棍靠墙放下。"季踊你在？"盲人嗅着空气。

季踊又点头。

盲人笑了："你怎么又来，照顾我们生意吗？"

潘婷惊讶地张开嘴，又意识到自己的表情变化得过于明显，便偷偷闭上嘴。

"介绍下，来的姑娘是他表妹。"白大褂不怀好意地笑。

"表不表妹我不知道，干什么的先给我说说。"

"老吴，她就是那个律师。"在干裂而滞重的气氛中，季踊轻轻地说，声音像是在搅动一摊泥。

原本安静地坐在门口的那个盲人听到这句话后突然站起来，好像用尽了全身力气往折叠床前一扑，吓得潘婷抓紧了季踊的腰。

"帮，帮帮我们。"他用一双瞎眼死盯着潘婷，姿势异常虔诚。潘婷连忙握住他两只粗糙长茧的大手，他的墨镜反射着屋里面的灯光，幽深而寂寥。

五

徐瑾搓了搓脸，给自己点了一杯热咖啡外卖，顺便点了一份青椒丝炒鸡蛋盖饭。没滋没味地扒完了饭，把咖啡纸杯从中间捏扁后，他盯着窗前的枣树，续上一根烟。枣子落地了，夏日里难得的萧条光景。连同一起萧条的还有他自己，他呼出一口烟来，觉得浑身难受。想起半小时前打电话给潘婷，听她说"今天不来了"，说完就干脆挂了电话。徐瑾只好识趣地挂了电话，埋头奋战案子。其间季踊又打来电话，声音非常微弱，好像气泡沉入水中，"老徐，看好你的卷宗，要行动了哈。"

"她会背叛我？我不信。"

"有些人用钱，有些人动情，有些人靠交换……人活在这个世界上总有软肋。潘婷的软肋就是非黑即白的正义感。你只要好好煽动就能利用。"

"可不一定是被你煽动的，有可能是第二种呢？你小心。"徐瑾笑着，随后又敛起笑意，"你收买我靠什么？"

"靠目标统一啊。"

徐瑾不置可否地摇摇头，又意识到对方看不到他摇头，于是说："你非要这么试一试？"

"对，我们必须明确战友和战壕。"

"呵，老季，你可要记住，我不是你战友，我们也不在同一个战壕里。我们的确有可能同仇敌忾，但我极大可能只会作壁上观。"

"我了解。你不必三令五申。"季踊的声音低沉地从电话那端压过来。

"你想好了？"

"对，就等确认了。这个证人只有你跟老庄了解，你办公室的钥匙除了你之外也只有老庄有。要是能从你手里抢过去，那只能说明她跟老庄关系的确不一般。"

"恐怕啊。"徐瑾说了一半话，开始笑，在电话里拉长了笑声，语气半阴半阳的。

季踊声音提了一个调："你笑什么？"

"我笑你确认的真实目的。"徐瑾在季踊反应过来之前，果断挂掉了电话。

挂了电话，他决定把卷宗放到办公室里去，那里比较方便潘婷得手。他想起上一次跟季踊见面，在大排档摊子上，两个人要了啤酒，点了串和煮花生。他见季踊在打听潘婷，便告诉他那是一年前季踊曾经帮忙背过的醉酒女孩。

季踊当时细长的眼睛都睁圆了，烟火缭绕着他瘦削的脸，"我怎么一点印象也没了？"

徐瑾闷了口青啤，"那你应该记得——认出庄宥铭的那一天。"

季踊淡淡地笑了，"这我记得。哦对，你们聚餐来着。我在隔壁桌，听见了你声音。然后你来我这儿喝一杯。我正独自颓废呢。"他用点头来表示自己的满意，"我真的找他挺久了。"

"小潘就是你那晚帮忙背回家的姑娘。这也是一种机缘。"

"认识我只能算坏机缘吧。她变化挺大，我记得她那时候挺不起眼的。"

"胖点了，好看了呗。"他意味深长地顿了顿，汉语的博大精深就体现在这些省略和顿挫中，然后他诡异地一笑，"庄宥铭也是这么想的。"

"什么意思？"季踊的脸上风云际会。

"我猜他们有点关系。"徐瑾闷了酒，筷子挑着一颗花生仁扔进了嘴里。

"什么关系？"

"你说能是什么关系呀？当年是庄宥铭把潘婷招进来的，我就觉得不对劲，老庄那么一个老谋深算、歧视女性的人，怎么会主动拉新人，还是女人，但我不确定。半年前，我有次跟老庄喝酒，招待省里他一亲戚。老庄喝多了，我把他送车上时看见他手机屏幕亮了，弹出来条微信消息。原先我见过他解锁，你也知道我记忆力超群。"他以为自己说了冷笑话，兀自哈哈了几声，但是季踊正屏息静气地听他说话，于是他又正色道，"我解锁后，看见备注为'老婆'的人发了十多条信息，什么'我知道你们办公室的事儿了，你们不是禁止恋爱吗？你就搞奸情，我早晚要把你俩抓出来，让你俩好好现现行'。到后来就变了调性，比如'老庄，你甭挂我电话。咱们多年夫妻了，你是借着我娘家发的家，跟我离婚你捞不着好，你回来，我既往不咎，你难道就想让儿子恨你吗'。还有呢，有回我送他回家，见到他媳妇本人了，逮住我不放，问所里谁是短发。"

"你们所真热闹。"

"红尘男女不就这点事嘛，哪像你？不爱红尘爱灰尘。"

"会不会猜错了？"季踊拎着啤酒喝了一口，看着面前的花生盘子，问他。

"就她一个短发，刚来时差点寸头。"

"单凭这个你怎么就能确定是她呢？你们所几个女的？"

"还有一个刘冉，放心好了，很干巴的一个女人。然后程鹤子是刚来的，不可能一上岸没站稳就先湿身。再有，"黑暗中他犹豫了，"周拂晓你认识吗？"

"知道，《齐城与法》栏目那个常驻律师。"他放下酒，"没打过交道，但看着很聪明的样子。"

徐瑾嚼碎了嘴里的花生，"是，她肯定不会，你看那么聪明的一人。"

季踊把眉毛挑起来，在路灯的阴影里淡淡笑了，"你说是就是。"

"嗯，不妨也告诉你……"

"抓紧放屁。"季踊瞪了他一眼。

"有一回庄宥铭和我、小潘去杭州参加一个论坛，说是论坛，其实无非是一群大忽悠在互相忽悠。"徐瑾叼着一根烟，在漆黑中点燃它，看着红点明亮地晃动。"我看见他们在一间房里。"他的声音讳莫如深，"怎么说呢，我是不小心撞见的，不过只当没见过。我只能说，虽然不是我喜欢的纤薄型，但小潘身材确实不错，让老庄那个畜生先下手为强了。"

季踊抽了一口冷气，他的胸膛里开始发出一种闷响，好像有锤子落了进去，砸得他的心嗷嗷哀号，像是被围困的野兽一样。但他表面还要维持着不动声色。

"你怎么不吃了？吃呀，趁热。"徐瑾往羊肉串上撒了一把孜然和辣椒面，细细碎碎的调料落在火苗中，蹿起一股香味。

季踊食之无味，"饱了，再来点酒吧。"

"小心醉死。"徐瑾眯着眼睛，"我看你酒量见长。"

"这是我的助眠剂。要不又能怎样？"

"唉，按说小潘是我徒弟，我该提携点。可她原先在企业里打假，酒量惊人，想来也是有故事的人，我能有什么提点人家的？看上去很干净的姑娘，没想到隐藏得这么深。"

"好。"季踊叹口气，给徐瑾递了一支烟，一起点上。手指轻轻扰动那缓缓直上的烟圈，像是在妄图抓住。漆黑的夜空里，一个星星也无。周围撸串的人群中传出了划拳的吆喝声，而他在静静地想心事。

徐瑾打断了他的思绪，"有时候，咱们也别老联系。"

季踊点头，"我就差他这一哆嗦了。"

"行，小心别把我徒弟害了。她骨子里……"徐瑾在寻找一个词。在博大精深的汉语里，他依然难以寻到精准的词语描述潘婷，说明人总是更复杂。"她骨子里还是有一点天真的。"

"不会。需要时，我可以牺牲自己。"季踊慢慢地说。

六

潘婷不喜欢北上广那样的超级大城市，因为她本身没有优秀到足够对抗全国各地拔尖的人才。每次在地铁口看见乌泱泱一片的年轻面孔，衣着时尚、个性张扬、表情嚣张，潘婷就会不自觉地胸闷气短，感到生存空间被挤压，渺小得像是一个被一口气喝光后扔在一边的可乐瓶。那一瞬间，她感到自己老了。

而小城市更令她惊恐，小城市的年月似乎都是停滞不前的。时间在这里像是被什么野兽生吞活剥了，瞬间又了无痕迹，城市的面孔与童年相比，惊人地相似。每次过年回老家，她总会觉得，如果待在家乡，那么时光将她雕琢的这十几年，是白白的浪费。她儿时对未来的仰望和祈盼，是无望且幻灭的。

所以每次她想到这里，都会庆幸地摸一摸胸口，幸好留在了齐城。你看，东部那个半岛，心脏的位置，道路永远在缝缝补补，高楼大厦连接着低矮房屋，时髦的紧临着乡土的，又摩登又土气。看过了各色人间风景，就该在这样的地方停歇，就像风流女人找个实在男人嫁了。然而，齐城的"实在"并不是真的——每年到了夏天，尤其七月过后，潘婷恨不得立马收拾行李马不停蹄地逃离这里。阳光太烧、空气太燥、路面太热，从车里跨出来像是进了烤炉，小姑娘们愣是由鲜嫩的山药烤成了煳地瓜，今年也不例外，潘婷从来不指望夏天有多好过。

潘婷此刻抱着手机躺在自家客厅的沙发上，向空调厂家投诉了两遍。她新买的空调有些漏水，弄得客厅里水洼洼的。等维修人员进来的时候，徐瑾正好跟着上来，他走到沙发前拍着自己在楼道里沾上白灰的黑裤子，头抬着，不言自威地看着她，直到她放下高举在半空中的手机。

"别这样看我。"潘婷说。

上周，也就是出车祸后，她得知那位有过一面之缘的盲人正是徐瑾代理案件中被害人的独子。盲人用卑微而虔诚的姿势，在她的脚边一扑，一哭，一诉，让她动容而心碎。当时她觉得自己被一个巨大的黑洞给吸走了，她在他的故事中感受到生命的无常和萧瑟。在七月灼热的空气中，她的魂魄变得冷飕飕，背上也随之沁出了一层又一层的冷汗。她瞬间明白，这是失去了一切的人，比摘走眼睛还糟糕的是，上帝用荒谬的"偶然性"夺去了他的至亲，他本来就没有眼睛，如今更不会有光明。他再无生活来源。通过他断断续续夹杂着抽噎和愤慨的控诉，以及不时被白大褂和季踊打断的添油加醋的解释，她得知那个私人骨科诊所的白大褂是季踊为数不多的朋友，是季踊拜托他收留盲人，假以时日，希望能学得一手按摩技法。

活下去，总之，他的生命只为活下去。

盲人道出自己身世的那一刻，一块阴云出现在潘婷的大脑中，但又迅速被随即而来那狂风骤雨的故事淹没，那块阴云跟季踊有关，潘婷在那一刻恍然：季踊这是在攻心呢。

但是，很快她就忘记了这个飘忽而至的想法。她又重新拾起一腔热血，她记起了自己所处的位置和扮演的角色——这很容易，因为她本身就是迷茫的人，没什么可坚守的。她随波逐流着，有时候愤世嫉俗，有时候毫无所谓，生活不就是这样吗？何必大惊小怪去坚守什么信仰？脱离现实聊信仰有什么意义？真理对她而言不过就是一刹那的迷信。跟徐瑾比起来，季踊是渴望恋爱的女人所瞻慕的类型，他本身不就是人迷茫时的灯塔，自带着令人确信的力量吗？

奈何潘婷脚伤不能行走，她拜托鹿纯明，趁徐瑾不在办公室时——不像个趴窝护蛋的老母鸡那样看护他的卷宗时——把那个帮凶，不，她的意思是那个嫌疑人的证人——接生婆的电话找到。鹿纯明跷着二郎腿，表现出他一贯的纨绔习气，"我凭什么呀！再说他一出门就锁门，哪能进得去？"

"你少唬我。上回你已经泄露了。"

"什么？"

潘婷摇头，"你明知故问。"

鹿纯明眯起眼睛，眼睛在银色窄边框眼镜底下有些亮晶晶的，"那你拿什么交换？"

"没有，你滚吧！"

潘婷知道，徐瑾为了打赢这个官司，或者说为了打赢任何一场官司会付出多少心血。她猜不出徐瑾找到的证人是否靠谱，相对来说，她更相信季踊。哪怕她认识后者比前者晚了整整一年。

潘婷不知道季踊拿到证人材料后要做什么，但是想到季踊那张有煽动性的脸孔，潘婷相信任何一个人都会像自己一样缴械投降。她从鹿纯明那里拿到材料后，一刻不停地堵在报业大厦门口交给了季踊。她没有问任何问题，也没有要任何解释。她只是看着他，然后说了一句"拜托你了"，意思是相信他，相信他会找寻到真正的正义。

接着，她头也不回大步流星迈向她的小白车。在汽车呼啸而过时，夏日的热气环绕着他，又轻飘飘地散去。望向后视镜，她似乎看到他眉头紧紧皱着，他在难过。她并不清楚他为何而难过。季踊发现了她的目光，又轻轻笑了。虽然嘴角抿着，但是眼睛弯了起来，那分明就是笑容。

她总算帮到他了，她自己没有理想，可她能帮他成全一些理想——一些过于理想主义的理想。哪怕这跟她曾经的所学背道而驰。可这样一来，他们不就成了共犯？他们是不顾一切用自己的方式改变这个世界的"共犯"，他们将同仇敌忾。

幸福还不过两天，你瞧，可怕的后果先猝不及防地降临了。这不，徐瑾简直像是提刀上门了，眼里能冒出星火。

"小潘，你说，是不是你？"徐瑾踱来踱去，"我一出差，证人材料就在我自己的办公室丢了。然后你就跟庄主任告假，再然后我证人就叛变了。这是个风险代理你知道吗？"

"你说什么呀徐律师，那个案子是你单独代理的，你连看也没让我看过。我又进不去你办公室。我怎么了？"潘婷咬紧牙关，拒不承认。

"你呀！准是从哪里搞小动作。"徐瑾皱着眉头，声音恶狠狠地从牙缝里挤出来，"行啊你小潘，敢算计你师父了。"

"徐律师，请你看我的腿，"潘婷一不做二不休，把腿从沙发上搬到茶几上，涂了红指甲油的白净脚丫立在杯子前面，潘婷把睡裤拉到膝盖位置，紫红瘀血已经淡得发青，整个腿还有些浮肿，"你瞧瞧我这副样子，怎么可能去算计你？靠一张嘴吗？"

徐瑾愣愣地盯着她的腿，屋里的师傅修完了空调，在徐瑾身后打了个招呼就走了。"钱！我支付宝转给你。"潘婷隔着徐瑾冲那个师傅喊道。

师傅离开带上门后，徐瑾长呼出一口气，他走到空调前面打开了它，一阵凉风款款而至，窗外的大太阳又变成了纸老虎。

"不说别的，你的脚还挺好看。"然后他顿了顿，"算了，我不追究了。我知道你们女人一恋爱就像喝酒上头，直接完蛋，什么理智冷静，早都忘得一干二净。"

如果身边有相机，一定能清晰地拍到，在徐瑾留给潘婷怒气冲冲的背影后，他的脸上浮现一种多么自得，多么有掌控力的微笑。

他们在去天津的高速路口见面。

季踊听说潘婷要出差去天津处理个案子，他马不停蹄赶来了。当然，"马不停蹄"是潘婷一厢情愿加上的形容词。实际情况更接近于季踊为了一条新闻线索顺便过来而已。但他没有提"顺便"，她也刻意不去想他的真实目的。

夜幕降临，天津的尘土气似乎比齐城更盛。操着地道天津话的大巴车司机和的哥像是指挥这个城市的将军，他们讨论时事，预测比赛，大话未来的国际版图，即兴发表的演讲足以媲美一个理论家。

季踊说："我的事不着急，先跟着你走。"在高铁上，他把位子换到与潘婷隔了一个座位的地方。他们中间隔着一个睡着的男人，趴在窄小的桌板上，脸贴着笔记本电脑。季踊不忍心叫醒他，便和潘婷从记事本上撕下一张空白页，隔着中间的人用纸条交流，幼稚得像两名初中生。

"我猜他生活在大城市，一定很奔波。"季踊的字遒劲有力，力透纸背。

"可不，笔记本都要压坏了。"潘婷咬着笔头，想了想，又加了一句，"不过我很羡慕他的勇气，毕竟我来自齐城。算是三线吗？不对，我感觉是四线。"

"小姑娘！齐城都只是四线？你让我一个县城来的如何评价自己的家乡？难道是无线？"

潘婷觉得自己措辞不当，想了想做了补救，"我也是小县城来的，那里如今发展得也很好。我老家的同学现在过着十足安逸的生活，朝九晚五，养花遛鸟，好像人生的目的就是如此。我有时羡慕他们，有时又瞧不上那样的生活，真纠结。你想回去吗？"

"不回去了。理由我以后告诉你。"

突然亲密的语气让潘婷忘乎所以。"想过去更大的城市吗？"

"不。若在以前，我可以毫无牵挂，但现在我认识了重要的人。"

看了季踊的纸条，潘婷的脸熟透了。这时候，车厢内响起催促下站的广播，睡在他们中间的人突然一跃而起，动作娴熟地把头顶行李架上的包哗的一声拎下来，把笔记本装进包里，然后匆忙跨过季踊融进汹涌而出的人潮。

潘婷低下头，季踊起身坐过来。如果说时间有变得荒芜的时刻，那么就是现在。广播声还在继续温柔地游荡。车又启动，在高铁微微的颤抖中，他们像是驶向了某种永恒。潘婷在这个时候感觉到一种意义，这种人生的高光时刻，一个人一辈子也就几次吧。比如，考上理想的大学、找到梦寐以求的工作、当众演讲获得雷鸣般的掌声，但是这些时刻总是伴着众目睽睽，令人惶恐，而此刻的幸福却绵长。

你可以说她贫瘠得像一块干旱的土地，但是这时候的温情，明明是场近乎惊天动地的大雨，她用尽全力吸吮着，发出了干涸土地吸纳水流时发出的滋滋声响。

"如果不介意的话。"季踊像是自言自语，潘婷转过脸看他，他轻轻闭上眼睛，右手把椅背调得尽量低矮，然后深深地躺了下去，像是被刚走的小伙子传染了困意，一直睡到列车到站。下了高铁，他们搭上出租车，季踊依然背靠在搭着纺织布的后座椅上睡着。八月的热气在城市间升腾，像一股妖气，席卷着北方。潘婷把该带的文件又检查了一遍，把季踊的证件和自己的公文包都放在一起抱在胸前，在颠颠晃晃中，她不易察觉地、几次跌靠在他的肩膀上。

在酒店里，他们住的房间仅一墙之隔。潘婷特别不喜欢跟同事一起住酒店，一来在石膏厂上班时她遭遇过主任的醉后骚扰，二来也易引发无法解释的误会。比如说，在潘婷来律所的半年后，庄宥铭点名徐瑾和她一起去参加一个论司法改革与法律共同体建设改革的论坛。当时律师界大咖云集，似乎全中国能言善辩的人都出席了，潘婷甚至有种百家争鸣的错觉。然后那天晚上入住后，庄宥铭打电话说他屋里连不上网络。

"怎么不找徐瑾？"

"徐瑾告假出去散步，还是你来一趟吧。"

给老板修电脑算是员工的职责之一？潘婷责无旁贷地前去敲门。她特意找出新买的灰色长裤长衫，尽量把自己武装成一个麻袋，极其不显山露水。进屋时她先把门敞开到足够大，然后四下环视，见庄宥铭端坐在单人沙发上喝茶，于是放下心帮他鼓捣电脑——不过是输入密码时没有区分大小写这么简单。输完密码她想着顺便把桌面清理一下，因为搞不好她刚回去就要被叫回来干这个。

每个老板都会使些精明的把戏，却在细枝末节上显得无能。所以员工都将在细枝末节中艰难跋涉，向往着有一天能够反杀，嘲笑老板的百无一能。但你忘了，一架机器就是这样才能运行下去——有人运筹帷幄，有人积微成大。所有人都被计算在名叫社会的大型机器中，充当其中的精密一环。人在社会中行走一生，到头来只是成就了这架机器的某个历史瞬间。

她忙着操作，而门被"好心"的清洁女工带上，啪嗒一声关上了。带上门的声音并不大，她没有注意到，所以当敲门声骤起时，她吓了一跳。去开门时，庄宥铭也站了起来。门口徐瑾脸上的表情从迷惑到震惊，倏忽又回归平静，如此"顷刻间回归平静"是潘婷这辈子都学不到的本事。听到徐瑾平静地说"打扰了"，潘婷赶忙追过去，拍他后背，解释道："徐律师，我只是帮忙连一下网络。"

徐瑾的笑容讳莫如深，"小潘，我什么也没看见，你什么也不用跟我解释呀。"

这下尴尬又回到了潘婷这边。潘婷叹口气，低下了头。隔壁房间门开了，一束光精准地打过来，她猛然发现自己的长衫长裤在灯光下影影绰绰，薄得近乎透明。

那件事情后，徐瑾倒从未提起这件事，仿佛这件事是潘婷的一个疮疤。而他不知道，这个举动令潘婷更尴尬。有时候"误会"就是这样产生的，一个体谅地不去提及，一个自尊地极力避免。好在两个人只是同事，顶多还有层师徒关系。打这以后，潘婷长了记性，尽量少跟男同事单独待在一起，杜绝误会产生的根源。

但季踊不是同事呀。

那天晚上，季踊在房间里补好了觉，敲门叫潘婷出去吃饭。潘婷当时正在起草自己独立办理的第一个刑事案件，一个未成年人因校园暴力而报复杀人。这次好歹不是什么强奸案了，在庄主任的一厢情愿下，女律师只能办理强奸和未成年犯罪案件，且就算是办好，也只是因为发挥了"女性独特的优势"，并非因为专业和严谨。就算潘婷用自己的人格担保，她可以把特大重刑事案件也办得很出色，庄主任依然觉得女人永远只适合打下手。

"走吧。"季踊打着一个只剩下三分之一的哈欠。

"不行呀，我明天要见当事人，这可是我第一次自己执业。不提前做好功课的话，会被当作菜鸟笑话的。我丢人倒不要紧，丢了所里的面子，我可赔不起。"然后她看着季踊，笑起来，"不过我可以挪出一点时间给你。"

"怎么？"

"你在车上睡着时，中途手机屏幕亮了一下。我先声明我不是故意看的，只是恰好看见你给我的备注是'小心这个女人'……我很危险吗？"

"这个嘛……"季踊笑笑，他不敢说话，怕破坏彼此之间微妙的气氛，又不敢不说话，不说话时间就容易凝固。他感觉喉咙像是让人拧着，连咽吐沫都变得艰难。他倚着门发出咣当一下的响动，两个人拘谨起来。

"要是我那么危险……"潘婷先说出这半句，默默等着季踊接上后半句——你还会跟我说话吗？

"说啊，要不长嘴干吗用。"季踊尴尬地迎着潘婷的目光。

潘婷突然站起来，抱住了他。她倒要告诉他，嘴是干什么用的。

有一刹那，他想挣脱，他想忘掉一切，然后把头彻彻底底地埋进了她的肩头。

时间是一瞬间的感受，意义也就存在于这些熠熠生辉的时刻。在平淡如水的日子里，时间只不过是白白流淌罢了，就像长大或者成熟只在瞬间完成。

时间也有好有坏，比如，潘婷想起高中时因为性格孤傲被全班同学孤立的事情。那时候只要她被老师点名提问，当她站起来时背后就会此起彼伏地响起不友好的私语。课间的时候，她只好趴在课桌上，塞着耳机听随身听，她用吵闹的音乐来掩饰没有朋友、身边充满恶意的现实，她假装对此毫不在意。那段时间糟糕且漫长，而现在如此美好，令人愉悦。她享受与季踊接触的时刻——用多少溢美之词形容都不过分。

潘婷不知道的是，当下的美好未必会长久。但她只想尽情地享受当下，至于以后的"坏"，她已经管不了那么多了。

就是那个瞬间，他换了姿势，把她紧紧地搂进怀里。她闻到一种坚硬水泥的味道，微醺地闭上双眼，她的眼前是明亮的黑暗。在黑暗中，她的感官无端被放大，所有的触角都张开，冰凉的脸庞蹭上参差不齐的胡须，那些虚张声势的喘息下，血液偾张，同时上头。

她的感官从某种巨大的空白中渐渐五味杂陈。她像深冬被唤醒的动物，像初春里被风款款揉醒的连翘，她开始闻到他汗水的味道，他在她唇间发出的叹息轻柔得好像一朵云，又重得像一场海啸。她开始感受到他的刚劲，虬住她的胳膊像河岸上的护栏一样安全有力。她的心跳像山一样起起伏伏，像世界末日来临之际的浪涛汹涌，她时而抵达山头，时而被海浪淹没。

这时候季踊突然在她耳边问道："你和庄宥铭是真的吗？"声音有些颤抖。

"什么？"意识里残存的清醒神经让她猛地推开了他，"庄宥铭？"她突然对这三个字感到陌生。

季踊叹口气，身体歪在墙上，用一种讳莫如深的眼神望着她，"是真的吗？算了，别告诉我。"

潘婷待在原地，"季踊，你什么意思？"

季踊的眼睛里已经没有她了。他望着外面，手扒住了门。她知道他要走了。

她没有说话。她知道自己无须解释，因为什么都没有发生。但可耻的是，她还体味着遗留在嘴上的温度和湿度，她张张嘴，想做出点回应，说自己跟庄宥铭什么都没有。可转念又觉得，解释这件事本身就是在伤害自己。没人在意她的尊严吗？她连季踊为什么能在这种时候提另一个毫不相关的名字都完全不明白，对于不明白的事情她又能做什么解释呢？一切解释都像是给这突如其来的污名造势。

突然，她不知哪里来的勇气，伸出紧握的拳头打在他身上，然后转身夺门而出。

夺门而出的刹那，她才想到一件事：这明明是她的房间。

案子取证很顺利，名叫刘妄的孩子非常配合。他长着一副典型坏孩子的样儿，大高个，眉毛总是皱在一起，一副心事重重的模样，但是嘴角又翘着，看上去玩世不恭。于是两种矛盾的性格拉扯着他。潘婷跟他说话，有时候他假装听不懂，有时候又若有所思。

"你得信我。"在会见室，潘婷循循善诱，"我能救你。"

他的眼神里有一种黑乎乎的轻蔑，会见室的空调并无效果，他用手给自己扇着风，又好像潘婷是只喋喋不休的蚊子，他要把她挥舞到一边去。

潘婷不信邪，"考虑到你家里有精神病史，我们可以从这个方面下手，你得配合我，我相信……"

"你他妈才是精神病！"突然间，他从座位上腾地站起来，好像一只受到惊吓的青蛙。

会见室迅速拥进了两排狱警，轻易地控制住了他。一位看上去有点资历的狱警意味深长地乜斜着潘婷，像是在说"我早就跟你说过的吧"。

会见失败了，眼前这个含着笑被带走的孩子，曾用一把磨尖的文具刀——就是文具店里非常常见、用来削铅笔的折叠刀子——在男厕里把还没来得及提上裤子的教务主任从背后一刀刺中腹部主动脉。教务主任瞬间血流失控。当时在厕所的高一男同学都愣住了，这些终日在游戏中追逐英雄、标榜勇气的孩子们在现实的罪恶面前不堪一击。有一个男同学正在教导主任旁边，裤子还没有脱下，黄色的尿液就已经顺着裤管淌下来了。另外一个男孩迅速用拳头抵住嘴巴，他怕失控大喊一并被捅死。刘妄并没有看别人，他又上前补了几刀，然后温柔地（在后来的证人描述中，他微笑着，面容和善）给倒在一摊血水中的教导主任把内裤提上。

潘婷接这个案子的时候，庄主任没拦着，但他或许还持有偏见。比如，女人总是娇弱的生物，怕血怕死怕尸体；比如，年轻人没啥经验，办不好事；比如，孩子是不会做大恶的。潘婷仔细分析了案情，想一举利用这个案件达成如下事实：第一，女人坚强起来胜过男人，不总是感情用事；第二，新手有时候也会用新手段达到新的效果；第三，孩子的残忍有时候是真的。

目前为止，她顶多只证明了两件事：一是作为女人和新手，她的确一路都被轻视；二是犯罪的孩子看上去根本不像孩子，跟他们打交道，阿姨叔叔那一套就像是对着鳄鱼扮小丑。

潘婷垂头丧气地从看守所打道回酒店。季踊在大堂的休闲吧台等着，看到她进来，立马把手头的报纸放一边，起身接应她。

"正要跟你说，"季踊低下头，嘴巴抿成一条直线又张开，"我约了个同学，得先回齐城。你自己路上注意安全。"

多么无耻。轻飘飘的一句话，却在空气中产生了爆炸的威力，顷刻间伤及无辜。潘婷想骂人，她的眼睛酸涩，显然在极力撑大眼眶，防止泪水决堤，好在季踊是个明白人，并没有抬头，他短发里面露出青色干净的头皮，这让潘婷想起她曾经抱着这颗头，在刺刺扎扎丛林一样的短发中埋着头，轻轻嗅着他的味道，眼泪更是想要冲动地跃出。她不想显得自己很没骨气，只得屏住呼吸尽量控制住声音中的颤抖，就像按着一根颤抖的和弦那样，"知道了。"她冷冰冰地吐出三个字，走向电梯。

进入房间后，她蹲下来，闭上眼睛，抱头哭起来。一开始没有声音，后来越想越气，又恨自己失误失策失去退路，干脆跟跄进了洗手间，打开了水龙头，和着哗啦啦的流水声，没羞没臊地大声哭起来。

等哭完了，她在又困又累又沮丧的情绪中深感挫败地睡着了。好在睡眠是老天奖赏给落魄之人的一片创可贴。伤口或许不会愈合，但是也不会继续溃烂下去。

等等，她突然在床上坐起身。就这么认尿吗？像原先一样，在班里同学的冷落中戴上耳机，以为这样就听不到那些闲言碎语了吗？像原先一样狼狈地逃跑，然后一声不吭辞职逃离北京吗？做缩头乌龟多容易，向这个荒蛮的世界示弱多容易。就这样吗？继续这样吗？一辈子这样吗？能够装作什么事都没有发生，什么伤害都没受过吗？

她利索地套上衣服，一跃而起，总之一跃而起就对了，从这个姿势开始就对了。她在反击，打出她第一个拳头。她来到走廊，啪啪啪地双手敲打那扇冷冰冰的门，一声比一声急，一声比一声笃定。然后她听到门迟疑打开的声音，看见季踊露出困惑的表情。她拉住门，双手一推，就像划开一个波浪般把他推进屋里，他的眼神里有一种无以安放的惊讶。

然后呢？对，没有草稿，没有预演。她一把抱住他，双手环着他的脑袋，像一张拉满的弓那样环过他。季踊以为她要吻自己，整个人为此热血沸腾。他已经作势要倒下去，倒在她身边最好。但是，她拉近他，像一张弓那样，然后发射！砰——她把自己的脑袋狠狠地磕在他头上。

他被震荡得像是一艘大船触了礁石。轰然一声，眼前有白光一闪而过，他捂着头软软地跌倒。

"无耻！下作！"潘婷冲他喊。她像圆规一样立在地上，两只手颤抖不止，血管绷得紧紧的，好像随时要爆裂。她突然冲上他的床，把枕头被子全部从窗户扔下去。风从窗户外面兜进来，她气得两颊在痉挛。转身的时候，季踊闻到了她的发香，但这味道此刻让他更加愤怒。他上前抓住她的胳膊，却被她反咬了一口。他的胳膊随即肿了起来。"你，你是个小孩吗？"季踊恨恨地说道。

"别招惹我。"她还是没止住，眼里含着泪，很不像样子，睫毛膏被泪水晕开，一块一块，瘢痕似的。

"你疯了啊。"季踊咬着牙。

"我没疯，你别惹我。"潘婷想找一种符合她心情的表达，找不到，又继续说，"算了，我滚。"她绷直了身子，狠狠看了他一眼，摔门而去。

第二天一早，潘婷脑袋沉得像是得了重感冒，她拖着身子起来，决定重整旗鼓再去看守所一趟。她决定暂时不去想季踊的事情，便对着镜子画着浓重的眉毛和眼线，遮挡眼睛的浮肿。

刘妄的态度跟昨天一模一样，潘婷坐在椅子上，没有继续循循善诱，她显出一种疲劳和伤感。

"嗬，不咄咄逼人了？"刘妄突然说话。

潘婷正盯着自己指甲油掉得七零八落的脚趾发呆，愣了一下："我怎么咄咄逼人了？"

刘妄眯着眼睛玩味地看着她，"盛气凌人，大权在握，好了不起呀。"他将手臂环抱在胸前，浑身发抖。

潘婷轻轻叹了一口气，"你说是就是吧。"她把额前凌乱的头发捋到后面，起身要走。临出门前，她尽力把声音控制在一个真诚的语调上，"我把你的案子转给我同事吧，给你找个和蔼的、顺眼的律师。"

她感觉刘妄的身体在黑暗中退了一步。

"你放弃了？难道我无药可救了？"

"对，你是无病可救。你说得很对，我或许太盲目自信了，你哪里可能遗传神经病，你太正常了，正常人都像你这样——怎么说呢——不喜欢我。"

潘婷第一次看见他笑，他的牙齿露出来，其中一颗是龋齿，歪歪扭扭的跟其他牙齿格格不入，反倒透着一股纯正的质朴。

"你真是好玩。"他做出判断，"昨天我见你，觉得你像我妈，'总以为自己是对的'。"他眼里显出一种犀利的光，就像黑夜里即将熄灭的烟蒂一样倏忽不见，"呵，真想看看她现在的脸，哈哈，你不知道有多难看。"

潘婷尽力保持微笑，她眨眨眼，看着他，发现当他开始评判他母亲的这一刻，内心始终紧闭的大门打开了条缝隙，那条缝隙让潘婷得以呼吸，他们达成了某种只有陌生人才会达成的默契。在默契的氛围下，再与他交流就轻而易举了。

"因为恨她就要搞出点事情让她难堪吗？"她轻轻地问，怕声音太过斩钉截铁会让他产生动摇。

"哈哈，我是为自己。不对，我是为了大家，所有人。"说到所有人这个词时他的眼睛在阴影中熠熠生辉，"你知道那个教导主任有多恐怖，他应该被杀。你去学校打听打听，所有的人——我说的是我的亲爱的同学们，都会叫我一声'英雄'呢。他们可算能大舒一口气了。这种人该死呀，总得有人牺牲一下去反抗吧？要是都做小绵羊，那谁也过不好。你看，我只是做了其他人想做而不敢做的事情。"

"这样呀，"潘婷的手托在下巴上，仔细盯着他，"他做了什么呢？我是说那个该死的教导主任。"

"该死的教导主任……"他在玩味并且享受这个称呼，"你真应该看看他死透的那模样，哈哈哈哈。"

"我没有看到，实在可惜。"潘婷努力分辨他的避而不答是有意或无意。

"也好，你看了会睡不着觉。"突然他猛地一哆嗦，浑身像是被电击似的抖动，但只是瞬间，那个瞬间不易察觉地让潘婷看在眼里。

"你的身体不舒服吗？"

"不，"刘妄瞬间清醒，"我很正常，真的，我知道你在想什么。没用的，你可以让我去鉴定，但我一切正常，没有任何遗传病。"

　　"你的姑姑有这个病，你知道吗？还有你的……"潘婷咬紧牙关，听到上下牙齿摩擦的声音。

　　"不，你别说了。你走吧。"他摇头，"我错了，你跟她还是一样的，你们都错了。我告诉你们，我爸爸，"他眼睛闪着光芒，潘婷细看之下，发现那是被头顶灯光照亮的泪水，"他没有病，他绝对没有！"

　　刘妄起身准备结束会见。他不想再跟她对话，留下潘婷对着白晃晃的日光灯和发出清冷气味的墙皮。

七

那段时间，潘婷处在一种昏天黑地的边缘。她并没有撬开谁的嘴，更别说另一个人的心扉，回到酒店，季踊已经悄然退了房。潘婷气得在前台小姐的注目下手攥成拳头，用尽全身力气克制发抖的身体。回到房间，她把枕头从床上抱起，拿到窗边，咬着牙狠狠地扔到一楼，然后灰溜溜地沿着消防楼梯下楼捡了回来。她拿头撞他的地方也像是一道断壁残垣，突兀地增生在皮肤上。好了，她对自己说，除了丢人，又没有什么丢失的。

但是除了丢人，人又有什么害怕丢失的呢？

后来，案子没什么进展，办完其他一些手续，她回了齐城。徐瑾第一个去给她接风。在她家客厅里，空调发出深沉的嗡嗡声，徐瑾很自觉地站在茶几对面打量着她。

她抱着抱枕，像只猫一样蜷缩在沙发里。头上的包识时务地肿了起来，用纱布包着。

徐瑾自踏进这间屋，迎面就遭遇上次不欢而散气氛的一种延续，为了不至于冷场，他开始说起谁的第一次不成功都是正常的，然后把自己和"听说的"别人第一次独自办案的情况夸张成各类糗事和败运，潘婷不自在地点头，徐瑾认为她听进去了，进而谈兴渐酣，自己去冰箱捞出一罐冰好的无糖可乐，斗志盎然地跟潘婷谈起他的新案子——他最近又接了一个女人不堪家暴的投毒案。

"为什么不离婚呢？"潘婷语气淡淡地搭腔。

徐瑾昂着脑袋，在屋里踱着步子，皮鞋底敲打抛釉砖发出嗒嗒声响，"你以为所有女性都已经得到了解放，地位提升了，待遇上涨了，男女平等了？——不，在很多地方，像你这样能够独立、受过教育、能谈'追求'

和'梦想'这两个很小资的字眼,简直就是再过个三十年她们也不会有的。首先她们根本不觉得这是进步,无论从外部条件到内部思变,根本达不到。这个案子的女人就在齐城!同样的土地,你就能说'去他妈的男人,我要靠自己',她呢,她一辈子就指望嫁个好人,要是所托非人,那好,'忍'字头上一把刀。至于你说的离婚,我的姊妹,她觉得这是比杀人还丢脸的事儿呢。比如这个女的,"徐瑾的手激动地指着空中,他让潘婷想象那里凭空有一本卷宗,"她坚定地认为这个男的既然娶了她,那么杀了她也是他的权力。"

"所以她就把他杀了。"潘婷把腿换了个姿势,打了个哈欠。

"所以!她就把他杀了!"徐瑾重复了这句话,语气有所不同,他继续踱步,潘婷觉得家里的地板快盛不下他的盛怒了,"除了挨打,就是挨打,这一回,他打了他儿子,打得头破血流,他把儿子提溜起来,"徐瑾做了一个把东西托起来回搋的动作,"朝墙上撞。就因为制止他打他的妈妈。"

"为了保护儿子,所以杀了丈夫?"

"我更倾向于她是走投无路,只有杀了他,娘俩才有出路。抱着这种信念,这么一个弱不禁风的女人——当然,看照片的话好像也不是弱不禁风的类型——不过,就是这样,一个受害者不再忍气吞声,她主动结束了自己的劫难。"好像一口装满了稻谷的麻袋突然清空,徐瑾走到沙发旁坐下,万籁俱寂,仿佛刚才只是经过了一朵云,酝酿了一场夏日的雷雨,"听说季踊跟你一块儿去的天津?"

潘婷见他哪儿疼戳哪儿,便让话茬兀自断在空调吹来的冷风里。她也去冰箱掏了一罐可乐,靠着沙发脚,直接坐在地板上。

"季踊,"徐瑾乌黑黑的瞳孔风车一样忽闪忽闪地转,"季踊是个不简单的人。你眼光挺毒的呀小潘。"

"别说了,"这一声是从鼻子里出来的,"徐律师,我不想听,我想你也猜到了,就那点破事。哦对了,之前偷你材料是我干的,是我给他的。"瞬间气氛降到零度,就像是有人在他们之间又铸造了一层厚厚的冰。

但是徐瑾破冰而行,"我早知道是你,也明白你是为了谁。我就想告诉你,你得相信程序正义,事实正义,你得相信自己的当事人,要是连自己当事人都不信,谁还会相信他?"

"你怎么处理的？"

"能怎么处理啊，季踊他是记者，记者是什么？社会大忽悠呗，除了我们能忽悠的，剩下的人都给他们忽悠了。"

"季踊的立场也站得住脚，我并不是因为上了他的当。"潘婷不仅是脸颊红了，连额头的青筋都根根暴起。

"行，案子好说，"徐瑾眯着眼睛摇头，好像在审视一种他不能理解的事物，"只要人没丢就行。"

有些瞬间让潘婷觉得那是她自然苍老的节点。比如说某天中午，她从失重黏稠的梦里一身热汗地醒来，梦见一个未成年对着她磨刀霍霍。她抚着自己跳动的太阳穴，很肯定那个身影是刘妄的。但是且慢，她又感觉那个身影在转过来的瞬间，高大、黑瘦，鼻子像直尺般坚挺，最后她确信，那副面容来自季踊。在梦里，他如同植物般一截截向上稳稳地生长着，始终俯身看着自己，就像氤氲的雾气散尽般，音容笑貌从模糊变得清晰，他快要衔接到云端去了。潘婷从底处抱紧他还在大地的那部分，身体轻飘起来，以为会带向云端，突然响雷扫过，一种真实的踉跄过后，潘婷被巨型季踊甩开。

天津一别后，他们再没见面。后来有一天——方知结婚的那天——新娘是在监狱纪委部门的姑娘，没错，这个圈子就这么小。那天潘婷穿着一身西服，女扮男装给方知当伴郎，在方知交缠着新娘的肩膀过来敬酒时，她将手高高举起，从头顶上方将酒往下倒，然后把酒灌进嘴里。周围一片浑浊的喝彩声，以至于有个人站在阴影里，她都浑然不觉。

他也许说话了，也许没有。只是在她嘴边还冒着啤酒的白沫时，他正好盯着。眼神里面什么内容也没有，或者可以说，眼神里面有太多的内容，以至于混杂一处，茫茫然不知所终。

潘婷喝完酒后，跟着鹿纯明和辛贤把方知抬进扎着红花的轿车里。那样的夜，有人哭泣，有人兴奋，有人高亢，就像是年初一雪地上爆裂的鞭炮，扎眼得很。节日不是给孤独或者一事无成的人准备的，潘婷想，节日的意思就是找人庆祝，是个互相依偎的由头。重要的是与谁为伴。

那天在阴影里，潘婷感觉到季踊的视线，他们像是黑暗中两道方向相反的光束，在电光石火的瞬间，交织了一下。潘婷别过头去，方知的婚车开远了。

潘婷感觉到他走过来了，盏盏路灯交接着他颀长的身影。潘婷看着自己的脚，脚尖的红色指甲油在黑暗中发出幽深的光芒。在季踊的逼近中，她受到了他光芒的反射。可恨，这样的反射仍旧令她脸颊灼烫。

她决定抬头看他。眼睛里有一种委屈，他尽力忽视。

"你不打算跟我说话了？"他与生俱来的不怒自威和不言自明在这一刻堆积到了顶峰。

"有什么好说的。"潘婷两只胳膊交叉抱在一起，摆出一个经典的防御姿势。

"好吧。"他声音带着一种显而易见的抱歉，可是他有什么好抱歉的，"这个给你，或许有帮助，你帮我一回，我也帮你一回。"

季踊把一个两巴掌大的白色信封从黑暗里递过来，信封叠得皱巴巴的，上面一个字也没有。

他走了。

潘婷按捺着好奇，回到家，关好门，为了延长读信的、没出息的快乐，她先是命令自己喝了一大杯凉白开，然后把客厅和卧室堆放的脏衣物放进洗衣机转上，把茶几上的卷宗整成立立正正的一摞放进档案盒，把第二天要做的速食早点从冷冻区放进冷藏区——才正正经经地坐下来，几乎是虔诚地，对着水晶灯照着边沿一点点撕开。

其实她不用这般细致地撕开，因为里面只有一页短短的纸，内容也跟想象中的南辕北辙——里面是一个叫作王某某的开房记录。

王某某？潘婷恨得牙痒痒，她来回看着手里这张简短、铅印、白纸黑字横平竖直的纸——有些人的字谜打得真是好。客厅里，头顶的水晶灯突然灭了一盏，投递到潘婷左眼的光线暗淡下来。鹿纯明早就跟她说过，客厅安一挂水晶灯，简直就是给自己招灰找事儿干，分明是泥猪瓦狗那类中看不中用的东西。

可这不中用的东西，却瞬间击中了潘婷的大脑。她立刻把刚整理好的卷宗材料翻出来，哗啦啦地翻找着，幸好，她找到了。

再次去天津的路上，潘婷感觉到阳光和氧气都是如此充足。从她的鼻息，纳入肺，然后云雾缭绕地沁入血液，被一个个血红蛋白宝贝地拥抱着跑向身体的条条大道，它们愉快地敲门，然后把氧气送给所有的器官，喜悦打通了任督二脉。

在会见室里，潘婷手里绕着一缕头发，低垂着眼睛看着刘妄，她知道这样会显得自己很柔和，不具备攻击性。

"教导主任不是个好人。"她先开口。

刘妄坐在面前，他更瘦了，光头把他的五官显得更加紧缩，好像老天开了玩笑，把他的五官拧在一起。"是啊，不是好人，要不我杀他呢。"

"在某一方面，"潘婷字斟句酌，"的确可以称得上是大快人心，我听说他经常骂你们，语言粗俗不堪，曾经有家长向校长反映，但是很不幸，他是教育局某位领导的大舅子。"

"哈，你还做功课了？"

"不是应该的？"

"不错啊，有进步，难道是在我这里磨炼的？"

潘婷用嘴角牵动了一边的脸颊表示回应。

"你从小跟妈妈长大。"潘婷义无反顾地说下去，她的声音低沉，像城市的污水在街道上缓缓流淌，渗透进暗无天日的地底，"父亲缺位，于是母亲尤其重要。"

"你，你想说什么？"刘妄像是河蚌露在外面的软肉被戳痛似的向后蜷缩。

"对你来说，母亲很重要。"她重复道，然后看这句话像光一样打在他的脸上，"但是母亲并不像别人想象的那么光彩。这跟教导主任有什么联系呢？我想我要说的是……"

"他们根本就没有任何关联，我没有病，我母亲也没有病，是教导主任有病。你是请来替我说话的，还是行刑刽子手？"

"对，我们从教导主任说起，仔细地捋一捋。从你转学过来，他就一直作威作福，不对，当你还没来的时候，他就作威作福。他经常体罚学生，像是拿竹竿插进同学嘴里这样的事，你们曾经告到校长那里，反而导致受害学生退学。后来你跟一个女同学走得很近，她跟你说起，这位教导主任总是在夏天午休的时候，打着检查卫生的旗号突袭女生宿舍。这样的事情太多了，罄竹难书对不对？"

刘妄垂着头，好像对自己的脚产生了兴趣。

"后来呢，你就开始跟他作对，你是忍不住要对抗他，你觉得他可恶、可恨——他把自己搞得像个专制霸权，你觉得自己是个正义的起义军，你一次次挑战他的权威，最重要的是，你学习成绩居然很好，前几名，如果我没记错的话。

"最终激怒你的是，听说他嫖娼，而对方年仅十八岁，可以说是刚刚满十八岁。他得意扬扬地在酒桌上说起这样的事，而那顿饭，正是你母亲请他吃的。你母亲受到了让你转学的威胁，主动请他吃饭，没错，她就是干这个的。我们总算绕了回来，兜兜转转——我是跑断了腿才查到这些——她就是他惯去的那家店的老板娘。"

刘妄抬起头。不出潘婷所料，他先是愤怒，愤怒的火焰熄灭后，出现了一丝孩子气的执拗，执拗也渐渐熄灭后，徒留一片懊恼的灰烬。他的脸就遮掩在这样的灰烬中。

潘婷没有停下来，她斟酌着用什么样的语气继续，不管了，她平铺直叙："自从他知道了你母亲的职业和你的家庭情况后，开始对你变本加厉。我听同学说，他经常说你是神经病，说你母亲乱交，跟精神病生了你。他让同学们疏远你，最过分的一次——粗心的公安啊，竟然没有记录——他把你送进精神病院，因为你冲撞校长，并且无视纪律，还把教导主任的办公室砸了。你在精神病院的日子，"说着，潘婷从公文包里拿出一沓档案，她在翻动，找出做了标记的地方，"哦，是这样，他们关了你四十天，你的母亲因为怕又要让你转学，于是同意了这个方案，你瞧，这里有她的签名，还有班主任的签名。在听取了你家族的病史后，他们诊断你有精神方面的疾病，你反抗无效，最后被喂服了氯丙嗪，并注射了镇静剂。与此类似的药，你每天要吃五种。在最后忍无可忍的时候，你认为只有他死，你才能解脱。"

他瞧着她，眼眸里含着淡淡的泪光，"你错了，他的死不会令我解脱，只可以证明一件事：我不是精神病。你想让我告诉你多少遍——我不是精神病。我看过这方面的书籍，我只是有家族病史，但这不意味着百分之百会遗传，只要我坚定，我不会被遗传，我没有精神病，但他在世一天，他就会这样告诉我，打击我，他会让所有人把我当作精神病。"

"高中啊，只有三年，你已经念到高二了，你成绩很好，为什么不等等？"

"你以为，哦，我忘了你生来就是幸福的，父母都是正常人，你怎么会懂呢？"他的目光里闪着星星，眼睛眯起来，有一点吊梢，"我熬不到这么久，他再这么说下去，我就真的疯了。我不在乎死，我要死得有点尊严，就像，你们怎么叫那些给死人化妆的人？"

"入殓师。"

"对，他们不就是为了让死去的人有尊严地离开吗？比起表面功夫，我更在意里面是啥样的。"

潘婷长长地吸了一口气，直到感觉胃部撑开了一个黑色的大口，"所以，你坚决不用精神病作为抗辩理由？"

"对。"他的语气像插进泥土的一根冰柱。

潘婷只能求助于从轻或者减轻量刑。她堵在放学路上，暗访了好几个同学，他们拒绝为她出具笔录，哪怕她说得再动听，其中有个女孩子还哭了，她揉着自己的眼睛说："我知道我们应该帮他，最最起码，我们应该说出事实，但是我爸妈都告诫我，要是我说了不该说的，他们没有钱让我转学。"

最后，潘婷找到刘妄的母亲，想让她收集教导主任嫖娼的记录。她们当时坐在空调房中，潘婷却觉得汗从自己的脖颈淌下来，刘妄的母亲戴着满月孩子拳头一般大的蜜蜡，蜜蜡坠后面是一览无余的事业线，紧身裙把她裹得曼妙动人，完全看不出她有一个即将成年的孩子，脸上涂得简直像京剧舞台妆。

她的宗旨简明达意，就是自作孽不可活。

潘婷从座位上站起来时，眼睛都快瞪出来了："那是你儿子啊。"

"是我生的，没错，是我儿子，但杀人的确是他自己干的，我能干啥？我管不了啊。"

一句"管不了"就是这类母亲跟孩子的所有羁绊。

"你能做的，比如，"潘婷胳膊夹着包，一手已经拉开了店门，屋外，热气正闷闷地席卷过来，"你本可以爱他。"

她出门，结结实实把门从身后摔上，这让她有一种怅然感。七八月份的天气，她耸耸肩，一阵凉意浮上心头。

她预感到这个案子要黄了，因为只有她一人在努力。

徐瑾的电话也在这时候落井下石："教育局相关领导不想让事件闹得太大，你最好是尽人事，做到些微对得起职业良心的程度就可以了。"末了，徐瑾说，"有时候我们的本事不能通天，那就要学会暂避锋芒，你不能同制度作对，因为制度会'咬死'你。"

"行了，我知道了。"她赶紧挂断了电话。

这段时间以来，潘婷觉得自己浑浑噩噩，明明忙碌却无为，简直是在命运的小河里浑水摸鱼，自从出了象牙塔，她是第一次知道，凡事并不是自己努力就可以成功的，这算是获得了步入社会的真理。上学时，所有的考试以及由此得到的骄傲和荣誉，都取决于自己是否认真复习功课。不用请客吃饭，更不用揣摩各方力量，不受人所掌控的无非就是出题人的思路，但洒脱一点就行，反正自己不会，同学也不会，大不了自己分数低，同学的分数更低。而如今，恋爱也好，工作也好，不受人掌控的部分太多了，盈千累万不足以形容。拼尽全力所获得的，有可能距离想要还相差十万八千里，这就像打捞水池中的落叶，如果用错了方向，舀得越用劲，它被那力道冲离得反而越远。用对方向的时候呢？不，千头万绪，哪有用对方向的时候。

我只是徒劳无益在做功，而我又非得徒劳无益不可，潘婷抓起床头柜上的安定，含进嘴里，咀嚼。她的眼睛盯着天花板，直到天花板天旋地转。她不要喝水，苦本来就是一剂良药。

八

季踊喝醉了。值完班的第二天他向来宿醉不醒，这是报社大楼人尽皆知的事情。有时他忘记换衣服直接来上班，电梯里充斥着酒气，但没人敢嘲笑或者质问他，起码当着他的面不敢。有嘴碎的人举报季踊喝酒上班，他听后默默拿手捅开报社主任的办公室门，把玻璃门敞开——当着所有人的面，他拿起一个酒精检测仪，狠狠吹气，然后像握着一颗炸弹般缓缓地转一圈，让蓝色的数字晶莹地闪烁在每个人眼前。于是，所有人都明白了。

这个跑新闻总是不怕死、不怕累、不怕难的男人，他真的无牵无挂、无家无靠，没有人向他嘘寒问暖。

季踊十来岁的时候，家里出了变故，他被送到了亲戚家。亲戚是做钢材生意的，家里还有两个男孩。寄人篱下也就罢了，季踊家里原先辉煌过，父亲还是位领导干部，这位亲戚在他们家辉煌的时候借过钱却没借到，后来季踊父亲去世、母亲失踪，法律将季踊的监护权甩在了这个亲戚的名下。如今亲戚的经济条件变好了，可一看见季踊就会想起当年的落魄。在那个家里，两个男孩无法无天，季踊年龄最大，却束手束脚，连家里的狗都不如。那几年，他饭不敢吃饱，觉难以睡好，他卑微地学会了察言观色然后像物极必反似的，他突然就忘记了曾经的小心翼翼，别人以为他狂傲，他只是接受这种卑微，变得无所谓罢了。

他从初中就跟郑好在一起，当时他还是个无愁无忧的有钱公子哥，到后来却连一个像样的礼物都拿不出手。他始终无法对她讲十四岁的暑假里他到底遭遇了什么，对谁都无法讲。郑好往年过生日时，他总是送她施华洛世奇的水晶或是石头记晶莹剔透的手串，但后来他不再有钱，只好用课本叠了一百只纸鹤，装进一个贴满花花绿绿塑料纸的鞋盒里。他低头故意忽略郑好看到礼物的表情，他们的恋情渐渐驶入一种奇怪的轨道中，谁也不肯先说放手，但都知道有什么发生改变了——甜蜜变得苦涩，默契变得尴尬。他沉默寡言，而郑好忍受他就像忍受一个不会家暴的父亲。

如此长到十八岁，他总算复读考入大学，离开亲戚家。多亏父母遗传，他身高相貌都顶好，大学四年靠着做手机促销员，倒也挣出了学费。他和郑好仍在交往，可青涩的初恋早已没了昔日秀丽的外衣，倒像是死寂的陵场。他心里装着黑暗，看不到阳光，哪怕郑好迁就他也不成。郑好无数次地问他发生了什么，但都无果，他不曾祖露心扉，她只好拿他对自己忠贞以自我安慰。恋爱到这份上，只剩下永无止境的折磨和消耗。直到毕业，各奔前程，似乎松了一口气似的，两个人心照不宣地分手。别人说起来有多遗憾，他们就有多释然。

毕业后，季踊顺利成为一名记者，离目标更远了。其实什么职业，什么身份都无所谓，反正他到这个世界上就是来完成唯一的使命，等使命完成，就可以离开了。职业也好、身份也好，叫季踊也好、叫袁勇也罢，不过是他身上披着的羊皮，他现在就像一只深夜里哀嚎的狼，独自前行，无所畏惧，只为一步一步接近猎物。当然，对方不是羊，自己也不是狼，更像是披着狼皮的羊，但羊也有被逼急的时候。

他找到了徐瑾，他们共同发现了庄宥铭这个老狐狸。他顺藤摸瓜眼看就要得手时，却不小心注意到了一个女孩，名字跟洗发水撞了，叫潘婷。本来嘛，他是抱着无所谓的态度，这些年和郑好分手后，他也不是没有游戏人间过。他瞧得出潘婷这姑娘中意他，因为她的眼神总是不加掩饰。不像郑好，郑好的喜欢都是有尺度有节制的。郑好不会轻易坦露自己，更不会冒险去试探他。

但这姑娘明显傻多了，首先是一副为男人热血冲头的样子，其次是一副为正义两肋插刀的样子。想起来就让人想笑。怎么这个年代，还会有这么天真的人。她以为这个世界存在真善美，在这个年头还存有浪漫和理想主义，简直像是一张没有沾过颜色的纸。在她面前，他像是没有过去，也不用顾及未来，简单、轻松并且畅意。一直以来他活得实在太沉重了，一点点轻松就让他感到呼吸畅快。

天津之行就像一个甜美的泡沫。他竟然问她和庄宥铭的关系是真的吗。

他看到她惊诧的表情时，心兀自嘶吼，血管里好像也掀起一场如释重负的海啸。好吧，他差点就暴露了自己，差点就把自己折进去。难道太过沉溺于仇恨，他已经忘记仇恨的滋味了吗？他忘记了那些求爷爷告奶奶、走投无路的时刻，忘记了父亲皱巴巴的尸体、母亲冰冷的眼泪，忘记了那些被毒打的夜晚？所以，这个女人是危险的，比他自己还危险。因为潘婷拥有的天真、温暖让人堕落、失去斗志，但他还偏要接近她不可。

他的额头疼了整整一个月，不知道她哪里来的力气，圆圆的脑袋竟然硬得像金刚石。她这么一撞，反而撞进了他心里，真是聪明。但他竭力地想要无视她的好，只有这样，才能狠下心来。

那件事发生的第二天，其实没有什么要紧事非走不可，他也不是有意醉酒，只是听说郑好调去了刑事审判庭。

郑好调去刑事审判庭意味着什么呢？首先，这意味着他设计的一切可以有新的走向。为此他必须接近她。他没有工夫在外面流连，只能按照既定的计划，马不停蹄地往前走。没有人知道他为此筹划了多久。

他拨通了那天阳光底下郑好给他留的手机号。

"你好，哪位？"公事公办的语气，俨然一个威严的女法官。

"我，季踊。"

那边没了声音，接着，"你怎么了？"

"喝多了，见见你成吗？"

她沉默，然后一字一句地说："季踊，你可想好，我不是陪你说说话就能打发的。"

"明白。"

九

　　冬天终于来了，在长久的夏天占位后，冬风一夜吹黄了路边草，现在它们蒙上了轻盈的白霜。夏天的焦躁也随着寒流一起埋入地底，冬天像是个温和冷漠的季节。

　　庄主任在会议室里开会布置年末的任务。他晚上还要跟市院法官吃饭。前些年，法官出来吃请再正常不过，但现在不行了。监察体制下，法院不仅有自己的监察部门，另有纪委的派驻纪检组，约谈、举报、自查、蹲点，再加上法官员额制改革，对素质和能力的要求陡然提升，一下激浊扬清，除去了不少害群之马。余下的，还残存着过去"吃原告、吃被告"理念，束手束脚，终归收敛了许多。庄主任是过去时代的律师，讲求"情大于法"；徐瑾是新时代的律师，讲求"法大于情"。到潘婷这儿，倒是两者兼有。

　　他给每个人重新分配了案件，潘婷拿到了几个交通肇事的案子。会后，潘婷找庄主任，她预感到他们的谈话肯定会不欢而散，但是庄主任很会演绎，他这样身体肥胖的人，一定有一颗同样肥厚的大心脏，潘婷的软磨硬泡一概穿不透这颗心的厚壁。他微笑着，那笑容正像他喝的咖啡那样酸苦，"我说小潘，不要挑肥拣瘦嘛，咱们所就你有特殊优待，这种案子不血腥也没什么关系需要打点，很好的呀，小方那天还说我偏向你的嘛。"

　　"主任，求求你偏向偏向别人吧。"潘婷迅速瞥了眼半个月前刚入职的女孩程鹤子，"喏，那个新来的看上去可以挑重任。"

　　庄主任也顺着她的视线看向正围着辛贤听案子的程鹤子和刘冉，她们都穿着职业套装，双双倚在桌沿。"对我来说，这种姑娘是奔着结婚来的，你瞧瞧，打扮得那么入时，指甲也弄得花里胡哨的，脸面娇艳。啧啧，人就是这样，心思在哪儿，脸是不会出卖你的。像这样的女孩，多是在这里解决一份工作，回到家可以跟老公和公婆在权力的游戏中对抗，如果怀孕了，还有正规的生育险和休假，我一直觉得生孩子就是赚。"他杀气腾腾地望着隔间的玻璃外，似有言外之意，"所以小潘呀，你才是希望之星。"

他的话是对着玻璃说的，玻璃瞬间起了雾。潘婷内心又一次确认庄宥铭是个确凿无疑的女性歧视主义者。她清了清喉咙，仿佛那里有一口吐不出的黏痰，"庄主任，你的意思，我的脸看上去不是结婚的料？"

"哦，你看你多心了，我就是觉得你心思还是放在工作上的嘛。那个，徐瑾最近有个好案子，不行你跟进一下？"

气得潘婷只恨手里拿着的是一份表格，如果是一杯热腾腾的咖啡，她非要把他从头浇到脚。用纸卷敲头就算了，他没准会以为是在跟他调一个不疼不痒的情。

徐瑾的新案子是一个团伙诈骗案，三个姑娘在平台直播，等网友一旦有点意思，想看更多时，便露出锋利的鱼钩要大钱。这些姑娘会和一些打赏数额较大的网友单独约会，谎称自己家境贫寒或者情势有变以诈取钱财。徐瑾便是给这三个姑娘做代理。

在徐瑾的办公室里，潘婷看过几位姑娘的照片后放回桌上说："很漂亮啊。"徐瑾给潘婷泡上一杯热腾腾的咖啡，结果潘婷一点都不领情："闻这味儿就难受，我能倒了吗？"还没等徐瑾回应，她直接把咖啡倒进了垃圾桶。

"要我猜，你是对庄主任有意见了。"徐瑾眯着眼睛，有所觉悟地抱着胳膊看着她。

她叹了一口悠长的气，"我可没意见。你瞧我，呵，"她摊开双手，"连个未成年犯罪都搞不定。"

"谁说未成年的案子好办了？你小瞧我们的未成年，也小瞧了你自己。"徐瑾顿了一顿，接着说，"来吧，干起来小潘，研究案子！"

潘婷负责去见其中一个姑娘。统一样式的制服显得姑娘更瘦了，她的胳膊在宽大的衣褂中晃荡。一见潘婷，她垂下头去，用手摸着自己的膝盖。

"邱宝珠你好，我作为辩护律师依法会见你，为你提供法律服务，代理申诉、控告，申请取保候审，出庭辩护等，依法维护你的合法权益。嗯，今天来想问你几个事。"

她突然睁开眼睛，"谁请你来的？"

"嗯？"潘婷一怔。

"我没钱，谁有钱请你来？"她的眼睛在清冷的房间里焕发着幽深的光芒，说话间嘴唇变成一个黑洞。

"这个嘛……"潘婷翻了翻案卷，没找到答案。她没料到对方会问这个，徐瑾肯定心里有数，好吧，试一试，"也许，不，应该就是你家里请的。"

"得了吧，"她突然松懈下来，发出短促的笑声，"根本不可能。我家里比我还赤贫，哪里有闲钱救我？"

潘婷没想到被将了一军。她深深吸口气，"那么你觉得会是谁？"

好球。打回去了，漂亮。潘婷甚至想给自己鼓掌。

她的眼神像熄灭了某种火光，"有可能是他。我相好。"紧接着她又问，"你给我代理，他给你多少钱？"

潘婷在考虑该如何巧妙回避，或者如实回答。

"要是超过一千元，我求你别给我代理了。我信命，凡事顺其自然。你把钱退给他，告诉他把钱给他们，他知道'他们'是谁。"

潘婷轻轻笑了，"你不会希望省这个钱，我们是最划算的，难道你的自由不抵这些钱吗？"

"你说得好听。"她喃喃地说，抬头用一种凄苦的眼神打量潘婷，"你多幸福。"

潘婷被她看得莫名其妙，浑身上下起了一层细密的鸡皮疙瘩，她缩了缩肩胛骨，把这种感觉从肩头驱走，"我既然做了你的代理人，就要帮你，跟你站在同一战线，希望你能实事求是告诉我本案的相关细节。好吗？"最后的"好吗"像是在空气中停顿的一只无脚鸟，恍恍惚惚地不知道着陆在哪里。

"瞧瞧你，一身名牌，多幸福啊，吃得好住得好，衣食无忧。"她根本不接话茬，只顾自说自话，可突然又音调上升，看着潘婷问道，"你真的能帮我？"

"当然。"

"让我死吧。求你了。"

"你罪不至死，别这样。我和徐律师仔细看过你的案子，我们尽量按照从犯辩护，你不会在里面待很久的。"潘婷对这一点还是有把握的。

"我真的想死，你要是想帮我，就让我死吧。"

"你今天情绪不好，我们先聊到这儿吧。你回去冷静下。"

"我不要冷静。对了，我要是死的话，器官能卖吗？"她身子突然探过来，"眼角膜、心脏、胰脏、肾，我都卖，能卖多少钱？"

潘婷后退了一步，鸡皮疙瘩又起来了，她盯着对方空洞的眼睛，确认她不是在戏耍自己，"你说什么呢，卖器官是违法的。而且你根本不可能是死罪。"

"那就没钱了。"她颓然倒在椅子里，"没钱了没钱了，没钱了。"她哭出声来，像秋天的风似的呜呜呜。

潘婷抚着胳膊上的鸡皮疙瘩叹气，"没那么严重，就我们所掌握的情况来看，你干的这个，至少能月入一万吧？怎么还这么需要钱？"

"不，我需要钱，很多很多的钱。我病了，我妈妈需要钱，姐姐也需要钱，她们没有我就活不下去了。"

邱宝珠得的是脊柱 S 型侧弯。目前状况并不严重，看上去跟正常人无异，无非会偶尔腰痛。潘婷给她办理了取保候审，拿到病情告知书后，她在医院白凄凄的长廊上踱步。她并不了解这种病症，在手机浏览器上搜索，也只是获得诸多医生和患者演绎似的对话，甚至有时候多个在线医生会给出完全相反的答案，每一种又都显得有理有据。

等邱宝珠出来后，潘婷温柔且关切地问道："怎样？你感觉如何？"

邱宝珠苦楚地摇头，皱着眉头，整个身体呈现某种不和谐的扭曲，"我一会儿就好。"

"经常这样吗？"

"也不算吧，偶尔。"

潘婷宽慰她说："也算是因患得福。你现在可以回家，不在看守所待着了，另外我们判决后还可以争取保外就医。我去跟医生沟通一下。"

她正要走，邱宝珠从后面拉住她，"别问了，我的病我比医生清楚。谁是我的保证人？"

"你别管了，看病要紧。我也看不懂这个医生写的是什么，好像不是急症。发病的时候，你感觉很不舒服吗？"

邱宝珠用一种意味深长的眼神看着潘婷，"发病的时候？你真的……"她没有继续说下去，"我知道我早晚会不行，但没想到这么快。"

　　潘婷开车送她回家。路上她们开着空调，车里的动静比潘婷一个人的时候更大了，嗡嗡嗡嗡嗡，气流通过车的震颤传递，那是暖风在渗透和流淌。潘婷按她指的路走，绕过城区，开向郊外。开了多久多远，潘婷在黑暗里已经没了概念。邱宝珠沉默不语，只是在必要的交叉口告诉她该往哪里走。她们左拐右拐，绕进了一片城中村。在一幢幢小高层中间，像是被一把生锈的钝刀砍过似的，茫茫然生长了一片残破的、老旧的村庄，像城市的一块疤，丑陋又生硬地矗立在那里，不知道在给谁丢着人。

　　仿佛村庄也是知道自己丢人，于是它空荡荡的，塞满了静悄悄的橘黄色灯光。所有的橘黄色在天空中像幽魂一样飘荡，橘黄色把这片大地打进一种更萧瑟的时光里，仿佛穿梭到了幽深的过去。

　　在一种接近虚妄的夜色中，潘婷和邱宝珠下了车。邱宝珠像黑暗里的一只老鼠，不知是凭借微弱的灯光还是味道，轻车熟路地往前走，潘婷在后面摸索着跟上，为脚下不知是石板还是水洼而心惊胆战。她们路过几家——有一半墙是断壁残垣的屋子，屋顶往下滴着水，屋内燃着蜡烛。天井里挂着破衣烂衫，随风飘动着，像一个个怨气深厚的幽魂。还有挤挤挨挨、楼上楼下互相由电线和挂衣绳牵绊的小土楼，在土楼和断壁残垣之间，还有些蓝色和白色相间的临时板房。狭小的窗户里亮起灯光，夹杂着默默无闻的生活的气息。

　　总算是跋涉到头了，潘婷再也不想来这儿，这里对高跟鞋，对擦了粉的脸并不友好，她的鞋跟有些松动，袜子因为一脚踏进水洼而湿漉漉的，脸上的妆也油腻腻地浮起来了。邱宝珠从包里掏索半天，最后掏出一把孤零零的小钥匙，打开了门。

　　潘婷以为邱宝珠住的地方是人间，只不过是夏日烈火烧灼的人间。但是这里，在邱宝珠一手打开的空间中，潘婷终于明白，如果把这里称为人间的话，那自己生活的地方就是天堂。

　　整个屋子，黑暗、凋敝也就罢了，墙皮无处不霉烂，地面无处不污腐，窗帘是一条破旧的被单，墙上挂着的是黑白遗像，家具都是木头打的，但呈现一种灰头土脸、东倒西歪的样貌。而能看清眼前的一切，还都依仗着入口门廊上的一只爬满黑色油尘的灯泡。

"妈，回来了我。"邱宝珠进门，踢了一脚门口毒老鼠的饵洞，把包放在看不出颜色的沙发上。潘婷在门口站了一会儿。"进来坐坐吧。"她发出邀请，声音既不热情又不冷淡。潘婷向黑暗的客厅深处走去，她有意控制自己的惊惧情绪，想通过体贴来推进办案，于是她走到沙发旁，上面有一堆红的紫的黑的衣服，脏兮兮地摞着，她按捺着自己想跳起来的冲动，把屁股放在沙发一角。

"哎哟。"潘婷这回真是惊恐交加，整个身体跳起来了。高跟鞋重重地踏在地上，脚立刻就崴了，剧痛中惊恐还是没有丝毫减弱，背上的寒毛已经竖得高高的。

沙发上的衣服下面有人。邱宝珠走过来将一个消瘦而扭曲的上半身扶起来，靠在沙发残缺的扶手上，那人的脸藏在一片阴影中，叫人看不清面容。她的头发乱糟糟、油乎乎地成绺贴在额上，瘦削得像块单薄的木头，弯曲得像张未拉满的弓。

"我妈……"邱宝珠见潘婷一阵哆嗦，又重复了一遍，"这是我妈。"

送潘婷出门时，邱宝珠对她说，"脊柱 s 型侧弯患者。这还不是最糟糕的，最糟糕的是我姐姐也是这个病——哦，她出去讨饭了。我爸爸在我十四岁时出门被车撞死了，他手里拿着一只很小的四寸蛋糕，草莓酱夹心的，我在马路对面等着，我知道蛋糕上有个塑料的小公主，那是给我买的，因为第二天是我的生日，而爸爸那天就要去外地打工，他要提前偷偷地在外面给我过，因为他最偏爱我。马路上，我爸爸的血糊了一地，蛋糕也抹了整个地面。你不知道多惨烈，我看不出哪里是爸爸的脑浆，哪里是给我的蛋糕。那时候多少人都拉不住我，我想跟他一块儿死，我还能有什么办法，要是能跟他一起死了就好了，这么多年来，这个念头一再升起，可是，"她看着潘婷，她们已经离开了门边，在荒凉的夜空下，在一片凌乱的棚户区旁，"你觉得我能死吗？"她猛地回过半个身子，指着身后，"我妈这样，我姐也这样。呵。"她沉默了一会儿，这些话在空气里回荡，"我姐生下来脊柱就严重弯曲变形，爸爸是不想再要一个的，因为遗传的概率很大，他劝妈妈别生了，可是我妈偏要再生一个。这些年来，她一直看着我，说我是她'向命运抗争的产物'，说她就知道她不可能一直生残疾的，还说幸好生了我。呵，是啊，她们是幸好，因为生我，就是为了给她养老送终，把姐姐照顾到死！"

潘婷挨她近一点，搂住她的肩头，"唉——"她不知道用什么字句来安慰，所以补上了一个悠长的叹气，"我会帮你的，我们一起想办法。"

一阵着急忙慌的敲门声，潘婷检查了下自己的着装，然后打开了门。外面太冷，前两天她投诉了供暖公司，这下给供暖加了压，屋里成了个大暖炉，只穿睡裙就足够了。现在是夜里十二点。她从邱宝珠家里刚回来，冲了个澡，换上衣服准备睡觉。

是鹿纯明。

她开了门，一只手抵在门框上，一只手还攥着门把手，这个架势没有一丝邀请人进屋的意思，"这么晚干吗呀？你要加班，别人可不加，有事打电话不行吗？"

"让我进去。"鹿纯明声音里有种怒气。这是不常见的，这个人平时一贯浪荡，多数时间在油腔滑调，少数时间则无欲无求。油腔滑调的时候就是在勾搭女孩，无欲无求的时候——谁也不知道他去了哪儿。

"我告诉你，我家有全屋监控，你别想些有的没的。"紧接着，是职业习惯——"处三年以上十年以下有期徒刑。"

鹿纯明进了屋，"哥从来不胁迫，都是姑娘们主动。"

"少来，你说辛贤我还信，人起码是个正人君子。你呀，白生了一副好脸，光忽悠小姑娘了。"

"人长着脸，不就是用来互相识别和繁衍的吗？"鹿纯明很快说完这句话，然后一脸正经地看着她，步入正题，"潘婷，你是不是代理了'一二·九'团伙诈骗案？"

"是呀，是徐律师的案子，我负责为那三个姑娘做代理。"

"你跟她们接触没？"鹿纯明的眼睛里冒着火。还没等潘婷回答，鹿纯明一只手已经攥住了她的胳膊。

"哎呀，干吗啊？接触了呀。"

"姑奶奶，"鹿纯明长吸了一口气，"徐瑾没和你说吗？他们刚刚查出来那个主犯有艾滋病。"

"啊？"好像是被雷击中一般，潘婷仔细回忆起自己跟邱宝珠接触的细节，"没有，没有那种接触，唾液、血液、母婴……"她大脑空白地一个个点数。

"我的姐，你用的是排除法啊。"

突然，潘婷放在卧室的手机响了，她还没动，鹿纯明一个箭步冲过去。潘婷听见鹿纯明接起电话，骂声连连。

等他出来，潘婷说："大哥，是我的电话。"

鹿纯明把手机扔进她摊开的手里，手机像个被废弃的工具跌落，"老徐的，这个没用的人。"

"我让你给搞蒙了——邱宝珠肯定没有，我刚给她办了取保候审，各种检查都做了。"

"那就好。"鹿纯明粗重地呼了一口气，潘婷闻到了口香糖的味道，她立在门边，"你还不走？"

鹿纯明看着她，嘴角漾起一个惯常的微笑，就像是挠了谁的痒似的，"你跟季踊大帅哥，"那个笑容更深了，两边嵌着轻浮的酒窝，"不合适？"

"鹿纯明——"潘婷头皮发麻，气得用手指着门，"滚蛋！"

等鹿纯明灰溜溜地走到门边，他坦然地回头看着潘婷，耸耸肩，脸上的表情欢喜又无辜，"消消气，记得上锁。"他说，"你别着急，你嫁不上，有人还娶不着呢。"

"滚——蛋！"

她说好要帮邱宝珠，但是怎么帮却无从下手。她打了一份报告给庄主任，又复印了一份交给徐瑾。

"社会救助？"徐瑾看着报告，嘴里叼着一支烟，"你在搞什么呀。"

"她们家太穷了，我考虑做完这个案子，就发动报社的同学给她做个专题报道，第二步是微信发起求助众筹，你看看第二条措施，"她指着纸上的字，"前阵我一个老乡发起微信大病众筹，筹集了五十多万给他妻子治尿毒症。"

"治好了吗？"徐瑾把烟灰弹下来。

"没有，还是没能治好。钱剩了些，他都给退回了。"

"如果医疗技术不改进，钱跟上有什么用？"

"徐律师，你说得简单，大部分人都到不了考虑医疗技术那一步，他们在第一步就被卡住，昂贵的医疗费用就足以吓退他们了。我认识一个人，他是我同学的表哥，得了肺癌之后，他就跟爸妈要求放弃治疗，那些钱花了也是白花，还说这样等死心里好受些，不至于像个小偷似的，把家里劫得一贫如洗再离去。还有一个朋友，前些年生了一场病，好像是皮肤方面的，她也没细说，总之她为了治病，从什么平台贷了款，这下好了，病还没根除，利息倒高得吓人，害得她一蹶不振。我最近怀疑她除了皮肤有疾，还多了精神方面的病症。"

"潘婷，"徐瑾认真地看着她，手里的烟挺直地燃烧着，"你该更新你的朋友圈子了，你瞧你，我们所给你的薪酬待遇也不薄啊，你这都在什么圈里混。"

"徐律师，唉，我搞不明白，那些明星只消摆几个造型，或者在电视剧里对对口型，节目里跑跑闹闹，就能吸粉捞钱，明明私生活混乱不堪，却说那样'有话题'，可以'上热搜'。而科学家，那些为人类科学进步奋斗终生的人，有几个能声名远扬？他们多少都是过着一文不名的日子。当然了，孩子们再也不说'我要当科学家'，都改成了当明星，说那是他们的梦想，呵，他们的梦想不就是和我们一样，为名图利吗？裹上一层辛酸的外壳，就值得大写特写吗？"潘婷越说越激动，她把额前的头发捋到了后面。

徐瑾拍拍她肩膀，"行了小潘，明星那都是商业市场，市场就是一个愿打一个愿挨的地方，你所不屑的那些歌曲、电视剧、综艺，有些人就觉得给他们的人生带来了不小的欢乐。在他们眼里，科学家研究的都是些啥？与他们隔得太远，并没得到真正的实惠。有个偶像，能让他们暂时地远离烦恼，那就值得他们花钱，毕竟人家乐意呀。你说对吗？"

潘婷长长地叹气，把徐瑾手指上袅袅的烟晃了一晃，"你看看我写的邱宝珠的家庭病史。我这几天光往那儿跑了，送一些方便面和鸡蛋给她们。你不知道，她有个邻居还是精神障碍患者，还有个同样患病的女儿，天哪，社会的恶意都集中在她身上了。我用开水冲了一只鸡蛋给她端过去，那个女孩都哭了，捧着碗冲他多说'我现在喝了，以后还能喝上吗'，听得我眼泪都下来了，她爸就瘫在那里，像假人似的对着墙皮发呆，月亮就照在他身上，那个光都像是假的。他们靠捡垃圾生活。"潘婷喝了一口水，"邱宝珠说，他们都是被城市遗弃的。那个地方，属于伤痕遗址。"

"小潘，你倒是挺有人文关怀的嘛。不过那些案子不挣钱，干了跟没干一样，干错了反倒要赔。咱们也不能光靠法律援助过日子。他们穷是因为病。咱们只能救不公，只能超度罪恶，你让一个律师强行帮助社会贫民，这超纲了。不过——这个案子你这样处理很好，嗯，"徐瑾眯眯着的眼睛开始放光了，"这样社会效果也算达到了，但我劝你不要每个案子都这么耗精费神，你的精力有限且宝贵，别觉得你现在还年轻，以后这些会拖垮你的。请把正义挥洒在该挥洒的地方。对了，庄主任怎么说？"

"业务上的事，他说听你的。"

"这个老奸巨……"最后一个字没说出口，但词意已达，潘婷假装对窗外下起的雪感起兴趣。

"下雪了。"她说。

徐瑾抬头看了一眼天，"好，你联系你同学，找个记者跟上。我联系我同学。"他深深地吸了一口烟，"我同学就不简单啦，他是民政局最年轻的副局长。标题就这么起——'××局长冒雪慰问我市困难户'。"

"行，先这么着。"

✛

　　邱宝珠的案子引起了比较大的轰动，在齐城，人们在燥热的天气中也往往捂着一颗容易躁动的心。

　　好客而热心肠的齐城人纷纷打捞着在贫困深渊里下坠的邱宝珠一家。潘婷放心了，他们共筹集了三十多万爱心款，这些钱也许杯水车薪，但把钱拿给邱宝珠一家时，潘婷发现她那羸弱的姐姐和病若游丝的妈妈脸上露出毫不掩饰的快活。从邱宝珠案的独特视角切入，晚报进行了大力度的宣传报道，也让这座城中村第一次进入了人们的视野。那里居民贫苦的生活状态大大充实了大众茶余饭后的谈资，也激发了他们微小但渐长的慈善心。政府出台文件，集中人力物力对城中村环境进行集中整治，包括对村里的大街小巷铺设柏油路面、将沿街墙面涂白、垒砌小花池、拆除沿街违章建筑和旱厕，除此以外，人们送上慰问金，捐助衣物、生活用品和书籍。

　　"一二·九"团伙诈骗案特事特办，得到了及时处理。除了主犯被判有期徒刑外，邱宝珠和另外两个姑娘判了缓刑，邱宝珠被送到附属医院接受治疗，其费用也由社会善款承担。

　　潘婷有些陶醉。当天她出庭的时候，穿着紧俏的白色西服套装坐在辩护人的席位，门开的瞬间，感觉一阵清新的风迎面而来。当她念及辩护词时，她觉得整个旁听席炯炯的目光都在她身上流连，她仿佛看到那里面夹杂着邱宝珠的泪光。庭后，那身西服被挂在客厅里，供她自己瞻仰。这种觉得自己很不错的感觉真的像是给人身上安了马达，让她一头扎进浩海卷宗，连加班和出差都可以忍受。甚至徐瑾都送上了他的盛赞，庄主任都说要好好请请她，这无非是因为律所的名字——卓越——第一次正式且荣耀地出现在律师前面，实现了作为一个定语的价值。

潘婷回想起来，合议庭的那个法官她认得，叫郑好。她曾经在徐瑾说出季踊和某个法官之间的前缘后，翻过当地法院的名录，还托做书记员的同学用手机照过她的倩影。她漂亮、大方、端庄，还有一种威严感。这不是寻常的美，是一种混合了威严和大义的东西，她的美甚至有点举世无双的味道，当真不愧是大城市里长大的姑娘，潘婷想，与自己这样穷乡僻壤走出来的，从骨子里自卑的人，就是不同。这就像是植物，哪怕是同一种同一科同一属，一个在童年和少年见识过更为宽广的世界，那么地下的根就会粗壮、绵长。而自己，从小在贫瘠的土地里，自顾自地生根，纤弱又病态，于是多年后，当其他人都破土而出时，虽是同一种植物，但郑好饱满、明艳，而自己细瘦、拘谨。

末了，她笑了。算了，那是土地的事情，一个无法为自己谋出身的植物，去嘲笑尚且算是给了自己生命的土地，多么可笑！

也许一辈子比不上郑好，那又怎样？潘婷心想，反正季踊也没有选择郑好。不过他总是要做出选择的，只要他还没有选择，自己就有一丝希望。

潘婷跑到主卧的全身镜面前，看着自己。她摸着自己的额头，双手贴在发烫的脸颊上：我到底发了什么疯，会认为一个戏弄过自己的人会不切实际地喜欢自己？他可是喜欢过真正的白富美。一想起他，胸口好像被什么卡住。

她摇摇头，还是醒醒吧。然而，让她梦碎的并不是爱情的残酷，而是现实。只是当时的她无从知晓。

这期间，刘妄的案件开庭了。刘妄在庭审中一直很配合，除了不同意做精神鉴定，他否认自己有任何精神上的不正常，他完全认罪，只希望早点定罪受罚。抛开案子，事实上潘婷已经成了看望他的常客。他们二人一个律师一个犯人，一个大人一个孩子，一个女人一个男人，都在试图打破身份的壁垒，只有这样，才能向着"理解"与"和平"迈进。

最终的审判来临，潘婷还是为他争取了从轻减轻，但是她没有提到任何一句精神方面的问题。他们"合谋"否认了这件事。很久之后，她都在问自己这么做对吗？如果真鉴定出精神方面的疾病，刘妄是不是就可以逃脱一点人生责难？

可是当时，潘婷强迫自己理解他。庭审后，刘妄在出走廊前曾意味深长地望着她，她为那道目光柔肠寸断。

刘妄被判处十二年有期徒刑。半个月后，他们再次见面，是潘婷去市监狱探监。他们隔着玻璃对坐着，潘婷问他："后悔吗？"

"说不后悔，肯定是自欺欺人。"他像一个成年人那样叹气，好像在和这辈子达成一种和解，"我后悔，可耻吗潘姐？"那种嘲讽似的微笑又现在他尖瘦的脸颊上，"不过，我了结了，你明白吗？我跟我的过去算是一刀两断。"

"在这个地方，后悔是难免的，这里本来就是个让人悔罪的地方，没有人不后悔。承认这个一点都不可耻，情况还相反呢。你能对我说实话，就算没把我当外人，就像我们一直达成的共识那样。"

"也对，也不对。"

"怎么说？"

"要是你一开始不相信我，或者说就像你第一次出场那样虚情假意，带着千人一面的脸，那我最后也是虚假的。因为你相信我是好的，就连我自己都从来不敢确认我有那种好，所以我才变好了。你明白吗？我知道，你肯定能明白我的意思。"

"我有点懂。"潘婷苦笑，"'好'是你的本质，我只是尽了点绵薄之力。"

"谁知道呢。人的本质是什么？我常常在想，那些犯了暴行的人，他们以羞辱、折磨另一个人取乐，他们从中能得到什么乐趣呢？"

"你看过哲学吗？好像哲学会解答这些问题，在科学和神学之间，也就是已知和未知中间总有一个模糊的地带，解决的就是我们人生的困境。我劝你在里面多看看，我回头给你带些书，可以教你安静下来。古希腊时期，人们就在搞屠杀，也就是说从思想史开始，就有杀戮、争斗存在，罗素说他们是在追求一种宣泄，人们在激情满怀时需要靠发泄来表达自己的情感。可能我们控制激情的手段不一样，也跟受到的刺激有关，让人难以承受的时候，可能就会杀人吧。"潘婷虽然说出了这些事实，但她自己也无法认同。可是她又能说什么呢？

"唉。"男孩叹气，用手托着腮帮，几个月来，他的腮帮已经像危墙一样栽倒塌陷了，"就说我吧，我杀了人，一开始我挺解恨儿。说实话，从刀子捅进去之后我就不受控制了，我只是在重复一个动作，就好像我有时候牙痒痒，就狠狠地咬一本书的书脊，咬到自己的牙齿震颤，真的是控制不住。可是没有快感，而且我很难过，看着他倒下了，我觉得好难过，就这么一个活生生的人。唉，那时候我竟然忘记了他对我们的不好，他也有需要他的人，对吧，潘姐？"

"对极了。"潘婷接着说，"还有战争，也会使人心灵扭曲。前一阵不是有个电影吗，李安的《比利·林恩的中场战事》，战争让人心灵受创了，伤口不在肉眼可见的地方，所以谁也不知道有谁会变成魔鬼，有谁会脆弱不堪。"

"可是，你要说是战争的话，那么和平年代的变态杀人又是怎么回事呢？他们究竟从杀人中获取了什么？"

潘婷呼了一口气，"不是说了吗，释放激情？只是我们又不是他们，我不知道，唉，我真的不知道。"

他用戴着手铐的手放进嘴里，吹了一个响亮的呼哨，"我就喜欢你这么诚实。不像别的大人，总要在任何事情上表现优越性，不愿意在小孩面前暴露无知，好像这是大人的权利似的。"

"你怎么想？"时间快到了，但是潘婷还是想问他。

"我觉得人不复杂，人好单纯哦，我们的身体特忠于自己。人都有恶念的嘛，犯罪无非是对突然起的恶念举了白旗。想杀，我便杀；想奸，我便奸。潘姐，在我们接触的这段时间里，你后来总是说我不是真的坏孩子，我只是受了苦，只是想报仇。我倒觉得我们每个人离真正的恶都近得很，只不过我对自己的恶念举了白旗，而有些人懦弱，没有操刀。所以我进了地狱，有人立地成佛啦。人是不是就是由一个瞬间加一个瞬间组成的，每个瞬间都要判断一下要不要举白旗？你怎么能评价一个人是好人呢？如果他的念头里也有恶呢？他这一刻是好的，谁就能说下一刻他不会被自己的恶念控制呢？"

"你这样说不对。"潘婷说，"总是有人从来没有过恶念，比如你的那些同学，他们也许也有原生家庭的创伤，也受过老师的打击，但是他们没有想过去报复。"

"你以为我杀了人，他们不开心吗？有多少人正高兴着呢，还有些人因为学校里终于有点不一样的波澜而幸灾乐祸。"

"照你这样说，幸灾乐祸也是恶？那我们每个人都恶。"

"没你说的那么绝对。只要没有把恶的念头变成行为，就不能叫恶。而我们呢，每个人都会有想犯罪的时候，要是没法律，谁都会有操刀杀人、揍人的冲动。只要他有了恶的念头，他就不算是个完美的好人。总之，这世上没有人能绝对盖棺定论为好人，我就是这么认为的。"

时间到了，他该回去了，他的慷慨激昂有一种少年的激情，但是也充满了大人的苦楚。这是个让人提前成长的地方，就是代价太大了，无论是对他还是对教导主任来讲。根据蝴蝶效应，这种代价也有可能延及他的同班同学，让他们每每回忆这一段，都会痛心或者庆幸。

十一

忙过这一段时间，律所召开了一场年会。作为一个本土成长起来的律所，卓越所的年会也同这个城市一样接地气。没有俊男美女，没有人每天穿名牌戴好表，更没人开豪车住豪宅，大家都是普通颜值，过着如同齐城这样普通城市的普普通通的一生。普通是大部分人的免死金牌，也是他们一生的桎梏。

年会是一年中大家狂欢的日子，是能够暂时卸下身上的重担，与老板称兄道弟的日子。当然了，如果你还想保住饭碗，劝你也不要太过称兄道弟。最热闹的莫过于就一年的社会热点进行辩论，激烈程度堪比《奇葩说》。

庄主任嘬着烟头，挥斥方遒道："吴谢宇案要是给我，能给他搞翻。"

方知戳着杯子大叫："得了吧庄主任，变态谁也救不了。现在不是您那时候了，还想搞麻将贿赂？不行啦。"

鹿纯明笑眯眯地说："庄主任的意思是走舆论途径，追根溯源到母亲对子女的霸权，控诉残忍的精神控制。"

刘冉挨着鹿纯明，穿着红色西装，头发纹丝不动，"操作起来并不难，难的是对得起良心。好歹我们的同事并不以有良心为荣，以缺德为耻。"

"你呀。"鹿纯明摇摇头。

庄主任腆着他"身怀六甲"的肚皮，一副阿弥陀佛的慈悲样，转脸跟新来的两位小姑娘谈笑。

徐瑾是最后一个到的，风尘仆仆，眉毛和头发上都挂满了雪，好像戴着姥姥打的粗线白帽子。潘婷跟徐瑾打招呼，徐瑾滴溜溜地转着眼珠问道："听说没？"

"听谁说，听你说？"潘婷擅长掉他。

"你家季踊，"徐瑾笑嘻嘻，"出事了。"

"什么事？"潘婷急问。

鹿纯明和辛贤走过来，鹿纯明拍了拍她的肩膀，"酒驾。"

"被逮了？那不是大水冲了龙王庙吗？他们给他处分了？"

"估计会内部消化吧，关键他不只是喝酒，还闹事来着。"

"闹什么事？"看徐瑾要卖关子，潘婷赶紧提醒，"徐律师，你讲重点。"

"你瞧你，矜持都去哪儿了。他去找王渊麻烦了。我觉得你有必要知道。"

王渊，是潘婷从天津回来后方知给牵线介绍的狱警，是方知媳妇的学弟。潘婷本没心思见，但也没力气解释自己到底在坚守什么，于是如约见面了。一个风和日丽的秋天，他们按照惯例在咖啡馆吃了丰盛的晚餐，潘婷却发现自己没有胃口；按照惯例看了电影，潘婷却没有心情观望银幕上的虚构生活；他们本应就地解散，或者多一步——让他送到家门口，但是他没有按照惯例行事，在该说再见时，他提议："同是天涯沦落人，喝一杯吧。"

这句话总算把潘婷逗乐了，一晚上的沉默和尴尬散进了风里。他们前后上楼，潘婷一进家门就温上了酒。王渊浑身散发着奇妙的气质，和绝大多数男人不一样，他长长的睫毛呼扇呼扇的，时不时拿手捋顺耳畔的头发，托腮的时候歪着头，笑时捂着牙齿，仿佛害怕别人瞅见他牙上有菜叶。除了感情，他什么都谈。他们越喝越痛快，就差互相拥抱道一声兄弟了。最后，夜深了，听到十一点钟的整点报时声响起，王渊才说起自己也是被逼着相亲，其实暗里处着一个非常有生意头脑的有夫之妇，还是个老女人。

一听有夫之妇，潘婷又乐了，"那你和我差不多。"潘婷躺在地板上抱着酒瓶，身上脸上一片赭红浮起。

"你找了个有妇之夫？还是老男人？"王渊也笑，他一笑，额头就皱成一只去了皮的核桃，桃花眼眯着，更衬得人清瘦，像根竹竿挑着件白衬衣，腿在裤管里晃荡。

"老倒是不老，但他心里有人了。"潘婷简约回答，然后又开始喝酒。她并不擅长喝酒，但喜欢酒后那种膨胀的感觉，被烧灼，然后彻底麻醉，接近于醉生梦死，只不过次日头疼欲裂也随之相伴，完全抵消了前一天贪图的逍遥快活。

他们从渊字谈到了陶渊明，从潘婷聊到了潘安。夜里一点钟，王渊才走，潘婷直接睡在沙发和茶几间的地板上。夜里没关窗，风不仅不解酒，还不解风情，导致潘婷第二天头昏脑涨，发热生病。

生病的这几天，好巧不巧，王渊正值休假，来送了几次早饭，而鹿纯明和徐瑾代表组织关怀送晚饭，总算把潘婷的高烧请走。季踊当时就像是人间蒸发，潘婷当他死了。

潘婷并不知道，他在经历另一种煎熬。

潘婷和王渊熟络起来，给刘妄送衣物也托了他的关系。但他们并没有生出男女之间的暧昧情愫，毕竟潘婷一直记着他心里住着个有夫之妇，何况他本身也算不上她的理想型。但世界上总有觉得他够好的。有机会的话，她倒真想瞻仰那位宁要出轨也要同他厮混的女人。

而潘婷自己还在情感和事业的创伤中独自疗养。大家心知肚明地成为对方相亲的挡箭牌，果然同是天涯沦落人。

"季踊打王渊？"潘婷眉毛一扬，声音升了半个调，"这不有病吗？他俩哪跟哪？怎么会碰到一起？"

"哎，小潘，你别忘了，'人海'在应该'茫茫'时反而小得很呢！季踊这家伙不知道从哪里得知王渊在你们家待过，我看那天正好有个监狱的报道，会后可能是请客吃饭来着，季踊自告奋勇说叫个代驾捎上他。嗨，路上两人在后座上，你一句我一句吵得厉害，代驾在半路上靠边停下车就跑了，季踊一个翻身，越到驾驶位亲自开起车，把小王同志吓得……"

"没出什么事吧？"潘婷着急问道。鹿纯明哼了一声。

"他停在荒郊野岭，就是一块没人接手的荒地，他把小王同学提溜下来，朝着脑袋瓜子揍了几拳，然后开车扬长而去。小王同学也非等闲之辈，直接打电话报警——不是治安管理寻衅滋事，他直接举报酒驾。"

"徐律师，"在吵嚷的会议间里，大家互相问好寒暄着，潘婷的语气硬得像是碰了壁，"你在误导我？"

"哦，谢谢，你也元旦快乐！祝新的一年，我们都能多歇歇，哈哈哈。"过来几个人跟徐瑾打招呼，徐瑾一张脸漾着客套，下一句话低沉下来，身子转向潘婷，"我误导你什么？"

"你说那个人是因为王渊在我家待过，所以跟他吵架打架，呵，你让我认为他在吃醋，可他吃醋的前提必然是，"她脸红起来，连过来打招呼的人都迅速转身，以远离她浑身散发出的尴尬气息，"是他在乎我，可是徐律师，我能感受到的只有冷漠。总之，我知道，他根本不在意我。"

徐律师不再跟别人寒暄，他认真地看着自己的徒弟，仿佛在欣赏一根雨后新生的竹笋，"天哪小潘，你比以前可勇敢多了。"他笑了，"我小看你了，能不当缩头乌龟也是一种进步啊。"

"我们说的是一个话题吗？"潘婷沮丧得想跺脚，高跟鞋在地板上嗒嗒作响。有些人说出某些定论并不是在陈述，是想让别人反驳自己。但徐瑾没有心思顺着潘婷的思路往下走，他转眼被庄主任、常主任拉进人群中，觥筹交错。

潘婷从长桌上拿起一块蛋糕放进嘴里。据说甜食会减少身体分泌的皮质醇，那是一种压力激素，紧张时会释放，然后血管收缩、血压升高。潘婷觉得自己的血管的确在收缩，并且在收缩中感受到某种怅然。

接下来，大家都围着长桌坐好，活像一场换了地方的办公室会议，不过眼前没有案卷，都是美食。九转大肠摆成了神龙摆尾的姿势，龙头上插着一朵娇羞的雏菊。为照顾所有人的胃口，鲁菜之外还有西餐。潘婷埋头大吃，心情不爽，她便让肥肉猛长，仿佛肥肉是伙伴，在孤独时不离不弃聊以慰藉。她唯一听进耳朵的话来自不远处，常主任贴着庄主任耳朵念叨，她听到周拂晓的名字，还听到常主任后来敞声跟庄主任说："这属于非正当执业，会让我们陷入被动，你得想想办法啊老庄。"

周拂晓是从隔壁的远大律所跳槽过来的，擅长民事案件，主要跟着常主任跑案子。庄主任几次暗示潘婷，如果刑事做得太累，就转去跟着常主任好了，他之前在反贪局干，据说几年后将直接接管他们律所。"所以，"庄主任扬起像蚯蚓一样蜿蜒的眉毛，用一种耐人寻味的语调说，"能力重要，跟对人也很重要。"

潘婷明白这是庄主任一贯的策略，让你以为他是全心全意为你好，实则是便利他自己，他算是在裤腰带上别着一把金算盘的人。如果说在这之前，潘婷还会考虑要不要继续待在刑事组，如今总算是有一件响当当、略打出名号的案子，她自然还是要迎难而上。她骨子里是有些韧性的，犹若蒲草，大风吹起时，初看脆弱，仿佛一折即弯，但几番劲吹下来竟一直弯而不折，还会在缓过劲来后慢慢地在风里直挺起来。

"哎，周拂晓有什么事啊？"她问旁边的鹿纯明，对方正给刘冉殷勤地夹菜。

鹿纯明现出一个息事宁人的微笑，"你没听说吗？周拂晓是个厉害角色。她背着律所私自接受委托，收取费用，结果对方大佬跟常主任相熟，周姑娘的风险代理虽赢了，对方却倒打一耙，拿出常主任在后面威胁。这一单白干不说，周姑娘算是违反职业规范，被常主任抓了把柄。"

"她那么聪明的一个人，"潘婷评价道，眼睛扫描到坐在长桌尽头跟方知聊天的周拂晓，接着低声道，"怎么会被逮住？"

"她是女人中的女人，"刘冉也加入机密刺探，托了托眼镜，"很会用讨巧的手段。但这回那大佬喜欢的类型跟她正好相反，讨巧是没有用的，任她全身都是武器，可就是使不出来。人家不要，你说这……"接着，一种幸灾乐祸的笑容毫不掩饰地漾在脸上。

"我瞧着周拂晓不像那种人。"

"你看她业绩了吗？上个月也就比徐瑾低一点，比我们都高。一个案子已经拿到十万了。"刘冉放下刀叉，继续道。

鹿纯明在中间点点头，看着潘婷，"她懂的法律比你多？她抱的大腿比你粗——哎，她就是能豁出去。"

"听说常主任也很有手段。"潘婷说。

"没手段能行吗？他们都是那个时候过来的，得打点一切，权谋厚黑的人都底蕴深厚、功夫了得，他们可不相信什么'公平正义''清白无辜'，那些也就是忽悠忽悠你这种刚入行的小姑娘，周拂晓比你透彻。"

"我就不相信我们这行都这样，比如徐律师就很正直。"

刘冉的笑声突兀地响在长桌上，尴尬得他们三人赶紧同时低头。

鹿纯明斜眼瞧她，出手迅疾地用筷子搭在她的下巴上，潘婷还在惊异，手拿住了。鹿纯明笑道："不知何时'与你同流合污'，你呀，先把自己搞脏了才行。"

潘婷切下一大块牛排塞进嘴里。汤汁流到下巴颏，温热温热的。她小时候没吃过这种东西，家里太穷，连衣服都很难穿上新的。有一次，母亲好不容易翻出一块废旧的窗帘布，便脚踏着老式缝纫机，在昏黄的灯光下，扯着线滚把窗帘布给她改成裤子。喇叭裤刚时兴，班里同学人手一条，母亲也照虎画猫做好了，材质又硬又滑，走起路发出咯吱咯吱的声响。"窗帘妹"的绰号就这样传开了。第一次从同学的嘴里听到这番称呼，潘婷像是体内有一部分器官被吊起似的拧结，她蹲下来强忍痛苦。后来她才知道，那是自尊心在疼。

她穿的时候对镜左看右看，还以为自己跟大家一样，抓到了时髦的尾巴根。岂料大家都笑她，放肆地打量她。她被随之而来的绰号重重打碎幻想，回家时她哭了。母亲蹲下来为她擦眼泪，笑容像一轮皎洁的明月，温柔地劝慰道："他们是羡慕你才会说你。并不是人人都可以穿这么艳这么滑的裤子，也并不是人人的妈妈都这么会剪裁。"母亲抱紧她，她低头看着腿上洗得发白的布料，难为情地笑了。她知道这些话不过是母亲的宽慰而已，面对穷，母亲总是抱歉而宽容地笑笑，贫穷像年一样是个怪物，后者怕鞭炮，前者怕嘲笑。

长大后，潘婷力图找一份高薪的工作，好有能力为父母养老，让他们在变老的途中，感受一回日子的美好，让他们不用宽容，也不用抱歉。选择专业时，她听说律师挣钱，便闷头扑法律。结果在大学毕业后，家里反而因拆迁得了一笔小财富。母亲面对从天而降的富裕，却表现得安之若素，不卑不亢。生活那个小丑擅长落井下石，后来倒也少来捉弄了。后来，她做律师的目的变得纯粹了，就为了圆那个正义梦。

"喂，"推杯换盏间，辛贤换座到潘婷旁边，"我听说你一炮打响，剑走偏锋啊，不赖，不赖。"庄主任喝到醺畅的状态，衣领以上露出的皮肤已红得熟透，他在跟常主任说着话，两个老男人绝顶聪明的脑袋瓜一低，像藤上垂下的两只冬瓜。徐瑾在握着别人的手寒暄。

"辛老师，你别取笑我了。"叫他辛老师，因为他从师范学校转行过来，自带老师特有的气质——过于拘谨的正直——正直里混杂着一丝学生气，一举一动都有点端着拿着，但是不知为何总显得局促和别扭，像是小孩说着大话。

"很好，只不过……"他欲言又止，眼睛盯着杯子，好像欲用眼神汲取里面的酒汁，"算了，都不是大事，听说你有新案子代理了？"

"嗯，是受贿案，当事人位居显要，涉案金额特别大。"一说案子潘婷就来劲，这也是那件案子带来的连锁反应。她总算从默默无闻插不上话，到恨不得公之于众自己在忙，并且是真正有价值的忙。"对了，听说鹿纯明代理了个难缠的案子？上吊女尸？"

"你去问他。"辛贤微微笑着。

两个新来的姑娘一左一右坐在鹿纯明两边，不知在说什么，一阵夹杂着男低音和女高音的笑声鞭炮似的左一声右一声响起。

"哈，我怎敢打扰他。"

"小潘哪，"辛贤笑着，有点苦，像是吃了不合口味的菜，"听说你前几周一直加班，我劝你把重心多放在人生大事上。你要知道，有些时候，并不是我们歧视女性，而是想保护你，懂吗？"

"我不懂，"潘婷嘴硬道，"我和工作喜结连理算了。"

"别丧气，哈哈，其实季踊，"又说到季踊了，提起这个名字，潘婷肋骨里的器官像是被哪个小孩不小心踹了似的，有种微酸的痛楚，"这个人并不适合你，咱齐城那么大，再多瞅瞅。"

"反正你们跟我聊几句话总想把我推销出去。给我介绍点案子不行吗？案子没有，传授点办案经验也成啊。不要想着我们年轻女性全是削尖了脑袋往爱情和婚姻里钻。"

"哎——"辛贤一本正经地拖着长腔，"你已经不是'年轻'女性了，你都要三十啦。"他笑得眼里全是水晶灯的倒影。

十二

　　有时候，潘婷对现状是满意的。忙碌中，生活的隙漏都被结结实实填满，容易让人产生一种错觉，以为繁忙都是有意义的。她就像一株植物被夏天的阳光覆盖，她也在等待工作把自己的生活覆盖，然后在覆盖中倾尽全力完成自我构建。这样就不用去想人生啊、意义啊。毕竟，越是大而空的辞藻，意义也越是大而空，像茫茫苍空，抓不住。

　　那件事发生时，潘婷正处于繁忙中。然而，该发生的事情势不可挡地发生了，就好像草种落地总要发芽，拔也拔不净。

　　最先跟她通气的，是在报社工作的同学。电话打来时，潘婷正从浴室出来，毛巾撸着自己湿乎乎的长发。对方问："你在哪儿呢！"潘婷用牙咬着木梳，含糊不清地回答："我在家，怎么了。"她一如既往的，没有任何对危险的警觉。

　　"天哪，你没听说吗？怎么还一副无关紧要的样子呀。"

　　"听说什么？"潘婷把木梳拿下来扔到一边。

　　"你没看今天的报道？"

　　"开完年会后，我不是休假去泡温泉了嘛，这刚回来。"

　　对方的声音冷冷地抵在话筒上，声音的末端充满了一种悲悯，"那你看看今天的报纸吧。"

　　潘婷浑身一紧，"咱俩之间别卖关子了。到底怎么了？"

　　"邱宝珠！死了！自杀！"

　　毛巾从潘婷手里滑落。潘婷在内衣外直接套了一件风衣便出了门，跑到最近的报刊亭抓了一份报纸，扔下十块钱，用那份报纸捂着自己呼之欲出的心跳跑回公寓。上楼的时候，她被巨大的耳鸣声袭击，心跳声已经变成了洪水猛兽一口气把她吞了进去。

等她哆哆嗦嗦地把钥匙捅进锁眼，又把门从屋里关上——天知道，一个人怎么可以连贯做完这套动作。那篇占据了头条的报道《是救赎还是谋杀——谁把她推向绝路？》生生映入眼帘。据文章称，邱宝珠因一起刑事案件走进大众视野，在刑事律师潘某的帮助下，悲哀的家庭背景尽人皆知。接着文章开始大量引用潘婷自己先前在同一版面关于邱宝珠的身世的报道。潘婷还记得当时的煽情语句："她是悲哀的，因为她渺小得无人察觉，但就是这份渺小，才彰显了她无私的善良，这个青春又柔弱的身影默默扛起了家庭的重担，那重担终于变成了日复一日的沉重包袱，狠狠地将她砸进了城市的地下。"

如今这个版面依旧走煽情路线——"一起微不足道的案件，她灰暗的人生被曝光于众人眼前。如果你也曾在茶余饭后消遣她的不幸，便同样是促成她死亡的幕后黑手——她正是在大众的娱乐中纵身一跃，用死亡的方式控诉了所有人：就算穷困卑微也有权拥有个体自尊和隐私。"

潘婷不敢相信，她拿起电话，盯了通讯录里的"邱宝珠"三个字很久，久到眼睛从手机上抬起来，满眼星星。她不敢打。

她打给了徐瑾。"老徐，"她的声音开始抑制不住地哽咽，"邱宝珠是真的吗？"

徐瑾一脚把门踹开。潘婷还在客厅中间站着，一动不动，眼泪打湿了下巴。她不敢动，她害怕。就在一个多月前，她跟那个女人并肩作战。她们说过太多女性之间的贴心话，如今那些话变成尖利的刀子，一刀一刀，温柔而无声，搅碎了潘婷的心神。

鹿纯明和辛贤跟在徐瑾后面，像黑白无常。一进门，辛贤快步走上前把潘婷扶到沙发上坐下。

"是她自己想不开，我们做的是该做的事情。"

"该做的事情？"潘婷号啕，"最后见她的那天，她握着我的手，说内心多么多么感谢。我是亲眼看着她笑着上楼的，她还在门边冲我摆手，让我回去。你让我怎么去相信。"她双目圆睁，"我不信。我得去看看。"她豁地站起来就往外走，鹿纯明拉住她。

"我已经去看过了。"他低头看着徒劳挣扎的潘婷。

潘婷抬起头来，用肿胀的眼睛瞪着他，等待他说出那冷冰冰的结论。

"已经确认过了，是跳楼自杀。她没有受罪。"

潘婷陡然在鹿纯明的臂弯里倒下去，"也好，也好，"她跌坐在地上，像一个看着庄稼遭遇了寒潮，颗粒无收的农民，"她轻松了。"潘婷惨然一笑，"本来嘛，她怎么可能摆脱她们呢，这下好了，她可以彻底轻松了。"

只听见她的呼气声哆哆嗦嗦地抖落在空气中。另外三个人浑身打着冷战。

"你瞧，徐律师，我们这下可是帮凶了。"

"不必担心，"徐瑾也坐在地上，辛贤轻车熟路地从冰箱里拿出四罐啤酒分给大家。他们围坐在窗边，易拉罐打开的声音，嚯嚯嚯嚯地响起，清脆得像是一个个响炮。他们接连喝下第一口酒，在感受胃被冰凉的液体涤荡的同时，等待救赎。

徐瑾鼓舞大家："不必担心，我们干的就是这样的买卖。有人受伤，我们就有的忙了；有人死亡，我们就更忙了。我们就像食腐性动物，寄生于罪恶和苦痛之中。顶多是从罪恶和苦痛中寻找出一点点光芒。潘婷，只要有这一点点光芒，我们就能帮助这个世界。在这个过程中没有人可以全身而退。我们会被诟病，背上污名。但是，你要往更远的地方看，你要想得更多，你要牺牲当下，才会见到未来。过多关注眼前，你只会无药可救。"

潘婷没去参加吊唁。方知在这起案件中未曾露面，潘婷便让他替自己带些钱过去，一并带去的还有她的默哀。他回来后没给潘婷描述细节，只是说很简单，就像是参加了一个农家聚会。他拍拍潘婷的肩，意味深长地叹口气，"全力善后吧。"

全力善后，这就是整个律所这几天奔忙的事情。潘婷消沉了，同往日一样去上班，却像是倒吊的柿子，不仅挂了一层冷冷白霜，还不可逆转地变硬变粗糙。庄主任拍拍潘婷的肩膀，"早晚都得经历这一遭。早经历早懂。"

"区区这个案子就把你折腾得不行，要不以后管民事案吧？行政方面的案子也可以。"庄主任嘴里叼着电子烟，脸上荡着笑意。

"不，我要一条道走到黑。干不好我不换。"潘婷怒道。

"好样的，干咱们这一行的女性，要么你就得牺牲点皮色，要么就得像个男人一样去战斗。虽说前者得便宜，终归只是件消费品。"庄主任油腻腻地挺着肚子，并没看她，"嗨，你知道我年轻时候，可是什么都不怕，"他摸着自己的地中海，"为了打赢官司，我那叫一个豁得出去，那时候我还没成家立业，全凭一张嘴、一支笔闯天下。不像你们现在，有拈轻怕重的资本，我们那时候，不干就混不下去呀。"

"庄主任，时代变了。"潘婷的声音连语调都省略了。

庄主任摸摸自己的肚子，脸上的严肃劲儿松了，像是一只气球到了时辰，缓缓泄了气，"也是，对你们要求过于严苛，你们只要糊口就行，我们那时是豁出去干一场，不干出点成绩就娶不上媳妇，活不下去。这都是咱老爷们的使命，你们女的呢就在家伺候老爷们。现在可好，娘们都出来了，家里一片狼藉……"

潘婷已经远离他了。

徐瑾像个幽灵似的飘然而至，在主任办公室门口的小黑板上写下：1.24刘冰洋危险驾驶案；1.27邱小童故意杀人案；1.28张彬贪污受贿案。

"不太平啊，"徐瑾看着自己蚂蚁爬样的字，"又是不太平的一年。但我就喜欢这么不太平。"

"徐律师，我跟哪个案子？"潘婷抱着胳膊走到他跟前，两个人一起看着小黑板。

"危险驾驶案吧。"徐瑾眉头熨开，"总算得给你一个简单易办的不是？等我翻翻卷宗。"他说完回自己的办公室。

潘婷无力地叹口气，声音幽幽的跟在他身后："你小看人。"然后她看着庄主任在黑板上挥斥方遒，肥胖的胳膊肘带着一股生猛的力气，"当然了，我也活该被小看。"

季踊接到徐瑾电话的时候，还在苦命挣扎。他的电动车微微哆嗦，最后一动不动地在路边停下。他把车子靠墙立好，上了锁。然后徒步去追那辆狂奔的轿车。没用的，他怎么可能跑过一辆宝马？

他是从报业大厦的门口看见庄宥铭的。他发誓必须追上他，何况庄宥铭的副驾驶座上还坐着一个身影。凭直觉，季踊知道那是个女人，只要是个女人就对事情发展有利。可他还是追丢了。怪这辆临阵脱逃的坐骑。他狂奔了两条街，直到熙攘的路口把那辆宝马车吞没。地平线在他眼前变得模糊。他颓然坐在沿街的橱窗外面。他害怕副驾驶座的背影是潘婷，也期盼那是潘婷，矛盾的内心令他坐立不安。

有一天深夜，他梦见潘婷了，梦见她变成了一个巨大的礼物，裹着绚烂气泡向他款款走来。然后他感觉很暖，满怀欣喜地抱住那礼物，却发现她变成了一具尸体。他大概是哭了，枕头有些潮湿。

后来他在手机上查找"附近的人"，随机选了一个女人。他身边最近的女人就是母亲店里的姑娘。以他记者的敏锐度，只需蹲几次点，就能知道母亲究竟在做一种什么营生。

父亲出事后，他母亲就开始还债，还着还着就开始夜夜晚归，再到夜夜不归。这只是一种惯性的递进罢了。他并不希望母亲体谅他是个孩子而让他不要为生活所迫，而是希望她肯承认自己的落魄，并希望自己的儿子能撑起这个家，相信他的能力。那时候他还不知道母亲为了他付出了什么，要是一直不知道还好，可耻的是，人的一生太过漫长，秘密无法永远冬眠。

知道真相的那天，他正跟郑好走在路上，他摘了路边一株摇摇欲坠的蒲公英，轻轻一吹，白色的绒毛像一顶顶努力平衡的降落伞，轻盈地滑翔出去，在她黑黑的发间打转。她笑着，眼睛眯起，阳光就那样穿过她，代表着幸福和美好的大门，就那么敞开着。门后，他看到了他母亲，身穿一条开衩旗袍，被拥在一个肥腻男人的怀里钻进了车。季踊一把推开郑好，手里的蒲公英散落开来，在空气中起起伏伏。

他狂奔了六条街，最终目睹他们进入一家富丽堂皇的宾馆。他呆立在外面的台阶上，无声无息地哭泣。半晌，他扼住眼泪，并警告自己以后再也不许哭了。

母亲没出来。他放弃了对自己的安慰，满腔忧愁。

前阵子母亲骗他说新工作是上夜班的报纸编辑。季踊笑自己竟然傻乎乎地信了。可笑，怎么会有天天上夜班的编辑呢？

后来母亲彻底失踪了。亲戚跟他说，母亲嫁人，改嫁的人家不喜欢她带着一个男孩。他其实知道母亲根本没有嫁人，他就是知道，她一直在这个城市里做着见不得光的工作。但他始终坚信那不是真正的母亲，只是母亲的躯壳在脆弱地谋生。

再后来他长大了，第一次走进他蹲点过多次的那家店，看到姑娘们露着漂亮的腿，躺在清凉的椅子上，笑声阵阵。母亲从门口出来，那些姑娘们叫她"妈妈"。她可以匹配这样的叫法，因为足够老了。母亲带着和颜悦色的笑容，向她们点点头、拍拍肩。紧接着，她精致但下垂的脸庞不经意地一阵痉挛，因为她看到儿子站在自己面前，四目相对。

一点儿也不惊心动魄，一点儿也不刻骨铭心，一点儿也不痛哭流涕。转瞬间，她笑了，褶子在她脸上温暖地漾着，她还是短发，烫成了毛毛卷。她歪着头，眼睛忽闪忽闪的，先一步打破了沉默："袁勇啊，你找到妈妈了？"

姑娘们都笑了，以为这是一个很好笑的笑话。

他上前拥抱她，他叫她"妈妈"。

姑娘们又一次大笑。

母亲不让他再去店里，但也不禁止他找那里的女孩，反正他不做什么，聊天而已，他就想听听她们叽叽喳喳。后来，他租了这个阁楼。他完全租得起更好的房子，开更好的车。但他喜欢那扇窗户，窗户正对着母亲的店，将她们络绎来往的身姿悉数框起来。母亲偶尔一闪而过，他很欣慰母亲比他想象中快乐。他喜欢她快乐，哪怕这快乐并不被世俗认可。

潘婷沉默的时候，很像他的母亲。笑的时候不像，潘婷笑的时候爽气，而母亲却温和。但当她沉默时，尤其是当她微微侧身注视他的时候，更像他母亲。两人都是短发，并且看向他时眼神里都生动地流转着光芒，好像他的存在是种赏赐似的。而且，自从潘婷用头猛烈撞击他、骂他无耻，自从知道她不是一个多纯净的女孩后，他更加着迷了，他被那种带着危险性的美深深吸引。

这也许可以解答，为何他曾经不能接受郑好。他自知是个下三烂，又怎能去攀附上流的东西呢？但是放弃不是件易事，毕竟他向来自私。所以他干脆耗着，耗到最后放弃的是郑好，这样他就能无视自己那颗又孤寂又臭烂的心，说，"你活该。看，都看透你了吧。"残酷对他是一种解脱。

那天他回来了，因为他听说郑好去了刑事审判庭。好得很。他要搞的事情，最后归处就是这样的法庭。太好了。刽子手到位，推手到位。一切就绪，只剩下最后一个问题——到底要不要利用潘婷？如果利用潘婷，那怎么才能利用郑好这枚棋子呢？他再畜生，也做不到在两个女人中间游刃而余。

电话里，郑好的声音懒懒地响起，"可是我好喜欢那个地方，我们要是租那里多好。"她声音里带着一种恰到好处的撒娇。

季踊说："可是你好喜欢那里，你租那里多好。"

他只是复述了一遍。郑好的声音轻得像是一句诗，"你怎么了？还想像以前一样吗？"她笑的声音真是温和又淘气，"唉，我就知道周末抓你当家丁是没用的。"

季踊对着话筒讪笑着，但转念意识到她根本看不见自己的表情，于是用手扣着话筒说："我周末有时间。"

说完这句话，他又陷入一种惶恐中，好像听到这句话折回来，打他的肋骨。他想起上次听到这句话时，他正看到潘婷期待的目光。那目光里一道悠然的寂静，那种寂静吸引着他，让他热血沸腾。可如今他又要让这期待落空了。

郑好满意地回应："好。"

听说潘婷代理的案件产生轰动的时候，他正在郑好家的客厅里喝水。那天他宿醉，身体像是一个由铅锤打造的废物，可郑好偏偏怜惜他这个废物。反正他自己也没有用，随便这个躯壳给谁拿去暖一暖。季踊把水杯放下，看到玻璃水杯在报纸上洇出一个圆圈。圆圈圈着的地方，写着卓越所律师潘某引发的律师良心大讨论。

舆论是有自己的生命的。不管是谁试图在现代社会掀起舆论浪潮，企图覆灭一个人，舆论的使命在浪潮被掀起的刹那已经完成了，接下来巨浪往哪里打，谁都说了不算。总有人站起来提出反对，总有人为了反对而继续反对，各抒己见，争论不休。他们把舆论像颠球一样传来传去。那么这次，潘某，季踊看着那个名字看到眼睛有点疼，也是这一次舆论的一个靶头罢了。他当然不相信她是没有良心的。如果她没有良心，这个世界上谁还有良心。但是陷于舆论中，人就不再是人了，只是一个代码。小潘，他轻轻道，你已不是你了。

卓越所的潘某，是季踊认识的潘某。他浑身光净着。郑好的私宅有种和她职业一样肃静的感觉。黑白灰，是她喜欢的极简风格。随处可见的厚厚的法律书籍码放得整整齐齐。季踊就在这些书籍里面行走，他把那张报纸叠好放进自己扔在地上的牛仔裤口袋里，然后步入浴室洗澡。洗澡的时候，他无可抑制自己的冲动，像个少年一样怀念一个女人，从身体到精神。但是没有用，水从头浇着他。水流经他的胸膛，然后流过他兀自用烟头烫过的地方——他的小腹和腿。那里的伤疤清晰起伏，很多都是他在无数的夜里惩罚自己留下的。惩罚什么呢？惩罚自己竟然还想着快乐。

第一次是因为他逃课后跟人打了一架，隔壁学校被三次打翻在地的一群人，终于在他举起砖头敲自己脑袋敲到血肉模糊的时候，他们吓退了。真是一群落魄又可鄙的胆小鬼。季踊看着他们笑，他一边笑一边尝到自己咸腥咸腥的血，当他意识到血不再是滴过去而是灌进去时，他直直倒下去了。同学们把他送进医院里，当时郑好在哪里？对了，她在准备第二天的高校自主招生考试。像她这样优秀的学生，大都会在统一高考前就被录取，然后在众人焦头烂额时，用一种异常轻松的态度为自己大学入学第一天要穿哪件衣服而伤神。

所以郑好没有来，他没有意外。他只知道那是一个裂隙。那个裂隙代表着世界遗弃他的结局。父亲的离去是世界遗弃他的开始，然后是母亲的离开，最后是郑好的忽略。这样也好，当时他躺在校医院的隔间里，听到旁边白色拉帘后面，另外一个低年级的小孩对校医说，"我不是没有妈妈，我家里人只是很忙，他们不像你们有这么多空，不能随叫随到，你们不能因为我发烧晕倒这种小事打电话给他们，万一，万一他们在高速公路上呢？"

他闭上眼睛，白纱布被血浸得发黑。他站起来，听见朴树的歌声，"那是个旅途，一个叫作命运的茫茫旅途。"

水又一次打到他头发里面的伤疤上，他一点都不疼了。水像固体那样溅到他脚边，他很快擦干净自己，把两条腿艰难地套进郑好给他买的裤子里。走进卧室，看着侧着睡觉的郑好。处女座，睡觉的姿势也非常文雅，一丝不苟。纯白的墙面、纯白的床单、纯白的窗帘，黑色的地面、黑色的床架、黑色的壁柜，这样一个非黑即白的女人，果然适合在裁判席上当非黑即白的判令，你有罪，你无罪。

他心里没有泛起一点温情。他走过去，只是靠着惯性给她拉了拉往地下垂去的被子。他点燃了一根烟，深吸几口，看着灰白色的烟灰轻柔地掉落。他很高兴看到这里不再是那么一尘不染，不然他怀疑自己有没有来过。这个女人总是拼尽全力消灭他的一切痕迹，然而又扬言爱着他。爱着他的意思就是用抹掉他的存在来折磨他。就像那张床，几分钟前他曾经在那里掀起狂澜，他们呼啸，他们穿越，他们融合，血和汗搏斗着，如今也不过变成了一丝不苟的床单，她身下甚至没有一丝褶皱。她这样清除了他的痕迹，因为他永远都不适合她。

季踊避开周围人的目光，进了总编办公室。总编光着头，眼睛倦怠地看着地面。这是一间没有个人风格的办公室，宽大的桌子，桌子一头摆着禁止吸烟的玻璃标识。桌子上铺了一张写了一半的书法，但他并非附庸风雅，因为在这个城市，他可以定义风雅，或者左右风雅走向。起码总编自认为如此。墙面上挂着一幅大写的草书：针砭时弊，无冕之王。两边挂着格格不入的锦旗，很喧闹的样子。

总编抬抬头，"哟，季大记者？"声音冰冷地刻画了距离。季踊有些惊讶，他平日里与总编没什么交集，以为总编不会认得他这个无名小卒。

总编看着他，"前阵子看过你的一篇报道，写得很漂亮，笔锋干净利索，剔骨不带肉，有些留意。对了，你来找我做什么？"

"关于昨天的不良律师逼死代理人的报道，你这么专业的人，不用捂脑门子想也该知道那篇新闻有多愚蠢。"

总编手里的杯子往下滑了一寸，他急忙有力地继续握紧，"你想说什么？"

季踊掏出钱包，将一张名片甩在桌上，用三根手指按住，贴着桌面滑到总编面前："你认得这个女人？"

总编轻蔑地盯着那张带着淡淡香味的粉色纸片许久，看着季踊，"一张名片又能说明什么问题呢？哦，说明你也去过那个地方。"

"我当然去过，我有你们的名单。至少你的消费记录。透露一点，次数可不少哦。"

总编微笑，每次他一紧张就会微笑，令他紧张的时候不是很多。他对眼前这个三十岁出头的小伙子感到困惑。总编怔了怔说："作风问题在我们这儿可不是什么大问题，而且我本人，"他顿了一顿，"就是做公关的哦。"

季踊笑了，是那种淡得像一阵风似的笑，"是呢，作风问题不重要。重要的是，你的钱从哪里来，又流向了哪里。你知道这个地方不仅仅是温柔乡，还是，"季踊有意识地顿了顿，迎上总编的目光，总编的目光已经开始显出一种疑惑，"它还是名副其实的英雄冢，或者说名人冢，如果你明白我的意思的话。你可能不太清楚我到底是来做什么的，我劝你给她打个电话。"

总编看着他，又看着名片，那张名片总编当然也有，每一个会员都会有这么一张散发着淡香的名片，上面印着那个富丽堂皇的女人的名字：季牡丹。

"你们，你们是什么关系？"总编敏锐地问。

季踊淡淡地浮起一个笑容，假面似的，他知道，不用说话他就能达到目的，这就是沉默的意义。

总编疑惑着，他拨了手机，然后进了旁边的隔间。

等他出来的时候，季踊已经抽上了一根烟，他把腿搭在沙发上，静静地瞧着总编的落寞神色，他简直是期待着。果然，"你想干什么？"如约而至。

这一次的"想干什么"听上去像那么回事了。因为这句话包含了语气，带上了郑重其事，而总编的眼睛也聚起了神，有了怒气冲冲的底色。

于是季踊把烟碾灭在桌上新出炉的样报中，报纸上的油墨迅速地变黑，几张报纸凝在一起，"我想要你扭转舆论。"

季踊很愉悦地看到报纸的舆论方向扭转了，晚报对这件事重新渲染，发出了更为理性的质问，把苗头指向了政府的缺位。他暗暗笑了，黑暗里烟头忽明忽灭，他心想，这一点永远都百试不爽，老百姓就喜欢看政府无能和无能为力的论断，并且乐此不疲，但其实他们都是真正受政府庇佑的人，这关系就有点像叛逆的孩子与操心的母亲——青春期的孩子们总有对母亲不满意的时候，管得多了嫌干涉隐私，管得少了嫌关心不足。

十三

　　床头的电话不遗余力地响了近一分钟，王渊才渐渐有了意识，他把许如霜晃醒，两个人惊坐在床上，面面相觑。

　　许如霜起身接了电话，"我能干吗呀，你查岗啊，要不给我弄个贞操带得了，真服了你了。"

　　她悻悻然挂了电话。王渊凑过来，裸白的身子如同一条脱了鳞的大鱼。"让你离婚，你偏不。我倒要看你分裂到什么时候。"

　　许如霜已婚，四十五岁，保养得像三十岁。面容白皙，再往下是细细长长的身体，像只瘦长螳螂似的，瘦得料峭。但穿上衣服就精致多了，正好配那张有着过高颧骨的脸颊，以及修长的脖颈。用时髦的话来讲，是个"性冷淡风"的女人。她坐下来，贴着王渊。王渊叹口气，"真想娶你。"他轻轻搓着她的脚，继而按摩她的肩膀和腰。听她说这些部位时常酸痛，他便到按摩馆里亲历几回，又跟着网上视频自学了按摩。

　　许如霜满含抱歉地笑笑，王渊就喜欢她这一点，虽然身体不够柔软，但是行为举止很是有一番风韵——保守来说，就是有女人似水般的柔，对男人体谅。就拿刚刚来说，王渊在筋疲力竭后，像经济势头过猛而没有扼制似的有些疲软，但许如霜不会大惊小怪，她只是温柔地体谅他，"你很棒，只不过我今天累了，不来了。"

　　王渊从玻璃窗的反光中，拿眼睛关照自己的发型有没有乱，然后说道："咱们这样不是长久之计。我喜欢你，再怎么瞧别人都比不上你，骑驴找马很难的。"

　　听到"骑驴找马"，许如霜捶了他一拳，老女人也会撒娇。

　　她把窗户打开，看着十一楼外面的夜空。齐城的夜晚无声无息地潜进来，一点风也没有。

王渊看着她的背影想，夜晚肯定也是个顶风流的女人，专门让人不得安生，专门从已婚者的窗户里钻进来，跟自己一样。

许如霜坐回王渊身旁，问："你找的律师真行吗？"

"绝对可靠，我什么时候骗过你？要相信我的眼力，别的我可能不行，这双眼睛还是雪亮的。"他淡淡一笑，无端地带些中性的妩媚，"不过对你，我是猜不透的。"

许如霜说："好了，别闹。我之前见了两个律师，狮子大开口不说，眼睛贼溜溜转，说话说半截留半截，真不喜欢他们那副饿狼样子，没修养。哎哟。"

王渊的手停下来，一脸担忧。"又疼了？小心腰椎间盘滑脱。你还是多躺着吧，别那么拼了，你已经很强了。"

"唉，挡不住我那个不争气的儿子。"许如霜叹气。

一提她儿子，王渊也跟着叹气，他比她儿子大不了十岁。

回家路上，王渊给潘婷打电话，"有空没？"

潘婷声音恹恹的，"有空，但没心情。"

王渊说："我也一样，算了，找你喝酒吧。"

潘婷的声音更加无力，"请自备啤酒、白酒，买的时候顺便给我捎一些蔬菜和肉。我吃方便面两天了。"

王渊笑笑，知道她又遇到挫折了。也难怪，潘婷看上去就不是一个专业性很强的人。上回他们一起喝酒，她嘴里吵嚷着要成为省内一顶一的大律师，维护公平正义。当时王渊醉得不是很厉害，他摸着自己喷摩丝后油叽叽的头发，说了一句切中要害的话："你们做律师的，是最不讲公平正义的了。你们巴不得天平向着自家当事人的方向倾斜一点，恨不得自己扳着天平的一端，使尽全身力气将它扳下来。亏你还能说是为了公平正义。"

至于潘婷怎么回答的，他早就忘记了。反正不过是些假大空的话术，糊弄她的当事人还可以，可他又不是当事人。

潘婷租住在距离市中心较近的小高层，堵车是常态。王渊在路上堵了一个小时。敲门进去时，潘婷一脸倦色，下意识地往周围探望，然后招手让他进来。

客厅茶几上搁置了一堆饮料瓶、奶茶杯和桶装方便面。衣服凌乱地挂在衣架上、堆在沙发上、搭在书桌椅背上，还有一件像防尘帘子似的搭在电视机上。

"看你整日在外面光鲜亮丽的，很难想象家里这般盛况呀。"王渊边点评边把带来的烤鸡和蔬菜沙拉当武器从茶几上捣开一块空地，饮料瓶噼里啪啦滚落一地。他的发型依旧稳定，他很高兴现在这片狼藉中也散发着他头发上厚重的摩丝香味。

"算了，别提了。我现在是避风头，以免成了众矢之的。"

王渊看了她一眼，没有提别的。他听说晚报总编失节，连着两天刊发风头论断不一的舆论，他安慰潘婷，"好啦，反正风头也算过去了。你们挺神通广大的。"

"不，可不是我干的，要么徐瑾，要么庄宥铭，也可能晚报发现我太过蘑粉，不足以报道，算了，我最近诸事不顺。"潘婷忙着吃王渊带来的烤鸡，嘴里嘟囔着。

"对啦，我是来跟你说，虽说你没见过我那位，但我可算遇到了你的那位，叫——季踊，嗨，他这人太差劲。"这句话像是从山腰上猛然间滚落的圆石头，轰隆隆就冲着潘婷袭来。

"哦，"潘婷咀嚼的动作放慢了，"我听说了，你俩可真虎，咱齐城拐七拐八也算是熟人社会，你俩大水冲了龙王庙，多难堪。"

"我倒觉得不打不相识也是个好事。"王渊拎起一块鸡皮，偷眼瞧着潘婷，小心地把鸡皮放进嘴里，以免碰到嘴上的唇膏，"被他揍了后，我喜欢的那人还去医院看了我两回。一来二往，我们处得有点新进展。对了，"他停下来，"我有个公安的朋友帮我查了下，这家伙好像改过名。"

"改个名有什么奇怪，他原来叫什么？"潘婷不露声色地问。

"好像叫袁勇。"

"真难听。"潘婷笑着赶紧转移话题，"你们有啥新进展？"

"她说她要离，我说我要等，然后我们搂着睡觉呗。"

"哈哈，"潘婷放声大笑，"真没道德。"

"你们负责道德好了，我们这样的人负责堕落。"王渊蘸着辣酱走到落地窗前看外面，"哟，风景这么好。"高架桥上又亮起了霓虹灯，真美。就是冲这些晚上的灯光留下来也值，有些人的意义是建功立业，有些人的意义是安居乐业，我只管看着这些灯光就好啦，不用去追逐什么，醉生梦死最好。

他开了啤酒，在落地窗边席地而坐，跟潘婷面对面，"我今天找你有正事。"他一迟疑，难为情地笑了笑，眼睛眯弯起来，像个腼腆的姑娘，"我大学老师的儿子涉嫌危险驾驶。你帮不帮？"

潘婷机警地问："大学老师？什么大学老师值得你这样跑来贿赂我？"

王渊喝口啤酒，把白沫抹掉，"反正关系不错就是了。这样吧，你帮我给她代理，想办法把她儿子完好无损地捞出来，我帮你搞定季踊。"

"不要。"潘婷拒绝，摸着自己额头上的疤痕，"男人对女性的歧视就在于无一例外要看到身边的女人嫁出去才觉得完满。我的工作能力你是知根知底的，实习期过后，我一共代理了两个案子：一个吧，我给个小孩糊弄了；另一个，我把人整没了。"说"整没"的时候，她想要努力平静一点，洒脱一点，但是眼泪还是不争气地从眼角冒了一冒，她赶紧举起手假装捋刘海，把那颗酝酿中的眼泪不着痕迹地擦去。

王渊充分发挥男闺蜜的特性，用那只像女人一样白嫩的手拍拍潘婷的肩膀，"怎么什么过错都往自己身上揽呢，这可不像一个成功的社会人。"

"呸。"潘婷勉强一笑，也看向了窗外。

王渊轻轻一哼，继续之前的话题，"从生理结构来说，主张男女平等本身就是对女性不公平。"

"我不觉得，我觉得女性进化得比男性更完整。"她垂下头，用牙把瓶盖咬开，"所以我们比较敏感和坚韧。"

"你说得对。"王渊笑，"对了，我公安那哥们说季踊，不对，袁勇同志，险涉过失致人死亡案。"

"什么？"潘婷觉得自己的身体像瞬间被投进一个冰窖，然后再拿出来扔进火炉，"什么时候？哪里？'险涉'？"

"哈！你果然不知道！"王渊尖叫道。他卖着关子，一双眯弯的眼睛溜溜地转，"是这么报的案，我朋友说得很含糊，那时候袁勇同学才十四岁，因为是过失犯罪，而且未满十六岁，尚不用负刑事责任，所以销案了。据说是和解，但走民事程序赔偿了八十万。那个时候的八十万啊，莫非袁勇家里有矿？"

"你老打听他干吗？"

"他揍我快破了相，我还就不能打听打听吗？"

"你那副德行，别说他，我都要揍你——不道德的第三者。"

"行了行了，老潘，"王渊举起素白的双手，精致的锁骨也露着，他缩了缩肩膀，"你也知道我的，向来小道消息灵通些。"

"我对你搞来的小道消息不感兴趣。"潘婷气馁地说，"我刚把他忘了，你却反复提醒我。你这是自顾不暇，还给我添堵，好让自己显得不是唯一落魄的人。"

王渊将小心摸着头发的手放下来托着腮，甜甜地叹气，他嘴里常年嚼着薄荷味的口香糖。他凑近潘婷问道："你喜欢他什么？"

"问个屁。咱们别整这些矫情的，喜欢什么，爱什么。别以为这是言情小说，我的人生抱负只有一个，就是要成为我自己。再说，你不也在为自己的事伤感吗？"潘婷斜睨他一眼，"我看你捯饬得怪漂亮的，和她还顺利？"

"顺利啊，我跟她心照不宣。"王渊轻轻抬起眼睛，"我的目标就是耗到心上人离婚呀。"

下雪了。把最后一口茶水倒入花盆，潘婷穿过挂满法律名言牌匾的白色走廊，走到律所唯一一扇落地窗前，看着窗外。落地窗把室内与外面的界限模糊了，巨大的夜晚像个魅影，冲撞过来。城市灰蒙一片，像是对着炉灰吹开的一片天地。时值小年夜，外面张灯结彩，悬在空中。按说应该吃饺子，但她只想去楼下的小店里吃一碗拉面。

她的同事们还在奋战。辛贤瘦长的脸淹没在一摞卷宗后面；方知忙着跟周拂晓两脸严肃地讨论案情，唾沫星子溅得玻璃隔断一片迷蒙；鹿纯明在黑板上画逻辑图，他代理案件时喜欢把所有的证据都写到黑板上再擦擦画画，潘婷眼睮着他在写一个什么七·二三上吊女尸案，连上吊方式都惟妙惟肖地画了出来；周拂晓给鹿纯明端了一杯咖啡，很快两个人的脑袋就凑到一块儿了，也不知道鹿纯明又抖机灵说了什么，周拂晓激烈反驳，鹿纯明在眼镜后面露出一双似笑非笑的眼睛，他对上窗户旁边潘婷的目光，不易察觉地冲她眨了眨眼。

庄主任没在，他的办公室紧锁着门，潘婷有钥匙，用来给他搞卫生、倒茶水——这些他认为女性"应该擅长的工作"。最近他不知从哪里新认识了几个"懂股票"的人，一下班就跟他们打牌喝茶去。

徐瑾出差，他这个老光棍、工作狂，无牵无挂，一年到头总在奔波。潘婷看着外面万家灯火刚刚上演的模样，回到自己办公桌前准备收拾东西走人。周拂晓不识趣地走过来打招呼，"小年夜没约会？"

"约会呀，跟案子约，跟当事人约。你们在聊什么？"

"一个案子。鹿哥坚持养老助残服务券数额不能依据票面价值，我说在服务券的流转过程中，政府是按照票面金额来支付钱款的，被告人的贪污行为造成的公款损失数额与票面金额相等。"周拂晓也把茶水倒进庄主任养的金钱树盆里，"唉，得了，都是同行，埋汰谁呢。我们这些女人脑子天天被这些塞满了，不可爱了都。"

"走吧。"潘婷说，她们在这一刻是惺惺相惜的。

"你先回吧，我再研究一会儿，庄主任好歹给了我一个卡车司机骗保案，这个挺简单的。结果鹿哥非跟我换，我说他这是'杀鸡用牛刀'，他偏要，软磨硬泡的，我都怕了。得，剩下那些案子都难得要死，得看完再走。"

潘婷点点头表示理解。她抱着回家复课的卷宗下楼。

这个月刚发了基本工资，她最近的案子，除去一个附带民事的有标的额，律所还抽了七成，拿到手的钱又付付房租，剩下的仅够吃饭。都说律师收入没有上限，但没人告诉她律师收入也是没有下限的。打母亲电话求救，又给帮衬了些。她把自己的头埋进枕头里，快三十的人了，还要靠父母接济才能成活，对象没有，梦想也没有，眼看着人生海海，自己竟找不到一个停靠的堤岸。

从北京到齐城，恍然已过了一年。她总算是熬过了艰难的实习期，成长为独立的律师。这一年，她跟着徐瑾连夜出差，跑看守所，拜公安局，混法检，跟形形色色的人打交道。有些人其实看不起她：一个三十岁的女人，面容并非倾城，专业算不上精通，没有能拿出来镇场面的东西。空有一腔黑白分明的热忱，而这黑白分明现在也让她跌了跤。她想起徐瑾对她的论断：什么时候内心世界是灰色的就可以出师了。那么世界是灰色的吗？

她看着外面的天空，要下雨了，乌云黑压压的低垂着，好像举手可触。

　　她想起小时候经历的穷。那时候班里很多同学互相交换家庭电话号码，有人问她的号码，她咬着嘴唇，那一句"我们家没有电话"终究说不出口，而是随便说了她姨妈的电话。有的同学真就打那个电话找她，姨母奚落她时那副笑吟吟的表情，她永生难忘。还有，当年她家里交不起借读费，母亲领她去一所学校碰运气。校园的合欢树上，粉色小扇子一个个打开着，倾颓着，香味一阵近，一阵远。她留在外面，上课铃响了，所有的小朋友像潮水般涌进了不同的巢穴。她踢着石头，听到母亲在校长办公室的哭声，便跑到窗边扒着窗沿往里看，目睹母亲下跪的那一刻：先是膝盖打弯，然后双膝着地，整个身子弓着，像一匹等待被骑的马。真是残酷。为什么小孩子要看到成人的窘迫呢？从那时候起，她就觉得内心残存的童真彻底碎裂了。

　　潘婷被穷为难过。大学里没有一件新衣服穿；约会时不敢提出去下馆子，送礼物时局促到惴惴不安；希望好朋友忘记自己的生日，这样就不用还礼……现在她终于从穷中脱胎换骨，却走向了另一个极端，她过于容易满足，过分相信这个世界，换句话说，她妄想找回当年早衰的童真。于是她的世界总是白色或者黑色，好人或者坏人，善事或者恶事，正确或者错误。连刘妄那个孩子都参破了她的天真，邱宝珠的结局又给了她当头一棒。她表面上强打精神，在律所里拼命掩藏失落和无力感，不想让别人像可怜落水狗似的可怜她。可到了晚上，白天不能释放的罪恶感，以及对自己是个好人坏人都分不清楚的纠结，像噩梦似的一阵一阵地席卷她。可是，她不得不独自忍受这些，逃避是没有用的。以前，不管是工作出错还是体察到了人心叵测，她往往退缩不敢言语，要么忍受要么辞职。可难道她现在也要辞职吗？要缩起头假装无事发生吗？

　　潘婷自觉自己就是泰坦尼克号，而邱宝珠就是那座没有露出水面的冰山。她的所有都沉没了，变成鲨鱼吃掉后剩余的那一些残骸。她的迷茫也是孤魂野鬼的迷茫。她越来越找不到自己的坐标。每个人来到这个社会，都应该找一个坐标。那么她的是什么呢？如果她追求的是善良，可是她的愚钝正让一个她想保护的女人赴了死。这个坐标是不是找错了？自己应该做律师吗？潘婷动摇了——自己手持的究竟是手术刀还是杀人刀？

她找出了一瓶安定，打开盖子，敲出几粒，决定还是这么倒头睡去好了。人生那么艰难，那么多疑问无法解答，还那么漫长，她深陷意识泥潭，伸出双手摸索着，却不断被淤泥中的尖锐石头刺伤。她决定睡去，在睡眠降临的时刻，她哭了，她听到自己说"反正我死都不怕，我就要找到答案"。

她好像做了一些梦，梦到了健全的、身体正常大小、脊柱没那么弯曲的邱宝珠；梦到了邱宝珠家的沙发，她母亲也站立了起来；梦到邱宝珠的姐姐双眸含泪，正向着窗外巨大的白昼跑去。她在梦里不顾一切地抱紧邱宝珠，就像她抱紧刘安、抱紧刘长生那样，祈愿能做点什么解救她。她从来没有产生过这种冲动，那一瞬间，她抱紧了苦难，抱紧了那些被遗弃的生命。她哭了。

哭的时候，有人拍她，力度轻柔，似乎怕动作太大会将她吵醒。她知道那是季踊，但她忍住不回头，怕一回头他就会消散，像海面上的泡沫一样，互相碰撞，然后灰飞烟灭。

她继续哭着，然后她又醒了。

当她醒来时，好像翻了篇，梦里的很多场景记不清了。

她振作了精神，白天没去律所，在家从头到尾研究赵实的案卷。徐瑾说以为背法条就能当好律师是外行人对律师职业最大的误解。不过不了解法条和司法解释的律师也是无法立足的。她认为法条是要背的，解释是要熟的，程序是要懂的，人脉是要积的，嘴皮是要练的，除此之外别无他法。总不能指望像电视剧一样，有男神们大驾光临，帮自己把一切都摆平吧。那不过是开挂的人生，临到自己头上的概率跟中彩票不差丝毫。除了硬着头皮打磨实力，不让别人瞧出她是个彻头彻尾的失败者，别无他法。对于她这样的普通人，条条都是荆棘路。

赵实的案子没有什么好说的，案情很简单，他醉驾撞了一位老人，被交警扣下，测出来的酒精值高达一百四十毫克，妥妥的危险驾驶罪。一开始潘婷觉得必败无疑。

王渊给她介绍的那位大学老师，即赵实的母亲，名叫许如霜。潘婷约她见面，对方提议约在咖啡馆。

咖啡馆内冷气很足，小情侣们在昏暗的灯光和靡靡的背景乐中有一搭无一搭地聊天。老板身穿花格背带裤，戴着鸭舌帽，仿佛刚从民国穿越过来。潘婷看到一个中年女性进了玻璃旋转门，便知道那就是许如霜了。待她一开口，潘婷确信王渊恋着的那位已婚妇女就是许如霜。

许如霜坐下来，把额前烫卷的小碎发捋到耳朵后，露出耳朵上扣着的黑色小耳钉。十个手指甲上没有一点斑驳，都涂画着闪亮亮的指甲油，反射着店里的光芒，像手里握着十颗钻石似的。她穿着丝质连衣裙，裁剪得当，恰到好处地展现了身体曲线。她张开涂着艳丽口红的嘴，"我的儿子，"她看着潘婷的眼睛，三层眼皮把眼睛撑得老大，"是个很不错的孩子，就是顽皮些。"

认为自己儿子犯错只是顽皮而已是所有母亲的执迷不悟。潘婷笑道："我知道。我会尽力。"

许如霜盯着潘婷，"我要的不是'尽力'。"

潘婷抬起头来。

"如果我只是需要一个'尽力'的律师，不会找你。我要的是必须保证他无罪。我原先在大学任教，现在在一家大型企业，都是讲门面的。咱们开门见山，不瞒你说，孩子的爸爸也是一个有身份的人，我们可以给你很多钱，多到你可以大胆策划安排所有公关。只要他无罪。"说出真话后，许如霜立刻后悔了，她为什么要交代自己和丈夫的身份？她太慌张了，听说案件已快要递送到案管中心，难免乱了方寸。上两次见的男律师一看就是个精明算计的人，随时会翻出她的家底，诓她个底朝天。这姑娘行吗？许如霜打量着潘婷，发现她的眼睛清澈见底，话语直率，会跟过来的服务员说"谢谢"，好像真得了什么了不得的恩惠似的，不说话时就在仔细摆弄着杯子，对别人的底细没有一点想探听的样子。渐渐地，许如霜放下心，这个叫潘婷的姑娘，可能真像王渊形容的那般天真。

"无罪辩护？"潘婷重复一句，然后惶惑地看着她，"我不明白什么意思。我尽力不可以吗？哪个律师能保证一定会无罪呢？谁也没法这样给你保证。不管你和你爱人是什么身份，酒精值一百四十以上属于醉驾，已经明显触犯了刑律，不是吗？"

"奇怪，"对方摇摇头，黑色的耳钉闪烁着，"可是王渊极力向我推荐你，说你是最棒的，是整个齐城年轻律师里最有能量的。"

潘婷控制不住自己，大笑起来，她自嘲道："许姐，王渊向您推荐我时可能喝醉了，他说的也许是，我是齐城最有酒量的年轻女律师。"

许如霜并没有笑，脸上刻着忧伤。

潘婷手里的杯子晃来晃去，卡布奇诺也随着晃来晃去。潘婷正襟危坐地说："每一个母亲都觉得儿子犯的过错不足为道，这个我理解。但是我只能争取减刑，做不到无罪辩护。不然就是在藐视法律。"

许如霜盯着自己的那杯黑咖啡，她穿着的黑色连衣裙也像夜风的一部分，她一字一句地说："我的儿子，他是个好孩子，就是太苦了。他有严重的血友病，不能去监狱。"

"二〇一四年最高人民法院和卫计委联合下发《暂予监外执行规定》，如果我没记错的话是司发通〔2014〕112 号，其中附了《保外就医严重疾病范围》，明确列举了可予保外就医的'严重疾病'范围。血友病算得上严重疾病，我们可以申请保外就医。"

许如霜紧握杯子，手微微发抖，"我们难道不能让他在外面好好过吗？他的日子已经很心酸了，我希望他能活得开心，死的时候也体面些。"

她提到了死，如此郑重。潘婷的眉毛皱起来，她不喜欢听到这个字眼，"你怎么就这么相信我？你没有看过前几周的晚报？邱宝珠案的律师潘某，就是我。"

"我知道。"许如霜喝了一口咖啡，"王渊跟我说了，我觉得你做得很对，我特别喜欢这一点，这也是我看中你的原因。"

"什么？"

"你体谅你的当事人。"

潘婷一口气喝光余下的咖啡，泛起一丝苦笑，"也不是，我就是不接无法理解当事人的案子罢了。律所同事都说我这叫挑肥拣瘦，会饿死自己的。"

"其实，每个人都应该像你这样，给自己设定一些标准，然后执行它。不设定就不会有出路。"

潘婷看着她，不明白。当潘婷有一天明白时，也到达了四十多岁的年龄，她终于明白"不惑"是什么意思了。

"接吗？"许如霜趁热打铁，她艳丽的口红在昏黄的吊灯下泛出一点魅惑，"我给你二十万，如果你干净利索、不拖泥带水的话，再加十万。"

潘婷呼了一口气，三十万，也许对于成功的律师不算什么，不过她只是刚过完实习期的小律师，能接到案子已经算不错了，哪敢奢望三十万。然而她摇摇头，她不仅对自己的能力没把握，也对这个女人的要求没有把握，"你让我再考虑考虑。"

卡布奇诺见底了。两个人沉默良久，只是把桌子上空荡荡的咖啡杯推来搡去。潘婷站起来，许如霜伸出手臂拉住她，"我们都是女人，一路走来不容易。你看我把儿子拉扯大，不瞒你说，我算得上是豪门媳妇，我有多难，你比任何一个男人都能想象得到。我们一块儿面对不好吗？帮帮孩子，就这一次，他只是犯了错，并没有恶意，他的余生不长了，我可以向你保证，我会做慈善，多到你谢天谢地。"

听到这儿，潘婷眼里闪过一阵光。她捏紧了自己的手，小心翼翼地斟酌字句："若打赢了，我也不管你要太多费用，反正钱到了我手里不过是付付房租、吃吃饭，这些我靠每个月的工资都还支付得起。但你能答应我，救助一些人吗？一些'邱宝珠'那样的人。"

她心里说，一些被张成童欺负的盲人们、一些宁可自己毁灭的刘妄们、一些走投无路的刘长生们……潘婷咬着自己嘴上的死皮，希望许如霜能明白她的意思。

许如霜看着她，放心地笑了，"王渊果然没有骗我。你放心，我答应你。可你得拿出全部本事来。"

她哪有什么全部本事，无非是蒙头加班，晚上把所有案件细节数羚羊似的一遍一遍过。笨拙的人无路可走，除了勤奋。有时候勤奋也分路径，有些勤奋是去搞关系，比如方知每天都有酒场，第二天起早酒味依然不散；再比如周拂晓，对于散发女性的魅力驾轻就熟，这并不是犯规——既然男女本就不平等，在先天不受认可的情况下，后天利用性别优势补足一点怎么不可以呢？可潘婷宁愿自己闷头搞法律，并不是因为清高或者纯洁，只是她不善于跟人打交道。作为一个律师，不喜欢应酬算是致命缺点。万事不如意，被赋予了一个理直气壮的词，叫作"生活"。

赵实这孩子，据许如霜说有血友病，反正潘婷看不出他有什么异样。赵实的酒量倒是不小，跟自己几个兄弟走上旅游路，兄弟开得快，已经没影了，他刷蹭到了一个大爷。赵实的意识还够清醒，至少没逃逸，而是打了急救电话，这个电话救了他，因为老大爷及时被送进医院，没什么大碍。

潘婷以为取得对方的谅解并不会太难，所以没做什么准备就径直去医院了。说明来意后，大爷在走廊的床板上跷着自己打满石膏的伤腿。老大爷长着一张大长脸，面露苦相，两边围着的家人炸开了锅。"凭什么谅解！赔偿！我爸有高血压！"说话的人是儿媳，头发卷成鸡窝，圆到饱满的脸浮着油光，像是刚从猪肘面上抬起头。她一手叉腰，一手扶着点滴瓶。旁边头发花白的老太太也是这个意思："把我老头子撞了就是撞了，我们相信法律会还我们公道。"

潘婷详细分析了其中的利害。"首先，我代表我的当事人跟你们道歉；其次，他已经把大爷第一时间送进医院了不是吗？而且医疗费也是他家里支付的，再说他进了监狱，对你们也没有什么好处，我们会尽力赔偿。"

老人的家属看潘婷一脸善色，算是踢到了"棉花"，他们要求做全套体检。潘婷内心叫苦不堪，七十岁的老人体检下来，怕是要把高血糖高血压心脑血管疾病这些有的没的，都要算在这场车祸头上。也是活该赵实这小子有错在先。在对方一声追一声的讨伐里，潘婷把检查费用交上了。没想到对方又说："我不管，你们得养着我爸！"

一下午，潘婷除了交钱和跟人道歉外，一无所获，对方仍旧咬紧了不肯出谅解书。这条路估计是走不通了。她愁得满脑门还回荡着下午的嗡嗡声，一波一波，潮水似的敲着脑袋。出门后，潘婷随便转悠，又逛到律所门口。算了，她想，去吃拉面吧。余光中恰好看到徐瑾和鹿纯明正风风火火赶过来，两个社畜西装革履，手里拎着黑色公文包。看见潘婷后，鹿纯明低下头，徐瑾微妙地一笑，停在她面前，"小潘，一块吃饭。"

他们拉她去吃水煮鱼，餐桌上，三个人无滋无味地聊着过年前后的案子。鹿纯明讲了些并不好笑的冷笑话，在开足了空调暖风的包间里，徐瑾小心翼翼地问她："你最近好点了？"

"啊，我又没事。"潘婷道，"你们这么忙,怎么还有闲空搞起人文关怀了。"

"那必须的，得拿感情留人。"

"徐律师，我现在有些迷茫了。"潘婷说，"我代理的危险驾驶案，当事人母亲要求争取无罪辩护。"

还没说完，鹿纯明和徐瑾一块连声道："厉害了厉害了。"

"我觉得当事人有过错，但并不至于入狱。可是受害人也很不容易啊。"

徐瑾笑而不语，他用眼神示意鹿纯明，鹿纯明捋捋自己的短发，清了清喉咙说道："你总说要保护弱者，但你要看透这些人。首先，不要想当然地认为底层人都单纯——那是对他们的侮辱。第二呢，他们有些并非淳朴，多少存在仇富心态、报复心理、小民意识。如果是这样你还愿意为他们争取权益吗？反正，我劝你啊，还是站在自己当事人这一边吧。"

鹿纯明总是能一语中的。潘婷吃着水煮鱼，看着热油漂了厚厚一层，又把筷子按下去，挑起几根豆芽。看到豆芽，她又想起了昨天梦里遇见的人，最开始是季踊，之后是那些当事人。她感觉自己就像那些竭尽全力想要浮起来的豆芽，生活就是牵制住她的筷子。她的最终去处，不就是被人海吞没，然后变成一堆看不出任何差别的宿便吗？或者，说得再通俗一点——人生就是狗屎。

一只筷子突然打在她的筷子上，软塌塌的豆芽掉下来，徐瑾的眼睛冷静得惊人，这是年龄赋予他的馈赠："小潘，你也别太想证明自己。你瞧我们，我和老鹿，我们比你大几岁，不也是无家无业无身份吗？茫茫人海，我们只不过是一滴海水，水化到水里，水消失在水里。"说到这，徐瑾也仰起头，"我特别怀念小时候，那时候我以为我有超能力。像宇宙那般富有能量，总以为有一天能做出些惊天动地的事。"

"我以为我是社会主义的接班人。"鹿纯明接着嘴道，脸上漾着淡淡的笑意。

"什么时候开始的？"潘婷放下筷子，一脸苦闷。

"什么开始？"

"什么时候开始，我们认清了这个现实——"潘婷眼神暗淡，好像屋里都暗淡下来，"我们就是普通人。"

"普通人很可怕吗？"鹿纯明撕着一块黏连的鱼皮问道。

"很可怕。"徐瑾和潘婷异口同声。不过，徐瑾的语气坚决，而潘婷语气轻柔，更像是叹息。

鹿纯明笑道："一大一小两个名利迷。你们所谓的崇高理想，不就是追名逐利吗？哎呀，这个社会怎么了，天天让人不安分，成功学理论受人热捧，励志鸡汤到处兜售，明星大腕惹人追逐，无数人想一夜暴富或者趁早出名。像我这样安于现状的都算是堕落了。可我这样的才是常态，我们有十四亿人好吗？谁能算是不可复制？穷都穷得如出一辙啊！"

"你说得对，"潘婷要了一瓶酒，"你说的都对，可我就是有点不甘心这么过一辈子。案子办得一塌糊涂，人生也没什么波澜，我都不能叫平庸，我完全在平庸之下。"

"得了，"鹿纯明给她舀了一勺疙瘩汤，浅墨色眼镜反射着店里的光芒，潘婷在眼镜中看见自己一脸惶惑，"小潘，谁起步就能顺畅？你这就不错了，还要怎样？一个女人，能有自己的工作，再择良木而栖，生个可爱宝宝，人生有你忙的。"

"对，我们女的活该一直被定义，这样才是女性，那样才是女性。我偏不要……"她本想说什么，看到徐瑾的笑意，后面的话变成了有气无力的嘟囔，淹没在喝汤声中，"被你们定义。"

鹿纯明察觉到了，他用食指推了一下滑落到鼻梁下端的眼镜，水煮鱼的热气扑在上面，他笑笑，"待会儿帮你鹿哥我整点材料吧。老徐，你快劝两句。"

一个黑皮肤的女服务员突然推门进来，"你们加菜吗，还是就要这些？"她端上最后一份疙瘩汤，站在一边等着收空盘。徐瑾几乎要站起来，鹿纯明拉了拉他的衣服，"喂！就吃这些。"

徐瑾低着头，用手胡乱抹了一把脸，"在这儿干什么？"他低声说。

"吃吧，反正吃吃喝喝也是人生。"

徐瑾坐下来嚼着肉，他的三七分头在空调的暖风中轻轻竖起，然后在风转了方向后又微微落下去。他脸上的褶子厚得像一张搓皱的牛皮纸，他直直看着前方，"我也不甘心，我就不信，我在人海里连个泡沫都泛不起。"

吃完饭，潘婷当真陪他俩加班，说是陪加班，其实就是默契地各自在办公区域鏖战。徐瑾办公室门紧闭，潘婷把速溶咖啡放到门口，过了一会儿他才出来拿。门只开一条小缝，徐瑾冲着潘婷和鹿纯明眨眼，"我这里证据多，害怕你们进来给我搞乱了。"

"行，知道你事儿多。"鹿纯明爽气答道，手里也端上了咖啡。他看着潘婷说："走吧，借你徒弟一用哈。"这话是冲着即将关门的徐瑾说的。后者搭腔道："自立门户了，已经不算我徒弟。随你便。"

鹿纯明摇摇头，他脱下羽绒服，露出里面的淡蓝色衬衫，还要撸起一半袖子。潘婷坐在他对面说："至于这么热吗？"

"看见你，燥热。"鹿纯明脸也不红。

"说点正经的，我什么时候能混上独立办公室？"

鹿纯明松了下领带，又露出他招牌似的戏谑微笑，"想一步到位？跟了我就可以啊。"

"滚蛋。"潘婷撇嘴，"说，让我帮什么忙？"

鹿纯明歪着头看她，两颗小虎牙露了出来，"那你是让我滚啊还是给我帮忙？"

一摞又一摞厚厚的材料，间或查找相关法条。有些法条潘婷恰好刚刚复习到，记忆像是嘴边咖啡的味道，还没全然消散。于是潘婷捕捉着记忆，在证据材料上做着小字笔记，像是一圈蚯蚓爬过的痕迹。落地钟——常主任从二手家具市场淘来的古货，说是敲打的声音很像儿时听到的，想必他拥有一个值得被反复回忆的童年。他们一直鏖战到这件古董敲响了好几回。

齐城的夜晚被推向一个更深的黑暗。暖春的晚风已经款款而至。鹿纯明几次起身，走到落地窗前，趴着身子往下看。卓越所在十一层，并不算高层，既能看到天空的清明，也能看到大地的灰墟，看到白日里甚嚣尘上的风云残卷，和夜晚心平气和的尘埃落定。从落地窗前俯看，整个城市就像一艘巨大的轮船。人潮被裹挟着不得不一起航行，每个人都只是"时代"号轮船身下一朵不起眼的浪花。在起航的时候，他们终究要承受随时被抛弃的命运，你还必须甘之如饴，因为别无选择。

潘婷整理着材料，摸着自己受凉的脖颈。手机嗡嗡振动，鹿纯明挂掉了，头也不抬地说："骚扰电话，给你挂了。"

她连看都不想看。如果忙碌能治疗忙碌，疲惫能缓解疲惫的话，今天晚上她索性什么都不管了。鹿纯明直直挺着半个身子在她眼前敲电脑，她摇摇头，算是活动活动筋骨，也算是对鹿纯明的专注表示无奈。她从自己办公桌里找到几包速溶咖啡，用热水冲好后递给鹿纯明。徐瑾出来一两次，跟他们聊聊案情，然后又像夜行动物似的钻进办公室里。反正这不过是他习以为常的加班熬夜。

"完事后去哪儿？"鹿纯明的语气尽量保持轻描淡写。

"去哪儿？当然是回自己家。"潘婷撑他道。

鹿纯明把视线从电脑移到她面前，像是小孩子盯着叫卖老人手里的棒冰，"哎呀，你帮我这么多，我该怎么报恩？"

"去死。"潘婷两手粗鲁地把他的脸扭到一边，这时候看到了他的电脑桌面。他的桌面平淡无奇，但是 WPS 文档在左下角露出了几个关键词："危险驾驶""从轻情节"……她问："你这是搞什么？"

鹿纯明摸着头发，"我刚看到省检的朋友帮忙传来的一份材料，一份征求意见稿。"他冲着潘婷舒展地打开胳膊，像是一只展翅的大鸟，"我估计你要抱我了，内容是——关于对部分认罪认罚从宽案件适用不起诉的实施意见。"

潘婷无意抱这只"禽兽"，她迅速打开文档来看，的确是省检近期出台的意见。

在危险驾驶罪中适用不起诉的案件标准中有这么一项，简直像是从天而降的某种福祉：未发生事故，或者发生轻微事故无被害人、发生轻微事故取得被害人谅解（嘀，多么轻描淡写的谅解）；每一百毫升血液的酒精含量在一百四十毫克以下，可以做不起诉处理（赵实恰好压在一百四十毫克的线上）；如果同时具有自首立功情节，未满十八周岁或者已满七十五周岁等法定年龄可以减轻处罚情节，或者系在校学生（可恨，赵实既满了十八岁又不到七十五岁，而且也不是一个翩翩的在校少年）；确系在广场、公共停车场、居民小区等场所挪动车位，未造成实际后果的；因紧急救助他人需要的……应当做不起诉处理。得了，也没有什么能用的。潘婷仓皇地叹气，两只手抓着短发，好像要把自己从地面拎起来。

"唉，别这么着急，"鹿纯明劝她，"想想办法。"

"唉，倒是救命稻草，但用不上，我这里是火场。"她身体弯成一个弓形，垂头丧气地趴在桌子上，"关键是他血测一百四十毫克整啊，很难说适用，而且被害人拒不谅解。哎！我都忘了，你这只是征求意见稿，那下来正式文件又要猴年马月？"

"据说差不多三个月左右。已经起草完毕，就待下发了，你也知道这种文件可早可晚，反正就在领导手边，看看能搭上线吗？对了，好像他媳妇是晚报副总编，我倒是有点人脉，"鹿纯明藏在眼镜后面的笑意更浓了，"你要不要求助我？"

潘婷的脸歪在一边，然后她想到了一个人。很久之后，她总在分辨，是不是在任何时候、任何情况下都会不遗余力地想起他，就好像水利用一切缝隙流淌，自己会把每个问题都跟他牵绊在一起。这样她好安慰自己那脆弱的心灵：我不是真的要找他，是恰好他有解决的方法，只是恰好而已。但真的只是恰好吗？真的只有他有解决方法吗？她垂下头，默然道："就算有人脉，这样运作也不怎么高明。算了，我再想想。"

"手段只管好不好用，高不高明是高阶问题。"鹿纯明抱起胳膊，"再给我一杯咖啡吧，我今晚得干一整晚了，你要不要陪着？我这里地铺特别大，或者我也可以给你当地铺……"

"省省吧，我回家。"

这时候徐瑾从办公室里走出来，一个懒腰伸在半空，他看着两个人说："我也得搞通宵，明天一早要去东北办个案子，我订的凌晨机票，便宜。"

"想着办法给老庄省钱呀。"鹿纯明笑道，"我瞧他最近染上赌瘾似的，天天去打牌。输钱跟数钱那么快。谁给他介绍的牌友，你？"

"你还担心他应付不来？"徐瑾揉着自己头顶穴位，"他那么油。再说他攒那么多钱干吗？让他多消费消费，拉动拉动内需也好。知道理查德·塞勒吗？二〇一七年诺贝尔经济学奖获得者，他把消费者收益界定为获得效用和交易效用。交易效用就是指实际价格和参考价格中间的落差使人获得的感受，大脑会以为你占了便宜而分泌出多巴胺的神经传导素。"

"那看来我得多买买买纾解一下心情了，"潘婷摊开手，"可惜我没钱。"

"行了吧，你还受他忽悠啊。"鹿纯明摘下眼镜，胡乱搓着眼睛，"老徐，你也看着点老庄，那些打牌的都是什么人啊，劝劝他。"

徐瑾说："他们有的是投资人，我哪里插得上话。倒是你，你愿意说就自己说去。说不定给你提个一官半职，涨涨薪水。"

"看来你是这么想的了。"鹿纯明狡黠一笑，徐瑾没说话，低着头，脸上氤氲。

鹿纯明见好就收，"算了小潘，我也不耽误你了，外面有人找你。"他脸上的笑容收了，皱着眉头，下巴朝着窗外那边使劲儿。

"什么？"

徐瑾剥开一颗牛轧糖，扔进嘴里，冷笑了一下，"有人等你很久了，你鹿哥不让我告诉你。"

十四

　　季踊从黑暗中涌过来，像是一艘抵达目的地的船。她清晰地看到他的喉结在初春的黑夜里抖动："怎么加班这么久，果然是剥削。"

　　他穿着一身黑色的耐克运动服，脸颊依旧瘦削，眉毛被灯光映衬得灰白，高挺的鼻子像是一把尺子，直直地伸下来，差点儿碰到那抿得紧紧的薄嘴唇，混杂了男低音的话语就是从那里冒出来，像一碗热汤，那团热气还没散，在黑暗和冷空气中袅袅。

　　"哦，是你呀。"潘婷尽量保持不动声色。她做得很失败，起码在季踊看来是这样。他在路灯底下看着她，这几个月，她没胖没瘦，穿着一身深灰色大衣，里面套着职业西服，板板正正，低着头站着，头发别到耳后，一脸的无辜和委屈。她几乎跟他记忆里的样子没有丝毫偏差，也许他温习太久，所以他并不像自己想象中那样激动，心一点也没有跳出来。他笑了笑，打算不让尴尬继续，问道："怎么，想把我忘了？"

　　如果潘婷没有眼睛，那么她的耳朵也会随着这个声音走，跟随得彻彻底底，不管不顾。季踊的声音不仅悦耳，而且化魂，能直直打通角质层、透明层、颗粒层、有棘层和基底层，直通她的血管，然后顺顺畅畅地输送进心脏，她就成了这个声音的傀儡。声音深处有悬崖和渊谷，她会坠落，并希望他温柔地将她捧起。但是他没有，任她坠落。真是无耻，她对他的定义一点没错。在自己独自疗完伤后再次出现，以这样迫切的神情和特殊的方式自顾自地出现，导致一切的疗伤都成了徒劳，她又要从头开始试着遗忘、放弃。说到从头开始，她又想起天津那晚，一股无休无止的丝丝绕绕的疼痛泛上来，抽丝剥茧地要了她的命。

　　他们一前一后走着，彼此无言，直到潘婷高跟鞋打了滑，季踊上前扶她一把，他们终于并排走，脚与脚在一起，手臂跟手臂贴着。这种距离只是一个仪式，象征着暧昧的仪式，但是不好意思，暧昧在这里是一个褒义词，是众多坠在恋爱中的男男女女喜欢拿捏的分寸，他们敌进我退、有来有往、互相探寻。他们不知道，得不到比得到更接近那个荒诞的词语：爱情。

季踊说的都是一些官方话。比如：他说起最近有多忙，又到了"严打整治"的时候，案子特别多，他到处跟踪报道；又说他前些日子怎样出差不着家。他说的倒是实情，他早就习惯昼伏夜出、晨昏颠倒的生活，这几个月来，他追踪一个宾馆殉情案，在案件水落石出时，大多数人以为一切就此结束，但真相并不是。抓获凶手只是开始，接下来的工作才是重点，记者要丝丝入扣地去还原那场纷争，像钻一个一个又湿又冷的巢穴那样探究那些不为人知的恩怨情仇。齐城很少发生这样足以轰动全国的大案。清晨，一家宾馆打扫房间的阿姨发现地上有一摊凝固的"番茄酱"，她一边打扫一边咒骂，很快那股不同于番茄酱的味道终于引起她的怀疑，她抹了一指头递进嘴里，随后惊慌失措地报了警。刑警大队抵达现场时，她正在水池边狠狠抠着自己的喉咙。

"然后呢？"潘婷问。他们走在路上，夜已经深了。

"两个人相约殉情，一方却把另一方杀了。然后分尸，一点一点割开，又害怕动静太大，就把尸体强行塞进行李箱里拉走了。临走前，一点也不慌乱，还跟前台要了份报纸，说去去就回。"

"我们为什么要在晚上聊这个，好冷。"潘婷抱紧了胳膊。

季踊偏过头看到她的动作，要不要搂住她呢？这时候搂住她会不会太刻意，会不会更让她害怕。他的心沉了沉，好像铅锤摆了一摆。他挣扎了片刻，对，他的内心不是"纠结"搂的程度，而是比纠结要纠结多了，所以是"挣扎"，就好像跳进了一潭深水里不知如何摆渡自己。奇怪，他在这样的时刻，心里想到的都是这样琐碎的事情。比如一个用词，比如一个动作。

在潘婷面前，他好像总是这样，忘记了那些贯通他一生的、水草般缠绕他的梦魇。他注意的都是这些琐碎细小。这是好事，是他弥足珍贵的快乐时刻，是潘婷带给他的，他感到自己周身轻盈，会像一个普通人那样去苦恼一个用词、一个动作。他从来没有这么轻松过，他为此而感激她，哪怕她把头磕出一个大包，让他疼痛。疼痛也是加深印象的一种形式，他因为常常感到疼痛而想念那个带给他痛觉的人。

季踊一直在关注潘婷，他之所以约徐瑾，更多是为了他的复仇计划，两个老爷们在常年的默契下没有什么好谈的，他其实just等着徐瑾能说出几句关于潘婷的话。一晚上，哪怕等到一句轻描淡写，就已经足够他在醉酒或者无眠的夜里感到一丝温暖。比如徐瑾会在说起律所最近的业务活动时，附赠似的捎带一句"小潘这家伙可努力了"。他便仰起头，那天晚上的睡眠也好、心绪也好，便会在一种微妙的安静中回赠给他一种甜蜜的痛苦。

就像今晚。当时季踊已经做好了安排，他跟母亲店里的女孩们打了招呼，她们声称他今天没有跟母亲请安——这是女孩们对他的戏谑。他充耳不闻。曾经，他跟母亲说了他正在计划的事情，母亲只是淡淡一笑，一种很美的感觉不屈不挠地萦绕上来，当这个感觉浮现时，他暗地里狠狠地掐了自己胳膊一把。觉得自己母亲很美是每一个男孩都有的感觉，但他认为这是猥琐的，只希望她是一个母亲，当然，她身上最差劲的身份可能就是母亲。你瞧，做妻子、做女儿、做老板、做女人，她都做得好，举手投足都是她对生活的睥睨，可唯独没有考虑独子。她的美代表了她的生活。而她的生活，哪一个做儿子的都无法接受。

她是这些姑娘的"妈妈"。

今晚，季踊在母亲那里坐着看了一会儿手机上的新闻，然后走来一个小姑娘，靠近他坐在沙发上，"看什么呢？"她的大波浪卷被轻巧地甩到一边去，要多潇洒有多潇洒。可她小小的身体，腮帮间残存着婴儿肥，鼻子上有一个痦子。随着她说话，痦子俏皮地抖动，像是一只小小的飞虫趴在一件制作精细的瓷器上。她完全是幼女的模样，蜷在一身高档女装里，淡妆的脸娇娇俏俏，像是偷涂了妈妈化妆品、偷穿了妈妈衣服的小孩子，这真像开了一个浓稠的玩笑。谁会需要这样的一个打工女孩，这不还是一个孩子嘛——应该怀里抱着洋娃娃的小女孩。

于是他笑笑，面带同情地回答："瞎看呗。"

她垂着头，盯着自己的灰色皮鞋。他们共同在嗡嗡的空调声里，看着店中央悬挂着的电视机屏幕，演的是电影《美国往事》——母亲有着良好的审美和趣味。屏幕上，"面条"带着他忧愁的痦子四处行走，他的眼神肿胀，饱含深情，追寻着不可能找回的往事。然后，那小姑娘拍拍他的大腿问："你不找我们，怎么老来呀？"

"来欣赏欣赏昂贵的东西。你们卖的衣服，我消费不起。"他连自己的皮囊都不怎么珍惜，更别说一掷千金购入动辄上万的皮囊。当然了，那些只是他母亲设下的幌子，她的店可不止这么简单，她不会做简单的事情，父亲死了之后一直如此。父亲一死，母亲就重新活了一次。至于活得痛苦不堪还是有声有色，谁知道呢？反正她从来没有提起。

小女孩又靠近他一点，"别人不知道，你还装傻充愣嘛，我们又不是当真卖衣服的。再说，我可以给你很优惠的价格呀。"她指着自己，声音发自那个小小的身体。

季踊赶紧站起身。"面条"在马车里粗鲁地强暴着黛博拉。

他深吸一口气，"你才多大？"

"我告诉你一个秘密，要是你肯点我的话。"她神秘地一笑，大眼睛在浓厚的睫毛下面眨了一眨。

他当然没答应，但还是把自己身上的钱慌慌张张地掏出来，塞进她手里。

"这是干吗？寒碜谁呀？"小女孩说，声音里漾出一点跟她看上去的年龄很不相符的轻佻和沧桑。

季踊看着她，想到了自己的少年时期，他何尝没有过单纯的日子。所以他有些怜惜地拍拍小女孩瘦弱的肩膀："赶紧回家吧，我让牡丹多给你点儿路费。"

小女孩眉毛一挑，长长的睫毛呼扇着，窄短的西装裙绷在她跷起的二郎腿上，她伸出一条白白的腿，用脚轻轻踢着季踊的皮鞋，"你还真把自己当少爷了，也不看看我的身价。"

很疼，他想抽回自己的脚，以及脚上被压扁的皮鞋，但他收不回来，他定在那里，像是被一颗尖锐的钉子扎在地上。他只好看着她，她的大波浪卷被甩到一边，眼神里有一种轻浮的挑衅，笑容一看便知——是对着镜子练习到自己心满意足。季踊叹口气，"小朋友，你把我放开。"

"叫谁小朋友呢？"小女孩声音沉沉的，像是铃声浸入井水里，"我好看吗？"她伸出细细的胳膊突然搂过他的头，季踊往后仰着头保持距离。想跑也不是不可以，但他担心自己一撒身，小女孩就会重重跌下来。

说让她自重又怕伤了她的自尊。他叹口气，把她的胳膊从自己肩头拿开。

"别玩了。"他的笑容从一边的嘴角泛上来，他知道怎样轻柔地伤害她又保护她的自尊，"你知道雇用童工违法吗？"

"你！"小女孩被呛住了，"算了，看你也不是好这口的，有好的男人请介绍给我。当然，最欢迎的还是你哦。"她说"哦"的时候，红色的唇膏围成一个小小的圆。她从季踊的脚上移开，摸着自己的锁骨，"我叫鸢尾。当然，这是我的艺名。"

"好。"季踊叹口气，"看来牡丹园里有深浅。"

这时，手机在兜里嗡鸣，季踊接起，徐瑾的声音如约而至，"老季，你最近可好？"

"老样子。"季踊说，"什么事？"

"给老庄找个女人的事，你到底想怎样？另辟蹊径吗？"

"我没想好。"季踊推开门，转身朝鸢尾摆摆手，算是告别。他本不必这样，只是刚才尴尬的对谈让他无地自容。应该感到羞耻的却感觉不到，他为她无地自容。

"你再不想好，咱们就快放这条鱼过去了。我劝你乘胜追击，趁热打铁为好。"徐瑾语重心长，话里有话。

"我知道了，还有别的事吗？"季踊了解徐瑾，无事不登门是他的一贯作风。

"今天潘婷在办公室加班，我看她对你意思不浅，你最好快点实施你的迷魂大法，把她迷得死死的，让她把那老东西领上道。"徐瑾顿了顿，似乎在对自己出的主意沾沾自喜，"不过经济犯罪就免了。你偏要这类犯罪吗？非得给他找个女人？"

"必须要这类犯罪。"

"我明白了。现在是很好的机会呀，你要不要来偶遇一下？"

在做出了天津的莽撞行为后？在他已经匆忙地把他的天机泄露后？他对着手机摇摇头，半晌才发现自己对着一个屏幕摇头，他听见徐瑾连连叹气，无非又是嫌他不把握时机和良人。他最后回头，隔着橱窗看见麦克斯从窗台上跳下来,"面条"就那么寂静地看着一辆车拉着欢天喜地的少年们远去。背景音乐响起时,店里小女孩关了屏幕,冲他调皮一笑,用手托着下巴,送出一个缥缈的飞吻。

"好吧,我给她打电话。"

季踊还记得那个电话号码——他记得很多人的电话号码,这是一种本能,毕竟历经了诸多坎坷,仰人鼻息地活着,不多学点苟且偷生的技能怎么可以。

他一遍接一遍地拨打她的电话,铃声一遍接一遍地响起却又无疾而终,甚至在挂断电话后,他仍然听得到那种嗡鸣,好像那嗡鸣来自他的体内,他感觉自己要在嗡鸣中窒息。爱而不得的心境过于如此。这世间太多爱而不得的事,即便得到了爱也无法保证永恒。想明白这点,他的呼吸顺畅起来。去找她,去碰运气,倘若受尽折磨他甘愿认栽,就当是命给他的体验。他来人世是体验遭罪的,总有人要体验这些,就像有些人体验快活和自由,人间分工不同,如此才有况味。然后,他便会忘却这些,因为他是男人,自认为这些小儿女情态都是婆妈戏荒诞剧,是荷尔蒙的诡计,是多巴胺的把戏。去他妈的。

他见到她了。准确地说,是灯光给她投射的剪影。十一层楼上,她的身影有些模糊,有些悠远。季踊看见一个男人冒出上半身来盯了他一眼,便垂下头假装认真地抽烟。他等到整个写字楼的灯都快灭了。时值初春,月光照着他,他只穿着单衣,感到寒冷在偎着他。

他照旧打她的电话,得到的仍旧是拖着长腔的嘟嘟声。后来他倚着墙要睡着了。夜里十一点钟,他感觉月亮已经移动了方向,下一秒他便看到了她。她的出现,让他周身突然暖和起来。

她的眼神依旧像一摊见底的池水,夜晚是女人最好的妆容,因为她眼里竟然闪着星光,那么亮。她说:"嗨,是你呀。"

你呀你呀你呀你呀,什么叫动听,这就是。他抱紧了胳膊,瞬间忘了自己究竟为什么来到这里,忘记了初衷就会忘记目的,忘记目的,人生还有什么意义?那么,就让他享受这一刻的无意义吧。

潘婷拉了拉他的胳膊,"你不应该叫'季踊'。"

他被自己随之而来的口水呛了一下,"不叫季踊叫什么。"

"不该是'踊跃的踊',因为你一点儿也不踊跃,该叫'柳永的永',因为你一点儿不安分。"

"行,我改名。"他抬头笑,眼睛清亮清亮的,"这样满意不?"

她回过头看他,黑色大衣紧紧裹在身上,裸露的脖子倔强地迎着风。那眼神看得他心里发麻发虚,怕她看到自己的阴谋诡计,看到自己的脆弱和不堪。最可怕的是,怕她看到了自己的愚蠢和虚伪。可她却突然把头凑上来,又是头。她的短发清清爽爽地搭在他胸口,那么自然,好像本来就该生在那里一样。他听到她的叹气,"你呀你。你呀,唉,你。"

良久,她抬起头。他们站在一棵法桐下,风吹过,灯影在摇曳的树影里婆娑。风把他们吹得抱在一起,好像过冬的企鹅。她抬头看他,他由此看到她的眼底,发现她眼底除了有星星还有他。一个清澈的、无欲无求的他。他的心尖涌起一阵潮湿的感动。他想搂紧她,结果她踮起脚,兀自把嘴唇奉上来。

一开始他以为在做梦,随即感到一阵头晕目眩。鼻子也好,眼睛也好,耳朵也好,都已经不在原来的位置。去哪里了?他不知道,他只知道海浪掀起来了,一阵急似一阵,狂风与骤雨将他裹挟。他快乐地被卷走,全部卷走,全部撕裂,片甲不留。他不知道该做什么,而她温柔地教他。不像话,他又不是个纯情的处男,他们又不是第一次,母亲店里的姑娘们没少光临他,更别说还有郑好。不,在这种时候,他不应该去想无关的人。

但有一瞬间,季踊感觉这比第一次还糟。因为他在下沉,大地在陷落,而上一次没有。为什么会这样?难道地球已经在这段时间变得柔软易陷?开什么国际玩笑,难道这种事还需要宇宙来为自己买单吗?

他还有什么办法吗?季踊无计可施。潘婷的嘴唇那么湿润,牙齿那么小,好像他触摸的是极其珍贵的瓷器,以及包裹瓷器的柔软的锦缎。他觉得自己膨胀起来,又迅速缩小下去。缩小的是他自己,是他磅礴的复仇大业,是他的雄心壮志,一钱不值。膨胀的是他的下体,是他的失意,是他的爱而不得,虎虎生威。他为自己的不满足而发狂。风吹动着。

他意犹未尽,她却停下来,把头扬起,离他有一只巴掌那么近,她那两只装着星星的眼睛对上他。眼睛跟眼睛该交谈什么呢?用什么交谈?她反正不说话。她冲他呵气,细碎的白雾迷湿了他的眼。

这是一个开始，总之，那天晚上她提出想去他家。那时候寒风乍起，他搂着她，闻着她头发的香味，突然这个问题就迎面而来。他说："不行，我那里太乱。去你那儿。"

可是潘婷语气坚定，"我不管，我要去你家。"话语间充满小孩子一样的任性。

这又能怎么办呢？他对她的任性无计可施。

季踊的家是个阁楼，他们猫腰进入，比她想象的要局促，但是好歹有一张床，这便足够了。如同在去往天津的列车上，潘婷觉得自己又迎来了美好的时刻。潘婷忘记了对自己的警告，季踊也忘记了自己的使命。他们好像刚从娘胎里出来，赤裸相见，彼此凝望，时间就是一根滑溜溜的绳索，从他扯向她。

"季踊。"潘婷轻轻地呼唤，扰得他心房激动。

"嗯？"季踊深深呼出一口气，撑在她身上。

"你叫季踊还是袁勇？"她光着身子，调皮地看着他，搂着他，短发在耳边堆着，像是一堆寂寞的干渴的荒草。

在黑暗的屋里，只有月光踱进来。

"有什么关系吗？"

"我总要知道你究竟是谁。"

"别打断我。"他说。

月光变成了一片清澈见底的河流，河流淌过所有的伤痛，所有的愤恨，所有的懦弱。河流是一束白光，白光是一阵浓烟，浓烟是一缕麦穗，麦穗是一种弥漫，得了，什么也比不上这个，只有他们自由自在地弥漫，他们在所有中弥漫。他们拼命抓住彼此后飘零。

季踊闭上眼睛，觉得自己刚刚被吸走的躯体又归位了。

"好吗？"她问。

"好，很棒。"汗水滚落下来，潘婷俯身上前亲吻了他的额头，然后把他的头搂进怀里。他感觉到一股宁静的温暖。他又想到了母亲、娘胎。他觉得自己是一个婴儿，正躺在永无止境的安宁中。他感激她待自己这样好，可他却什么都不能给予她。

晨光从窗帘倾泻，一缕又一缕。街上的声音自顾自地喧哗起来。他醒来时，看见她正趴在窗台上往下看，他的心也随着往下沉了一寸。他来到她身边，努力用身体挡住窗口问："看什么呢？"

"这条街好热闹啊。"潘婷说。她的头发乱得像蓬草，季踊给她理了理。这时候他的手机闹钟响了，他四处找了找，却发现不在枕头底下。然后他在窗台看到了它，把闹钟摁掉。

"把你吵醒了？"

她舔了舔嘴唇，"没有。"她又躺下，闭上眼睛，"能想象吗？"

"什么？"

"我们会这样。"

"想过很多次。"这一次他没撒谎，"就在这张床上。"

"都想什么呢？"

"什么都想。"

"想得最多的呢？"

季踊没有回答。从床头抽出一支烟，点着，他看着袅袅的烟在自己的手指间缭绕。他在想，每一次事后，潘婷也会这么问庄宥铭吗？他的胃里一阵绞痛，疼得他闭上眼睛。

"天哪，你自残？"潘婷惊呼着摸他浑身的伤疤，"疼吗？"

这是个白痴问题，他的很多女友都这么问过，仔细想来好像只有郑好没有问过。郑好是很在意体面的人，这样的问题她不会问，因为她知道问了也不会有什么答复。

"为了戒烟呗。"季踊撒了谎。

他们一起到外面吃了早饭，又是馄饨，可如今的感受却不一样了。比如她可以用他的勺子喝汤，也会把自己剩下的给他吃，他们还在老板进厨房时偷偷亲一亲。临分手时，潘婷整理好自己的大衣。"有褶子吗？"她看着自己周身，问道。

"干吗？"季踊警惕地眯着眼睛问，"还想撇清关系吗？"

"没有，想到又要被徐瑾嘲笑了。"潘婷咬着下巴，认真的模样很像一个女学生，一个眼角带着鱼尾纹的天真的少女，"对了，这时候说也许不合适，不过管他呢，反正你是自己人了，肯不肯帮我个忙？"

十五

潘婷通过季踊的关系约到了省里一位能够左右那份文件何时出台的大佬。潘婷刚跟季踊提请求时，季踊面露难色。但潘婷说你们报纸的副总编是他老婆，季踊摇摇头，说你倒学会了做功课。如此一来，他算是答应了。

中午季踊便将酒店名称发给了她，然后体贴地问自己需不需要参加。潘婷回说不必了，这种事情还是单枪匹马的好。她知道如果她说请客，对方肯定会叫来一帮随请的人，理由是照顾她的面子，实际是借她的花献其他佛。这种时候潘婷总得陪酒陪笑脸，但她不想让季踊看到这种时刻。恋人最好不去目睹彼此工作中的窘态。

果不其然。晚上吃饭的除了副总编、大佬、他们的两个十五六岁的孩子，还有另外一个潘婷不认识的超级大佬。他们没有自我介绍，也可以理解，毕竟现在纪委监委暗访工作做得十分到位，不是原来的时代了。但这些队伍里还是偶有害群之马，而他们这些无名律师又不得不虚与委蛇。谁也说不清在这条利益链中，谁是受害者，谁是获利者。

这次浑水摸鱼的超级大佬，大家叫他老方。这么一桌，像是家庭聚餐，却多一个潘婷。夫妻档对老方十分恭迎，潘婷便知道，此人才是关键。于是潘婷以酒代水跟孩子们喝，又以白代啤跟夫妻俩喝，最后以红代白跟老方喝。

老方的头发也像庄宥铭——地中海，但是他很巧妙地将一边捋到另一边，造成中间头发尚在的假象。他油腻腻的眼睛不住地在潘婷的脸上、身上停留。潘婷一饮而尽，在一对一吹时，跟夫妻俩遮着嘴说悄悄话，又从座位下掏出送副总编的项链——难得一见的深海珍珠。反正是让鹿纯明从国外捎来的。钱还没报，暂且不心疼。副总编很满意的样子。但潘婷知道老方是关键，她给自己鼓了劲儿，勇气这东西还是像吹气球，需要鼓一鼓。她从前台给老方招待了一条烟。老方经不住地赞誉，"想不到啊，潘小姐这样年轻漂亮，真是了不起。律师行业人才济济呀，人才济济。"

"哪里哪里，您过誉了。以后还承蒙照顾。"多么虚伪。潘婷奉着笑容。

两个小孩子吃饱喝足，开始就地玩起手游。包间里弥漫着一股浑浊而萧瑟的酒气。潘婷溜出去结账，然后从车的后备箱把准备好的礼品放进大佬和老方座驾的后备箱。一阵冷风吹来，她有些头晕目眩，窝着肚子蹲在花池边，胃里的东西好像在被身体更深处的力量围追堵截，往外漾出来。一阵呕吐待要发作，这样不是一次两次了。她并不觉得呕吐难受，而是要呕吐的脏渍感让她觉得羞愧。一个女人拿自己的胃拼命，到底在图什么？但是，如果不拿胃拼命，恐怕就得拿整个身体拼命，那是不划算的。她受不住，便用食指奋力地扣住滚烫的嗓子眼，那些还未消化的事物溶解在姜黄色的酒水里，一阵酸臭，她像从自己身体中抽离出一个腐朽灵魂的一部分。每当在酒场拼命，她便觉得自己的一部分灵魂就此抽离，变成污腐的不可名状的白色泡沫，在嘴角泛着罪恶的光。

她擦了擦嘴，抬起头的时候看到副总编和大佬坐进车里。司机开动了，慢慢吞吞地开出了街道，她又走回包间，去拿落在那里的手机和大衣。

包间很暗，在她摸索着开灯的时候，身体被抱住了。

慌乱间，她沉重地挣扎，一只杯子从餐边柜上蹦下来，碎在黑暗的地上。潘婷闻到一股浓郁的酒气和中年男人浑浊油腻的体味。一个肥沃的大肚子厚厚实实地砸在她的腰部。她低着头，胳膊肘用力抵挡出一段距离。另一只手艰难而迟缓地摸着墙面，她像一只在海平面上迷失航向的船，终于摸到了门把手。啪的一声，走廊的光投射进来。

光把老方的头照得更加油腻，像一个剥了壳的腌蛋。他挑衅地看着她，嘴里散发出熏人的酒气，几近兜不住上半身的衬衣在肚皮前面摩擦。桌面凌乱不堪，摆满了残羹冷炙，还有东倒西歪的空瓶子。这是一个遗址，刚才那种虚伪、做作的社交盛况后的遗址。老方要把那张肥厚的嘴强硬地递上来，潘婷摸起身后的醒酒器照着两个人身边的墙面猛砸过去。

玻璃碎了。墙面上有道藏红色的痕迹，还有新鲜的划痕，红色的液体四处飞溅。老方往后退了一步，低声怒吼："疯子吗？臭娘们。"

她看着他，好像在看动物园里发了疯的狗熊。"别丢人。"她冷静地说，然后迅速蹿到桌前拿起手机。她控制不住自己颤抖的手，岂止是手，她的整个身体也因为恐惧和愤怒而颤抖。她明白自己要面对的是什么，但她不清楚老方的来头，即便如此，她还是点开了手机的录音键，然后把手机放进自己的裤兜里。她在想该怎么转身，因为她已经闻到了更加浓烈的油腻和酒臭，果然，他又扑了过来。

潘婷往后一闪，"你别上前，我要喊人啦！"

"你别不识好歹。"他淫邪的两个眼睛在喷火，他把手搭在她的肩上，声音浸淫了肮脏的酒气，"跟我回去吧？你又不是纯情少女，你们这一行……多我一个还多吗？"

这句话让潘婷瞬间想起她浪迹北京觥筹交错的日夜。他说得没错，她并不纯情，她不是不懂得等价交换的道理，也没有必要坚守一些老祖宗留下来的对女性的训诫。她在这方面倒是想得开，够大胆，但这绝不能成为她在酒桌上承受老男人揩油的理由。还好她并没有与自己讨厌的对象睡过觉。她不排斥在与自己喜欢的对象发生点什么的同时，顺便获得一些便捷。但如果她不喜欢，那是真的没门。与其说这是一种坚守，不如说是一种个人选择。

她现在心里有了喜欢的人。哪怕对方丝毫没有给出任何承诺，哪怕，算了，说这个干什么。她也不是靠承诺过生活的女人。

如果在过去，她会甩给对方一个深深的巴掌后愤而离席，然后等着那个倒霉蛋主任去收拾残局。她善于逃避一切不想面对的。但是现在也要逃避吗？她仍旧在面对同样的问题。难道她是候鸟吗？只能靠一次又一次的迁徙来应对未来吗？任何行业都有潜规则，在成为规则制定者之前，在潜规则中无痕游走是必须的。在社会上摸爬滚打这么些年，她不可能再跟小地方来的小姑娘似的，轻易被自己的纯真打动，那不叫讲理，而是愚蠢。这世界原本就是这个样子，没人认为它单纯，不能去适应它只能说明自己卑微且蠢笨。不想接受那就拼命，别无他法。她咬紧下唇，咬住那份受辱的愤怒，她需要一点疼痛来提醒自己：我已经，不能够再逃避了。

"那你想要我干什么？"她的声音突然绵软下来，贴近他。

他脸红耳燥，大肚子先是贴了上来，整个身体像比萨斜塔一般前倾着，

"宝贝，你想干什么我就能干什么。"

"我怎么知道你行呢？你别光嘴上厉害，本事没有呀。"潘婷现出一个笑容，眼神里传递出了一种刻意的温柔。

他果然上当，"我有多神通你不知道吗？我跺跺脚，齐城的房顶就得晃三晃。"

她低头假装害羞或者思索，实际上她正用手使劲撑在桌子上，身体往后一仰，坐到了一片狼藉的餐桌上。老方目瞪口呆地看着她，"你，你这是干什么？"

她的手往后撤得长长的，整个人一跃而起，干脆站在了桌子中间。她脚下全是盛宴的余烬。"你看！"她亮起自己的手机屏幕。

"你这是干什么，你不想拿到你要的东西了？你这个臭娘们。"

老方眼冒凶光向潘婷袭来，她撤到桌子边缘，转动了上面的玻璃转盘，盘子被迅速甩出来，砸在他的脚边。

她关闭了录音键，"你听好了，我已经录音了。我猜现在作风问题也不是小事。你说跺跺脚，齐城人民的房顶会晃三晃？这样的话，不知道纪委会怎么想？"

"你这个疯子，婊子。"

"不好意思，"潘婷放下手机，"你才是个婊子。"她的眼里发着冷光，冰冻三尺非一日之寒。

"你！"

"你再靠近我，我马上呈报上去。包括你们收我的东西，那个深海珍珠，价格在三千元以上，起码能启动个调查程序吧。我不怕鱼死网破，我光脚，你可穿着鞋呢。"

潘婷安全回家了。她总算摆脱了那个畜生。这些畜生有些时候本事通天，在他们成为彻头彻尾的畜生之前，曾是光耀门楣的状元，总有那么几样令人赞服的本领。但在他们成了畜生后，这些本领就像是豪猪的刺、黄鼠狼的屁，除了伤人，别无他用。

也许并不是社会把他们"变成"了畜生。潘婷总觉得大家都误解了这个社会。社会也有底线，也不想这么脏乱差。说到底畜生本来就是畜生，祖先好不容易进化成了人，而他们不思进取，又在漫长的进化中退化成了畜生。

潘婷倒在客厅地板上。眼泪落下来时，外面刚好下起了淅沥的雨，雨从空中坠落，洒向人间。午夜的时候，她从地上爬起来翻到自己床上，无意间看到手机屏幕亮了。在这个年代竟然还有人发短信。"下雨了，我没关窗。雨水打在床沿上，有点潮湿，那里是你睡过的地方。"

她举着手艰难地打出一些字，"你说想我可以说得不这么矫情。"

打完字，她还是删掉了，然后把手机扔到地上，任它在黑暗中闪烁，继而沉寂下去，像一艘触了礁石的船。

活该如此。她想起早上看到的手机屏幕。她是不小心滑开的，因为闹钟实在太吵了，她又贪恋与他共同坠入的睡眠。但是那条信息让她一下子清醒了。

"你的内衣裤我买好了，什么时候来取呀？ps：我好事刚走，此时不来更待何时。"最后是一个长指甲勾引的表情。

她感觉自己像一只扎进了冰川中死去的企鹅，孤零零地漂浮在海面上。当时，她想就地死去。她的胸口像淹进了一块巨石。一块连西西弗斯也推不动的巨石。她拼命把一种冰冷的凄凉压进身体里，然后她真的变得通体冰冷。当季踊把这种冰冷搂进滚烫的身体中，当季踊把他滚烫的身体注入她的灵魂，当她滚烫的灵魂与冰冷的身体相遇，她承受住了一场不为人知的地震。

她看着他，泪水没有掉下来，反涌回去。

她听他说，"想过很多次。就在这张床上。"

"都想什么呢？"她痴痴地问。没人知道她的内心拧成了一股死结。

"什么都想。"他说。

可他没有解释。她也没法问出口，很多事情她不能问，她有这个自觉，或者说是自卑。她一直在卑微地仰望着他呢。一晚，一个怀抱，一个热吻，这就够了。可她要的太奢侈了，除了缠绻的当下，她还要他的过去，还要他的未来，她怎么能这么贪婪呢？

第二天她收拾好自己的残躯，把客厅里好几处呕吐物清理掉，然后把地拖干净。脑袋依然沉重，但没什么大碍，酒在她的脑袋里悠悠晃晃，她似乎感觉到它们在糟蹋她。有一天她会醉死，在那之前，就让她喝吧。她开车去了律所，一路担心会不会被查，毕竟周身还弥漫着一股散不掉的酒气。

徐瑾盯着她的脸，"今天早上那个文件发了。"

潘婷只是嘴角歪了歪，"这很好嘛。"

端着黑咖啡的鹿纯明手撑在办公桌的蓝色玻璃隔板上，"怎么办到的？"他眼睛里反射着潘婷的脸，头发乡毛，一脸倦态。

"往死了喝呗。"潘婷说。

鹿纯明不置可否地看着她，递给她一杯咖啡："一身酒臭，倒跟老庄有的一拼，喝点吧，去去味。"

"老庄最近状态有点不对。"潘婷说。她皱着鼻子，把咖啡从嘴角边往里灌，"我瞧他心思不在所里。怎么了？"

"赔钱呗。要不是他隔三岔五还出现，我都认为他进了传销组织。那天跟我要了十万元。"

"我看啤酒肚也有点下去了，难不成吸毒了？你也别借钱给他，别肉包子打了狗。"这样的清晨，说着自己老板的坏话，一副天清日朗的样子，只有潘婷知道，一部分的她，正在瓦解。

"那哪叫借啊，不天经地义嘛。"

鹿纯明的话没说完，潘婷接着道："得了，他要是管我借钱，我就给他一脚，为了他歧视过的所有女同胞们。"

"少诅咒你老大。"徐瑾咳嗽一声，其实是为他们打掩护，因为庄宥铭挺着他的肚子走了过来，神色萎靡，好像刚从噩梦里惊醒。"小潘，小鹿，"他鱼泡似的眼睛往徐瑾那里一抬，"老徐，最近都还行吗？"

"都挺好。"徐瑾奉上标准笑容，"你最近不去讲课了？"

"去毛线，让发一篇长论文，也就给个千儿八百的，三天不带清闲。请不来几个法官，都是一群一丘之貉的律所鬼头。我们之间有什么好讲的，讲来讲去都是那些为国为民的胡说八道。"

"什么时候为国为民也是胡说八道了？"辛贤的眉头皱得更紧了。

"为国为民我们就得干慈善啊——不先得糊口吗？糊口怎么整，靠你的空口大义糊吗？天下熙熙，皆为利来。"庄宥铭眨眨眼，连他的眼皮都患了肥胖症似的浮肿着，然后他压低声音靠近潘婷，看那三个人走远了便问，"小潘，最近手头紧不？"

潘婷心里一紧，想起自己刚跟鹿纯明说的话，于是抓紧不打自招道："庄主任，我手头太紧了，转正后的基本工资还是太低，都几乎向咱们齐城最低工资标准看齐了。庄总，你得给我提提薪资呀。"

庄宥铭倒像料到她会倒打一耙，悻悻地叹口气，"我近来手头紧，还想着找你腾挪一下。看来你也不宽裕。你们女人理财意识着实不行，你看徐瑾，刚来咱们所三年就攒出了首付。你得像我似的，把钱放进不同的篮子里……"

他自然是看不到潘婷不屑的撇嘴。潘婷不信他，像他这样上了年纪、久经名利场的中年人士，都自有一套哲学，比如世界充满黑暗、人性都是兽性的言论。年轻时没有话语权，现在急于抓住身边哪怕只是一个传道解惑的机会，给还年轻的同僚甚至是陌生人一点嘱咐，可真正称得上嘱咐这个词的东西少，展示自己丰厚的发家史与自我炫耀的东西多。他们从人生中走过，仿佛就已从水深火热中蹚过，以为他们的成功可以复制。像个没有阀门的浇水器，拿扭曲的价值观浇灌人，也不管别人是否真的要选择那条成长之路。这就是年轻人长大后要遇到的许许多多的庄宥铭们。

当然，那时候，潘婷还不知道庄宥铭到底代表了什么，又隐藏着什么，经历着什么。如果她知道，她是否还会大发宏论，谁也不得而知。

庄宥铭继续压低声音，眼睛轻轻看着前方，"小潘，你能帮我筹点钱吗？"

他的地中海露出来了。声音仓皇得好像他自己也为此尴尬，潘婷抬起头，看他焦躁得红着脸，脸上每一个疙瘩都生机勃发。他察觉到潘婷在看他，于是搓着脸，掩饰刚才脱口而出的窘迫。

"不会吧庄主任，你还缺钱？"话已经没有退路，直挺挺冲向庄宥铭，她悄悄踱到他前面，希望他的困窘不会再给别人看到。有一瞬间，只是一瞬间而已，她第一次看到一个中年男人的苍老，是从显露窘迫开始的。

"算了。"庄宥铭突然说，"你挣点钱不易。我，我可能，大概，很快能周转过来。"

"庄主任，"潘婷叫了他一声，"你也别老打麻将了。赌钱可是违法的哦。"

"哼，我哪是赌钱，我是……"突然他噤声，像是周围有人看着他似的，脖子一颤，松垮垮的肉也跟着一荡。

许如霜适时打来电话，解除了潘婷的好奇心，"听说文件发了？可我儿子的酒精值也达到一百四十毫克的线了。我们下一步怎么办？"

"你别着急，到了不要紧，我们刚压线，听我的，先申请重新鉴定。"

重新鉴定启动后，剩下的就是打时间战。潘婷料到两次验血结果不可能一致。就算一致也没关系，起码能拖住些时间。果然最后结果真的从一百四的线划拨到一三九。只是一毫升的变动而已，可以解释为冷库保存的血液酒精浓度的阈值。

那段时间，潘婷每隔两天便与季踊见面，有时候在她家，有时候窝在季踊的阁楼里。在阁楼的时候，她总是一大早就醒了，看着天光在窗帘后面浮动，然后隆隆地从他脸上升起来，天光温柔地裹着他的绒毛，这让他看起来很像个甜蜜的孩子。她总是情不自禁地搂住他的头，很多事情她不敢问，比如前一天夜里他摁掉她的电话之后又关机是什么意思，比如为什么很多时候他不肯回她短信，比如他为什么就那么惜字如金？这样下去，她都觉得自己像一个泄了气的皮球。但是，只要他留她过夜，或者他留下过夜，她便会既往不咎，重新给自己打气，充满能量。

潘婷在摸着他的背脊时，想把指甲嵌进去，那样他们便能融合，打破男女的疆域。她好像一个漂泊在太空银河里的人，往上往下都由不得自己。他会睁开眼不自在地微笑，然后抽烟，在房间里咳嗽。他也喜欢盯着窗外，再把她搂进怀里，他们在消磨安静，并且言之凿凿地把这安静当作契合。

十六

季踊在吃饭时问郑好："你现在能做审判长？"他故意云淡风轻，把油麦菜夹起来往嘴里送。

郑好把长发捋到耳朵一边，精致的妆容把她衬得更像一个职场精英女性。她大大方方地承认，声音很从容，就像她整个人散发出的气场，"说吧，什么事？"

"没事，就问问。"

"没事你会跟我话桑麻？"

对了，犀利也是她一贯的作风。整个人雷厉风行，好像是她父亲暴力厮打过的后遗症。在他们分手后，季踊听说——用"听说"这个词，就已经显出界限分明——她考上大学的第一件事就是向全天下宣告断绝父女关系。没有用，她很快就在民法课中了解到，血缘关系像一个人的胳膊、腿一样不可卸除，她依然要对亲生父亲履行赡养义务。既然如此，她办的第二件事就是通过齐城某区法院宣告她父亲的死亡。她提交了证据材料：已经四年没有见过父亲了。这是真的，她父亲赌博，为逃避债务东躲西藏，她带着母亲到处搬家。法院发布了公告，但她父亲不识字，也没有其他亲人。最后她终于动用一切手段断绝了两人在法律上的关系。她也以为可以逃离纠葛，但是血缘并不像法律那么机械，相似的 DNA 还涌动在每根血管里。季踊见过她父亲，是一个神色永远紧张的大高个，眉毛不自觉地高挑，有着神经质的眼神和酗酒过多导致的手颤。季踊没有告诉郑好，在眉眼间，他们依旧很像。

所以有一阵子季踊害怕郑好。季踊没办法告诉郑好自己经历了什么，自己的父亲又牺牲了什么。因为她认为自己的父亲是个浑蛋，那么全天下的父亲都脱不了干系。

"挪用资金和强奸罪，数罪并罚能判几年？"

"在总和刑期以下、数刑中最高刑期以上，酌情决定执行的刑期。一个人同时犯这样两个罪吗？太离谱了吧。"

"很简单，比如为了强奸而挪用资金。怎么不可以？"

"你说是就是吧，反正现实案件比课本里还离奇。对了，你大学想学法，结果调剂到了新闻系。还是对法律不死心？"

"主要对你不死心。"季踊语气散漫，边说边看着窗外，窗外一片模糊的夜色。隔着咖啡店的落地窗和窗前喷水装置做成的水幕，他感到呼吸也被隔绝了。两人坐在咖啡馆的最深处。郑好伸出涂着薄荷绿指甲油的手，握着他潮湿的大手，好像一条鱼靠上另一条。两条鱼同时黏糊糊又潮又湿冷，"哎，去我那儿吗？"她的声音暖和起来。

"今天，今天不行。"季踊难得现出一丝弱不禁风的慌张。

"嗬，又是什么理由？我倒要好好问一问。"郑好收回她的手，同时收回声音中饱含的暖意。她往后倒去，背靠在皮沙发上，眼睛也望着窗外，但是分明在注意他的表情。

季踊调整了呼吸，"你知道我很忙的，我忙也不是一天两天了。"

"那好吧。"她假装不再深究，反正深究起来都没有什么真情实感。离开的时候，季踊又打包了一份牛排和薯条。"没吃饱。"他解释道。

两个人走在街上，季踊送她到车库，他跨上摩托车时，郑好还在看他。郑好索性关掉车门，"你带我兜兜风吧。"季踊迟疑，"我只有一顶头盔。""没事，要一起死也好，把我甩下去也好，我都不怕。"

但他还是把头盔给她戴好。他看了看手表，叹口气，任由她在身后像只水母一样搂着自己的腰，那顶头盔就沉进他的肩头。他们在四月的夜晚飞驰，路面变成了一段永远不会干涸的河流，他们像一只载满了星辉的船，然而这只船竟然要消失在星河中，仿佛即将化作永恒。而在通往永恒的路上，他连跟自己爱的人都不可以。他只能跟郑好，以及他们同病相怜的过去。

天桥上有一个孩子，举着一只绿色的氢气球往前跑。他们心照不宣地盯着这个画面：小孩子不遗余力地往前跑，父亲在后面追着，两个人都伸着胳膊。突然小孩子跌倒了，扑在地上，季踊的心跟着一紧。小孩的父亲追上来蹲下，一大一小，一块儿仰着头看着那只越飞越高的气球。而郑好冲着他们喊："都飞走啦！没了！"

那一刻，他又一次感到失落，他们都是再也体会不到亲情的小孩。遗失的气球，他们永远不可能找到了，只能彼此靠拢互相慰藉。只不过，季踊相信他见过失去的东西，而郑好从来不信。

"你母亲还好吗？"季踊问。他不是很想知道答案，只是感觉这种时刻最好说点什么。郑好搂着他的胳膊有些发僵，好像一只死去的竹叶虫，"不算好，她还惦记着那个畜生。我把她送到康复中心了。希望那里能有一些好的治疗方法。"

"你可以给她找一个老伴。"

半天没有声响，季踊觉察自己说出这句话并不合适，郑好藏在头盔里悠悠地说："她不需要男人，难道还没吃够苦吗？"

他们驶向天桥的时候，似乎穿越了时间，回到了十多年前，那时候他常骑着自行车载着她一起回家。很长一段时间里他无法面对她，因为看到她就会想起自己的悲伤，"那我呢？我不也是那样一个男人吗？"

"我没想过你是个男人，你明白吗？我们在一起这么久了，更像是亲人。"她简短地陈述，好像这个事实已经揣在她心里很久了。

"也好。但是有一天，就像瓜熟蒂落一样，咱们都要重新开始自己的人生。"

"你什么意思？"郑好扬着眉毛。天桥上，一轮新月垂在空中。月亮看上去永远都这么年轻，并永远都在你意料不到的地方提示你的老去。

"我没什么意思。"上坡了，摩托车开始一种沉重的震颤。紧接着又下坡了。

风吹得他眯着眼睛，好像前方的空气把他强力地吸进去。郑好的身体越来越沉地贴近他，跟他一起被风吸紧了。他听到她轻轻叹气说："我想，我明白你接近我是什么意思。也许我能帮你，只要你……"

她的后半句话让风没命地吸了进去。

他回到了家，在黑暗中摸索着开灯，突然感到自己被一只手抓住了。

是他一直盼望的人。

"'5·21'是个好日子。"潘婷说。

"是，好日子。"季踊明白她意有所指。

"好日子总是要很多人分享，对吗？"她声音凄冷，怕是着了风。

"也对，也不对。"季踊深呼一口气，骗她竟然也会有于心不忍的片刻。这样的片刻叠加，就实锤了爱情。他不知道。他以为他只是于心不忍，在感情降临的时刻，人会变得非常迟钝愚蠢。这没有什么。

"你真是辛苦。"她的声音很苦涩。

他沉默着，就像沉默也有罪似的，他甚至连呼吸都屏了起来。"我没有别的人可见。"他狡辩了一声，迅速被自己喉咙涌来的口水淹没，他呛了一口，咳嗽起来掩饰尴尬。

她在他背后打开灯，抱着他的背。他很担心，在半小时之前，这个脊上驮着另外一个脑袋，泊着另一份依靠。她会不会发现？比如，残留一些气味，或者残留一些温情？他的胸口抽紧了。

好在她只是蹭了蹭她的鼻子，"嗨，瞧我心眼小的。"她给了他一个台阶，一个宽容到不可想象的台阶。他不顺着下就显得不像话了，于是他说，"算我错。毕竟今天是'5·21'。"

这个数字脱口而出的刹那，呼吸又一次落空。他不知道接下来该说什么，是把"5·21"顺其自然地翻译成"我爱你"，还是干脆就含糊着过去，只当这是个情人的节日？情人——世界上最龌龊的一种关系，只要四条腿一缠绕、体液一交换或者隔着那层橡胶接触了，就算是情人，不用公证，也没人见证，更不用准备什么，没人要求你在情人这个关系上举行一点仪式，就这么仓促。

祝全天下的"我爱你"都去死，谁他妈知道什么是爱。上下嘴一啪嗒，就能获得一个回报。痛苦是爱吗？呼吸不畅到浑身发紧，是我爱你？大脑空白到遗忘了所有重要的事情，是我爱你？人类要灭绝了还是想留一个跟你长得像的孩子，是我爱你？可这个词一点儿意义都没有，不过就是 w、a、n 三个首字母随便拽上一个韵母，却扯了一个天大的犊子，他妈谁都信这个。我爱你——应该是高贵得多的词语，一个人类没有发明、没有泛滥、没有玷污过的词语，一个从来没有存在过，更不会消失的词语，一个不会被荷尔蒙左右、不是为了繁衍后代的代名词。

一个精神残疾的人，一个贫瘠到认不清高贵与愚蠢的人，一个没有尊严的孤魂野鬼，一个走投无路的罪犯，在阴暗的沟渠里，埋汰着"5·21"以及由"w、a、n"的声韵母组成的词语。多么滑稽。

算了吧，季踊。滚蛋，无耻，下作，说的就是你，季踊。季踊内心百感交集，他叹口气，翻过身来，抱住她，"算我错，你想要什么礼物？"

她倒大大方方地仰起头，那副天真的样子，眼里亮闪闪的样子简直像是一丛等待自己被收割的丰盈稻草，或者一只把雪白脖颈虔诚献上的羊羔。"我想要——"她搂着他的脖子，一张小小的苹果脸快埋在了他的两只大手里，"我想要你帮我一个忙，帮我找个交警。还记得吗？在徐瑾家里，我们第一次吃饭，你说你有交警方面的熟人。"

季踊松懈地笑了，"你倒实际，我以为你要九十九朵玫瑰花。"

"你就说答不答应吧。"

"行。"

"那你要什么礼物？"她看着他的眼神里好像藏着一场风暴，一场把他收归麾下的风暴。他不敢看她的眼睛，"我也想要你帮我个忙。"他想说，跟庄宥铭有关，但是话就在嘴里，半天也没说出口。

"好，我帮你。"她干脆地说。

外面流窜进来午夜的声音，原来午夜的声音就是这样的：一种清凌凌的车声，风随心所欲破窗而入，还有夜空停止转动的声音。午夜还是这样的味道：浓密的黑色的味道，晚安的味道，大街小巷混凝土沉息的味道，万家灯火关掉后钨丝的焦枯味道。伴着这样的声音与味道，他吻了她。因为他不知道该做什么，只能用上这个没人稀罕的身体了。

大汗淋漓后，他把身体的一部分留给了她，完成一种上帝创造了人类的最高融合，或者说父母创造生命的过程被他们有效复制。

总之，他们肩并肩躺在狭小的床上。两个人都赤裸着。没有灯光的阁楼，燥热终于从脚底窜逃了。午夜又一次来了。他们又重新感到了时间的现在、当下。

"我好饿。"

"我打包了牛排和薯条，不过可能凉了。"

"没关系。"

季踊想了想，又从枕头底下掏出了前些夜里吃剩的袋装切片面包，两个人打开来分着吃。

"小时候家里很穷，我上大学才吃到肯德基。才知道，原来面包夹肉，滋味可不一般。"潘婷一边嚼着一边盯着黑洞洞的天花板，"不知道你体会过没有？反正我总是觉得寒酸，小孩子寒酸还无所谓，但是看到大人寒酸，看到他们拼命把寒酸藏起来的样子真是受罪。而且在我家，寒酸是众所周知的，想隐藏起来还真不是一件易事。比方说吧，逢年过节，我妈总要把亲戚送的东西存起来，然后送给下一家。有一年是一箱牛奶，我太馋了，给纸箱盒抠了一个小窟窿，吸管插在锡纸薄膜上，奶就顺着管子进入我嘴里。然后我妈也送人了。亲戚跑出来问是不是家里进了什么老鼠。妈妈看了我一眼，说'真的是呀'。她们一边打哈哈，一边笑，我就觉得有一种寒酸压在我们身上。有一次别人送我们螃蟹和虾，我妈从年三十留到正月十五，这下可好，虾已经臭了，螃蟹死得挺挺的，妈妈不懂，把它们保存着，送给姨妈家。姨妈黑着脸说，这有毒呀，当着我们的面倒掉。哎呀，你真应该看她的表情，那叫一个委屈。还有一回，我在表弟家桌上看到一包拆开的豆奶粉，哼哧哼哧吃没了。后来我才知道里面放了蚂蚁药，那是用来引诱蚂蚁的。还好我命大。"

"别说了。"季踊把手从她的脖子底下穿过去，捂住她的嘴，他又感到了那阵翻涌而来的潮湿，"说这些干吗。"

"噗噗噗。"她在他的手心里模拟一阵屁声。笑从他嘴角漾起来。

"别调皮。"他说，然后放下手。

"那么你呢？"

"我啊，没什么好说，就是一个不成器的孩子，长成了一个不成器的大人。"

"还有呢？"

"还有，"外面一轮崭新的月亮靠近他们，他感到凉爽，还有些像喝醉了酒之后的微醺，他已经好几天没有喝酒了，他接着说，"我妈很美，我爸很疼我，我们一直非常幸福。我很幸福。"他好像真的感到很幸福似的，叫作眼泪的液体有点想恣意翻涌，还好，他屏住了。

"然后呢？"

他谢谢她问了这句"然后呢"，他发现了一个显而易见的事实：跟他相恋多年的郑好，从来没有问过他的家事，以及在他简单含糊提起父母时问一句"然后呢"，郑好从来都是用自己的方式抵抗所谓的亲情捆绑。这是不是说明了另外一种真相：她根本没有在意过他最痛苦的事情。

他为这句"然后呢"而感动。"然后，他们都离开了我。"然后，他终于哭了出来。成年以后，他第一次，当着一个人，一个比他柔弱的人的面，哭了。

那些眼泪就像陈年的老酒，沤得有些发酸发臭了，齐齐涌上来。齐齐地，烟火一样在他眼角堆着，最终堆不住了，宣泄而出。

"他们是离婚了吗？"潘婷没有察觉出他在拼命抑制泪水。

"他们，一个死了，另一个也跟死差不多了。"他终于不再忍耐，整个人像一张弓那样，蓄势待发地窝着，抵着她。

他把自己的过往简单交代了，大体包括了他无忧无虑的童年，惨遭厄运的青年，生不逢时的中年。其实他大部分在描述幸福的阶段。一个人越是沉浸悲伤，幸福就显得格外残忍。但现在，在他拥着另一具热乎乎的身体时，他实打实地感到温暖。

"那么，你就是个没人疼的孩子喽？"潘婷轻轻搂着他的头。

他却想起了小时候，那时候他的确还是个小少爷。家里有专门做饭的阿婆，有除做饭外做其他家务的姆姨。母亲永远笑意盈盈，父亲永远和蔼可亲。然后啪——那个镜像碎了。碎在一个焦躁的中午，碎的时候，满地都是凌乱伤人的玻璃碴。

那天，他回家时经过门厅，听到父亲说，钱，筹不到钱了。

他探进一只眼睛，看着母亲把大大小小的首饰利索地收进一个金黄色缎面盒子中，叫父亲把这些也拿去。她的短发齐整地飘荡在额前。父亲手里的烟已经烫到了焦黄的指头，但他只是沉默着对着空气弹了弹。

他知道自己闯了祸，但万万没想到闯祸带来的后果会是如何。那时候他才十四岁，是下了课就抱着篮球往操场跑的年龄。他知道那一天不该偷开父亲的车。他不该撞人，也不该在撞了人后，在夜色中给伤者留下自己的电话号码。凭什么就让他碰上，一个六十多岁的大爷，一个骑着电动车撞到他敞开车门上的人，他明明前半个小时开得那么好，反而在公交港湾里泊车的时候，万恶的命运横插一刀，像个黑色的小丑，拎着它湿漉漉的大砍斧。后来——他真的是这么想的，要是他就那么一走了之多好。反正没有摄像头，没有目击者，只要他走了，就不必赔那些钱，就不用让父母为难。这是海面的最表层，不必掀起那阵狂风暴浪，把他们家像海岸边一座无助的小岛似的，全部吞没。

母亲的声音像是从黑暗里面滑过来的，季踊知道了那个大爷想要什么，他就是想要富人小孩的身家。

父亲的烟头从手头掉落。几天时间，他的头发像是浇灌了白色的水泥，他闭上眼，手在颤，身体也在颤。

在门后，季踊不再看他们，他轻轻转过身，就像经典电影的桥段——他把自己薄薄的背贴在那面冰冷的墙上，然后淌下了懦弱的泪水。

就像现在，他感觉自己又回到十六年前，他躺在硬质的棕榈床垫上，往事汹涌，扑面而来。他挡不住，自顾自地缩进了潘婷的怀里。在她怀里，他找到一种久违的平静。

然后她摸着他的头，就像妈妈摸着儿子的头，她的声音也像母亲一样温柔动人。她说，好吧，别害怕，我保护你嘛。

骗什么鬼儿子的话。但是他还是安心地睡过去了。早上，他发现自己以一种很扭曲的姿势——全身缩在她怀里醒来。他以前都是用被子把自己从头到尾裹起来，就算是夏天也要裹一条床单。现在倒好，他裹在一个人怀里。她的一夜一定比他漫长，因为她不得不为了搂着他，承受他的重量和热度而蜷缩着、忍耐着。

出门的时候，他们仿佛已经经历了地久天长，直接步入了老夫老妻的模式。她冲了两个鸡蛋，两个人吃着昨晚剩下的面包。季踊打了一个电话给交警朋友，问什么说什么，都是自己人，别搞那套外交辞令。没外人。嗯，对，我表妹。

潘婷沉默地用筷子抵在盘子上，"表妹？"

"你想公开吗？我也可以说，你是我的人。"他挑起眉毛，细长的眼睛里有个她。

她叹口气，"算了。搞得你为难多不好。"

季踔心里顿了一顿，那首歌怎么唱的——如果你愿意一层一层一层地剥开我的心，你会鼻酸，你会流泪——因为洋葱，没有心。不，与其说没有心，倒不如说他的心碎成一层一层，每一层都凶悍，然后起茧，所以每一层都不完整。哈利·波特里叫伏地魔的大 boss 有七个死亡圣器，即魂器。他也有许多魂器：父亲死的时候，他的灵魂第一次碎裂了，遗失了一些在第一层；母亲的失踪，是第二次碎裂；发现母亲并没有失踪，只是成了很多姑娘的"妈妈"，而他无法想象，在做"妈妈"之前，她又要做多少次"姑娘"，他的心为此碎裂了十万次；寄养在亲戚家，每一次遭遇的冷眼与毒打，都化成一道裂隙。现在，他已经不完整了，只有一颗空空的心，外层却有许许多多的碎片。他为了这些碎片而活。没有人告诉他，该怎么让自己轻松些。如果有轻松的时刻，在她拥抱他的那次，可以算一次。但他还不能向她吐露全部心声。他还要去利用她。他多想逃避在她的眼神里，那种比杀了他还要命的眼神，因为那杀死了他的意志。那眼神好像在对他说：轻松一点吧，轻松一点也不是不可以。阳光一些吧，享受一些吧。奋斗是为了自己，为了找到自己的定位。可她要想看透他，光是前两层就已经够她看的了。误解与遗憾，这就是他的人生。

没关系，他已经习惯了。

他开她的车送她去律所。堵在高架桥上的时候，他望着错落在后面的天桥。昨天，他用另外的交通工具驮着另一个女人从那里经过，他看到天桥的中央，有一只绿色的氢气球绑在栏杆上。或许他眼花了，但他觉得自己没有。一辆大车驶来，在交错的瞬间，他知道，他再也不会看到那只氢气球了。他就是有这种感觉，于是始终没扭头。潘婷的一双凉滑的手盖在他握着方向盘的手上，"我告诉你一个秘密吧。"

他偏偏头表示有兴趣倾听，反正前面的绿灯变了。他看着她，她的侧脸跟郑好很不一样，不是指长发或者短发，或者脸型、模样的事情。而是当他看着郑好时，他想到的都是他的恨、他的过往。他看着潘婷时，他不仅遗忘了来路，还希望就此永恒。比如，此时此刻，世界来一场光辉的大爆炸，或者地面裂开了，城市折叠起来，他们全部彻头彻尾陷落进去，死得干干净净，只要是保持这个姿势，他们一块儿这么死也很美好。他甚至忘记了十六年前那个缩在被子里，哭着发狠诅咒一定要报仇的少年，此刻他希望就这么在平凡的生活、琐碎的生活中尘土相归，然后去死也不错。

"你还记得吗？在天津时，你问我跟庄宥铭是什么关系？"她露出一个羞赧到纯真无瑕的笑容。

红灯亮了，再过两个街口就要到了。他的心被吊起来，五脏六腑为此都变换了位置。她说的不对，他当时问的不是她跟他什么关系，他问的是她跟庄宥铭是真的吗？算了，较什么真呢，这就是一个问题。

她在他随着车流奔涌出去的时候，用手捋了捋自己的头发，然后平静了呼吸，为下面说的话而骄傲和激动，"老实说，我和他一点关系也没有，你信吗？我真的没想到你会问我那个问题，所以我蒙了，答不上来，因为我生你的气，你怎么能这么怀疑我，在你亲了我之后。"

现在黑暗中有支无形的话筒出现在他面前，潘婷的注意力全都集中在他身上。他们周围是像密集的甲壳虫一样的车流，这些甲壳虫们集体往前挪动着，或者干脆在路上堵个一动不动。世界就是一片爬满了甲壳虫的荒漠。那些高楼大厦不过就是甲壳虫们制造的简陋城堡。

他吊起的心落下来，随着他呼出一口气，方向盘做了一个幅度较大的扭转，他不得不把车踱到另一车道上。他说："什么？"但这一句根本不足以表达他的震惊。

"我是说，"她微笑，垂着头，眼睛里依旧亮闪闪的，她看着他的目光多么温柔，好像月亮脱离了夜晚，"我跟他根本没什么关系，有一回徐瑾撞见我们在宾馆的同一房间，天知道那是多么大的巧合——我只是去帮他修电脑。我以为穿得很保守，谁知道那衣服在灯光底下特暴露。我当时真想分分钟提刀去那家服装店质问一番，卖的什么破烂货。后来谣言就这么传出去了。我猜你是在介意这件事吧？"

他震惊。

但是他哪里只有震惊。有一瞬间，季踊的大脑一片空白，好像眼前真的是甲壳虫，真的是荒漠。他一切的计划都起步于此。徐瑾当时笃定地说潘婷是庄宥铭的情人，然后他才开始计划接近她。接近她不就是为了最后一击吗？只要她是站在他这边的，当他适当裸露创伤时，她便会帮助他，因为她掌握了庄宥铭的全部秘密，然后他们就能攻城略地地打败庄宥铭。

这下全完了。但是，等一等。他的心却掀起一种新的感激，就好像刚才世纪末的灾难是真的，两个人一块儿陷落也是真的。而她，这下是完全归于他一个人了。这改变了一些格局，比如说世纪末的灾难来临时，他不想死了，连跟她一起赴死也不要，他要活下去，要跟她好好活着——就是这种感激。

可是复仇大业呢？活了这十六年的煎熬呢？对，还是快点来一场爆炸为好，最好人类一起灭亡。他们逃出来，再也不用想这些。可现在不行。爆炸没有开始的迹象。车流又开始动了，他的身后响起此起彼伏的嘀嘀声，他迅速启动了车子，他们在震颤中手握在一起。

他说："真的吗？"这句话真是太没有水平了。

她不介意，用手捏捏他立体的脸，她触到了一阵带着汗珠的冰冷，她还以为那是空调吹的。

"真的，我有两个梦想，一个是要找到自己的坐标，知道要做点什么，像徐瑾说的，要在人群中泛起点浪花，找一点意义；另一个就是，我要遇到你。"

话都让她说了。

算了。全完了。

十七

潘婷联系上那个叫作小段的交警。她的要求清晰明了：卖她一个人情，或者明码标价给她一个立功线索。这是连查了四个白天的案卷、翻了三个晚上的资料才发现的潜规则——有些人在卖线索。

她通过过去因案件结识的人打听，又花了几顿饭钱，总算搞清楚一位姓段的辅警常干这事。当然了，这期间并没有人真正违法，他们都是在擦着法律规则的边缘。

小段在电话里很为难。他说："潘姐，我这才干了三年，万一被查出来，我可……"

"少来了。我知道你们暗地里的勾当。少给我装，都不是外人。"

小段的声音也很清幽，"这不是知法犯法吗？"

"我只跟你说，我保护的人并不是真的坏人，他进去了，可能关系到一个女人的身家性命，你们看守所还在意少一个人吗？我跟你保证，没造成任何实际伤害。"

"老天爷。他们找我时，说你是拖季踊的关系，你真的跟季踊一个样儿。果然不是一家人不进一家门……"

潘婷对这句看上去是奉承，谁知道实际意味着什么的话不予回答。她说："我保证，我会看好我的当事人，不让他有再犯的机会，而且呢，这件事肯定是利大于弊。"

小段看来不想冒这个风险。潘婷又继续磨他。电话不行，她就跑到他面前。他说："祖宗呀，你怎么知道这事的！原先我是干过，那都多少日子前了。我改过了姐姐。"

"你叫我妹妹也没用。抓紧帮忙嘛。"

几天后，小段果然给了一个线索。那几个倒霉蛋，晚上在喜悦大酒店喝酒，白的喝完换红的，红的喝完换啤的，总之酒精含量严重超标，然后他们在青年路酒后驾车，在赵实的举报下，他们第一时间被附近交警截获——莫不如说，小段把已经铐起来的几个人又交给局里。无人关心赵实的线索是怎么得来的，局里关心的是又打击了一起交通违法事件。更重要的是，他们天衣无缝、合力圆满利用了高院的文件。赵实，不多不少，正好符合血液酒精含量在 140 mg/100 mL 以下，同时具有自首立功情节，所以"应当"不起诉处理。

这算是潘婷第一次完成的"无罪辩护"。在律所的休息室，徐瑾嘲笑她，"现在学得越来越老到，这种办法也开始手到擒来。"

潘婷正在刷喝茶的杯子，她动作漂亮地一甩头，把头发轻盈地拢到耳后："三十万呢徐律师。三十万。"

她可永远都忘不了徐瑾那瞠目结舌的表情。她后悔没有立刻举起手机把那个表情拍下来。

"三十万？"徐瑾的嘴忘了闭上，棕色的咖啡顺着下唇淌出来，"我的徒弟，你出师了。你——"他此刻浮现的眼神又惹得潘婷想要照下来并且洗出来加个相框，直接摆在办公桌上以资鼓励，"我真是小看你了，你怎么会，啧啧，你怎么想到的？"徐瑾咂巴着嘴。

"无非就是整整一个星期泡在那里看案卷嘛。"她可没提自己冒险见了超级大佬险遭羞辱的事情。她不想获得一个周拂晓那样的名号，否则就算她有朝一日实现价值，也只会被人怀疑自己有没有真金白银的本事。在追求成功这件事情上，最好不要利用任何一点性别优势。否则，它只会成为桎梏。

"不简单，所里抽成后，你准备拿剩下的钱做什么？"

"所里暂时不抽成。起码不抽这一笔。"潘婷简短地说。

徐瑾又是倒抽一口气，他的满脸褶子有着夸张的动漫特效，"你最近脑瓜子开窍了还是怎么着？难道是——"徐瑾慌忙看了看门外，然后悄声道，"难道你背后有高人？"

潘婷站起来，看着跟她个头不相上下的徐瑾，"徐律师，还能有比你高的吗？"

"敢嘲笑师父了，有种啊。说，钱是常主任给你的？"

"对，其实我也奇怪，最近常主任管得多了些。"

徐瑾不可思议地看着她，"能让所里不抽成，这些年我是第一次见到。什么办法？"

潘婷只是笑。辛贤和刘冉从门口伸进头来，"我俩出发去南京，有什么要捎的吗？"

"不要。"徐瑾从中华烟盒里筛出一根烟来抽。

"鸭子。"潘婷说。

"要几只？"刘冉难得表情温柔地问。

"你们买几只？"潘婷问。

刘冉突然一脸茫然地抬起头看着她上方的辛贤，"哎呀，辛，我们买几只好啊，还得给奶奶和爷爷带。"

她肯定没有意识到自己到底暴露了什么。但是不要紧，因为徐瑾又再一次展现了目瞪口呆这个词语，而潘婷，含在嘴里的一口白开水立刻呛进了气管，她捂着嘴，低着头奋力咳嗽着。辛贤赶紧从刘冉的半包围中站出来，三个人面面相觑，都明白某一个秘密在这个不到十平方米的休息室内悄然泄露。

只有刘冉还在无邪地笑，一张平淡无奇的脸上清晰地凸着几颗痘痘。她问："那潘婷你到底要几只？"

"两，两只吧。"

他俩一走，徐瑾指着他们问："老天，这俩货是恋爱了？"

"谁知道。"潘婷赶紧咬住嘴唇。她很欣赏辛贤，辛贤有着温厚老实的品质。但她不怎么喜欢刘冉，不过，总是这样，哪有每一对都绝对般配呢。

"乱了乱了都。"徐瑾还没忘了他的问题，"你这单很成功呀，听说是无罪辩护。我更想知道的是，你到底用了什么办法迷惑了常主任，不用抽成？"

"很简单呀徐律师，律所不用抽成，因为我把这笔钱全部归于律所。"

潘婷眨眨眼睛，留下徐瑾在那里独自琢磨。她短发一甩，踩着高跟鞋轻盈地走出了休息室。她自以为很潇洒的姿势，其实在徐瑾看来，简直就是一只扬着短翅膀的鸭子。他震惊于她的天真，或者说是愚蠢。

潘婷出门就遇到了鹿纯明，老鹿往上推了推眼镜，春日的杨絮还挂在耳尖上。他伸出一只胳膊拦住潘婷去路。在她经过时，他笑道，"弱者正义联盟基金？我的小潘，你这是要干大事呀。"

在这样的时候，还是这种纨绔子弟最透彻。

不起诉决定书送达后，王渊第一时间打电话给潘婷，说许如霜要见她一面，好好谢她。然后压低声音告诉她，钱已经打至账号，请律所代为专款专用。

只不过是许如霜一个限量款手包的钱，两个女人先前在电话里达成了协议。当时其实潘婷已掌握到小段的线索，有了八九成的把握。她向许如霜提出，她想成立这个专款专用的基金，许如霜笑得豪爽，如直通云霄的火箭。

许如霜问是什么基金，潘婷解释说，是在法律援助之外的人道援助。为了帮助更多的弱者，一些为了生活而陷于苦难的人。她说这话时，手里握着手机，大颗汗珠从她的额头滑落，因为她清晰地记起前一晚的噩梦，梦到邱宝珠为了一只猪捅死了教导主任，然后跳楼自杀，那张脸垂直向下，透过玻璃窗看着潘婷。潘婷就坐在她家的沙发上，看着那张脸渐渐发青变紫，并且在那个过程中，漾出一个冷漠的微笑。在后背生生发凉的同时，沙发下面躲着邱宝珠的姐姐和妈妈，她们正从被单里蠕动出来。可怕的是，她们的脸都变成了邱宝珠的模样。

潘婷大声喊叫着惊醒过来，额头挂满汗珠。

在邱宝珠自杀后，她曾去看过那家人。她们家依旧贫寒，比贫寒更可怕的绝望正像盘横在屋里的蛛网一样遍布。邱宝珠的遗像黑白分明，供在家里唯一一张桌子上。笑容在黑暗中有些阴暗，边缘已发潮起皮，那个笑容也像个泡沫一样消失在嘴边。她总是先去点上几根香，对着相片里那个漂亮的姑娘说声对不起，然后又念叨几句，你在那边可是轻松了，瞧你留下这摊子事。念叨完，她似乎觉得风吹着那缕青烟，它们正在飘飘欲仙地飞出窗外，抵达邱宝珠的静谧地。好在，在那里，邱宝珠终于衬得上"宝珠"这个名字，不知道有没有见到疼爱她的父亲，希望他们相遇，潘婷轻轻念，希望邱宝珠吃上草莓酱夹心蛋糕，希望那味道还新鲜。

现实中，邱宝珠的姐姐弓着腰，好像瑜伽中双臂伏在双腿上的动作，长时间地叠在一起，变成这个家里一件陈旧变形的家具。邱宝珠的妈妈则继续窝在那塌陷的沙发和被褥里，好像已经在那里生出了根须。天花板的墙皮一直噼噼掉落，有老鼠从地板中间大摇大摆经过。屋里一片灰黑，那个焦黄的灯泡依旧慵怠地在天花板上圈出一块自私的光斑。邻居送来的剩菜饭刚够两个人活命，被她们一扫而光后只剩满地狼藉的餐盒。邱宝珠的妈妈一边用口音很重的土话说些潘婷听不懂的言语，一边艰难地挠着腿，一堆堆皮屑掉落下来。她甚至请潘婷帮她挠一挠后背，继而发出感激而舒服的哼唧声。最后，潘婷想把钱放下，甚至找不到一个干净的地方，她塞进邱宝珠妈妈的手里。在邱宝珠死后，这个家是一片灰黑色的废墟。而她们是废墟里生出的恶之花。没有劳力，没有未来，只是痴痴地活着，为了下一顿的着落而单纯地发愁。她们变成只会进食和排便的草履虫。回家路上，等红绿灯时，潘婷用力地握着方向盘，对着天空说，你瞧你，这就是你干的好事，你偏要一意孤行，偏要不自量力。她发现手指甲缝里有深深浅浅的泥垢。

她们不怪她。因为她总是送钱来，几百块钱够她们维持一阵子。有时候潘婷来晚了，也会接到邻居的电话——不是那个精神障碍症患者，而是一位相对健全的邻居大爷。他说，你快换号码吧，别让她们缠上你了。潘婷说，缠我吧，要不她们又能怎么活呢，一个月二百三百的，我还是出得起。邻居大爷叹口气，像拉长了的线断在那里，他说，我早晚要给逼得搬走了，还有右边住的那丫头又到处跑了，有时候晚上也不回来，我怕给坏人掳了去。你不知道我们这边太乱了。

她说，我下次去再给您一些钱，还希望大爷您平时多照顾她们。

你呀，太善良。谢谢。大爷叹口气，把电话挂了。

她为这个电话而浑身起满密密麻麻的米粒疙瘩。她没有说其实自己不善良，她是那个肇事的律师，起码在她这里，邱宝珠的死是在她的"兴风作浪"后，她过不了良心那一关。她的梦里总会沉重地浮起那些面孔，最后那些面孔都长着邱宝珠的脸——她最受不了这个。她不是善心无处可施，她只是愧疚，和一点无计可施的恐惧。有时候她也想，要是一开始不管就好了，一开始冷漠一点，然后就没有然后了。谁叫她一开始管了，那么她活该要像根救命稻草一样给溺水的人缠住。

不过好歹她也不是无所收获。起码在那些安慰过她们的夜晚里，她获得一种死心塌地的踏实。好像在北京时的那个轻飘飘的自己终于安全降落，她比之前更谨小慎微地工作，毕竟有些人要靠她养活，奇怪的是，她从这种谨小慎微中获得一种真实的自由，就好像皮筋必须拉紧了才会有松掉的可能。也许，这是她的使命，如果真有"使命"这么做作矫情的词语来形容一个人必须找到让心安静下来的事情的话。

饭店里，潘婷姗姗来迟。她在季踊那里耽搁了一会儿，直到季踊去上夜班，她才来赴这个局。她知道自己吃了那碗馄饨就吃不上许如霜请的豪华大餐。但她就喜欢看季踊吃饭的表情。在他们木已成舟、事已定局之前，她像珍惜皇恩浩荡似的珍惜每一次跟他吃饭的机会。

许如霜笑得很有涵养。王渊已经点好了菜。三个人围坐着一张大大的圆桌，中间花团锦簇。

"孩子今天回家了。"许如霜的声音里有一种松弛的笑意。谢天谢地，没说那句俗套的"谢谢你"。

"恭喜呀。"潘婷不擅长寒暄，赶紧往嘴里填进一块肥而不腻的鸭肉。

"我说过对吧？如霜，潘婷很有潜力的。"王渊挑了挑眉。

潘婷笑笑，小心不露出牙齿间琐碎的鸭肉。她对于谦虚和自嘲也不在行。这种时候，她都想有人抓紧转移话题。

许如霜穿着一条米黄色的连衣裙，细长的脖子上戴着一串硕大的鹅黄色蜜蜡。在给潘婷夹菜时，细细的手腕上，翠玉镯子空荡荡地晃着，这是成功女人的标配。她说："你多吃点，今天真是高兴。我就怕孩子没出息，但孩子真是你越怕什么他越来什么。逆反呀。你结婚了没有？看我这八卦的，原谅我，四十多岁的老女人都这样。"

"老吗？"王渊将椅子明显靠近她，斜着身子看她，像是仔仔细细地端详一番后，得出了慎重的结论，"我看一点都不老。年轻得很。"

许如霜拿筷子敲了他的手背。

"哎哟，"王渊缩了缩头，好像挨了打的是他留着三七分头发的脑袋，"也不知道疼人！"

"不矜持！"许如霜收了筷子，飞快地给他一个白眼，看得潘婷倒要笑起来，一口花生没嚼就咽了下去。她赶紧喝水。

"我矜持什么呀，潘婷人一成功律师，双目如炬，早看出我们是那狗男女了。"

潘婷又赶紧咳嗽起来，她是真的呛住了。

她看着许如霜，身旁放着一只硕大的名牌包——价格堪比自己几个月的薪酬。潘婷大大咧咧地坐着，双腿迅速盘起，姿势潇洒。在王渊和许如霜之间，有些时候会产生一种错觉——王渊在扮女，许如霜在扮男。

许如霜迅速用另一个白眼表达了对王渊不像话的言谈举止的不满，"妹子，你别理他。"

你看，这豪爽的成功女人，已经迅速把潘婷称呼为"妹子"了。潘婷使劲咽了咽嘴里的饭菜，笑着说："许姐，我真羡慕你，早听王渊说你生意很成功，此外，你这身边还有这么体己的蓝颜知己。"

潘婷把尴尬的狗男女调换成了蓝颜知己，这已经是她能力范围内最大的解嘲了。但许如霜并不买账，"什么蓝颜知己，我们是婚外恋，妹子。但我们有爱情啊，没爱情才叫狗男女，有爱情就叫传奇。爱情嘛，在这个年代算奢侈品了吧？比我的 LV 还贵。"真正的传奇是——许如霜在说爱情的时候，坦荡得像一个君子。

潘婷又一次笑了。大厅里传来的钢琴声随着空调的凉风见缝插针地流泻进来，气氛刚刚好。"真好，我喜欢听你说话，许姐。真实！"

"妹子，我也喜欢跟你说话，说说咱们女人的知心话。我跟你说，你帮了我，可你却不要钱，你要我和你投一个基金——就为了一群跟自己挂不上关系的人，我许如霜就服你。来，敬你，渊儿，给我倒酒。要我说，'利益'这两个字，跟我打交道的每一个人都把它挂在脸上，有些人还生怕你不知道他是为了利益。你没有，你好样儿的，妹子。"

"也不是，我只是……"只是什么呢？潘婷一时语塞，她不知该怎么解释：只是害怕一个女人的梦魇？只是害怕自己除了助推罪恶，此外一无所成？

得了吧，那是虚伪。谁跟钱不亲近呢？谁都亲近钱，就像婴孩天生爱笑脸。人只需要把它放进腰包里，就可以游刃有余，可以使鬼推磨，无尽享乐。可以实现作为一个平凡人所能实现的一切。什么梦想，什么坐标，不就是穷人戏弄自己的一种借口吗？

可潘婷怕把心里话说明了之后，连自己也会看不起自己，毕竟她曾经切切实实地穷过，可贵的是，母亲在贫穷的土地上赤着脚快乐地跳舞——对，她总有这个印象，母亲会因为家里翻找出一张一百元纸钞快乐一整天，会因为抢到了一些菜贩子扔在角落的白菜叶而脚步轻盈。她笑着，隐藏着，豁达着，把穷变成了一种洒脱。很久很久之后，潘婷才会懂，母亲用可贵的隐忍保护了女儿不受穷的剥削。所以穷不可怕，羞于启齿才可怕。

许如霜自顾自地说："潘妹子，我奋斗到今天快三十年了，你知道我有多不容易吗？一个女人，靠自己去改变命运。我来自小山村，家里把唯一的读书名额给了我弟弟，而我要日复一日看着自己捆绑在土地上，像头驴一样，瞎着眼睛围着磨盘转啊转啊转。我还是头母驴，除了永不停息地劳作，还需要生育，一刻不停地生育。当我从山沟里解脱出来，当我嫁给了一个上等人，我以为我摆脱了当驴的日子，后来我才知道，上等人无非是穿着奢侈衣服的驴，信奉的也是封建那一套。他们不相信爱情，不相信女人，只相信生育，相信繁衍。哼，可悲吗？不，这叫代价。"

"你们怎么认识的？"王渊慢慢地挑起一筷子鱼肉放进许如霜的盘子里。

潘婷奔向对面盘子的筷子在空中停下，"你竟然不知道？"潜台词是，已经睡过了这么久，你王渊竟然不知道自己的爱慕对象是怎么结婚的？

"我们时间宝贵，她很忙的。"王渊一张白嫩的俊脸泛滥着温情，"哪有工夫唠这些闲话。"

"火车上认识的，他做生意需要个副手，我正好急着到处找工作。我就跟着他的家族企业干，后来，干着干着就结婚了，哈哈哈。"一阵爽朗笑声，"我们是搞线上服装代理的。总之呢，这些年混得还过得去。"

"对，不过就是个上市公司罢了。"王渊一本正经地补充道。

许如霜拿手按住他的手，"老王，我喝多了，一会儿给我拦辆车，送我到别墅那儿，别去市里。"

"哼。"王渊妩媚地扭头。

潘婷说："你们以后准备怎么样？"

"什么怎么样？"

"总不能，"潘婷拿筷子指指他，又指指许如霜，"总不能一直这样吧？伤人伤己的。我说话直，快刀斩乱麻总是对的。"

"我是签了协议的，现在董事们都听我的，公司越做越大，这是互联网的时代，满网都是金子，可只要离婚，我就一文不值了。"她沉默了，"我们女人就是这样的命，只要一开始借了男人的一点东风，一辈子再怎么奋斗，别人都会说你是借来的风。可是哪个男人没有在白手起家时借一点风？上辈子的风、亲戚的风、老师的风、朋友的风……但是，没有人说他们借了风，他们是只需看成果的一种人，我们呢，是只能看过程的一种人。你要清清爽爽，要手脚干净，要独立自强。算了吧，这种社会制度，要女人从一开始独立自强，真他妈是劝鬼呢！现在，公司我打理，儿子也要归我管，家务活也是一样的，孩子出了什么问题，婆家的眼睛就像刀子一样剜你。难道他不首先是我身上掉下来的肉吗？难道他变成这样是我愿意的吗？难道孩子的负责人只有我吗？没人听你说这些。没人听！"

　　潘婷接话道："是，女人在这个丛林生存，就是比男人艰难，可是没人跟你扯这些闲篇，成功了，就是借人上位，成功到声名大振，那就是不要脸到极点地借人上位。就算是独自成功，成功地独立，他们也可以说，你们好可怜，孩子家庭都没有。"

　　"滚他们的蛋吧！"许如霜又一次展示了她的豪爽，她把酒瓶子对着嘴，就听见咣咣咣的声音，那些绿玻璃瓶里的液体，簌簌落入她的嘴里。而她的眼角，除了皱纹，还有眼泪。

　　"我们，是弱者什么正义来着？"在送许如霜——不如说是跟王渊架着许如霜出门时，许如霜在潘婷的耳边吹气。潘婷说："弱者正义联盟。希望你多多投钱，我们的大东家。"

　　"你会，"许如霜突然跟跄着站好，"你真的会怜悯那些人吗？真的会保护他们吗？"

　　潘婷不顾她是在跟一个醉酒的人解释，依然条分缕析地说："我不同意'怜悯'这个词。我们是平等的，平等的人之间谈不上谁怜悯谁。当你觉得你可以怜悯谁时，你就已经居高临下了。我们甚至不能说感同身受，还有奉献——这个词也泛滥了。嗯，让我想想，对，我们也是卑微的弱者，所以我们和他们是同一阵营，是联盟。我们会为了他们的正义而战，为了他们获得公道而战，为了，"她顿了顿，因为她希望眼里闪出的光不会轻易熄灭，"为了他们有活下去的尊严而战。"

邱宝珠，你看我，多么轻易被你改变，我让你死了，你让我活了。

王渊姿势挺立地举起胳膊，顺利地拦下一辆出租车，跟司机确认好目的地。他把许如霜搀扶进去，就像太监搀扶着垂帘听政的慈禧。他在许如霜耳边耳语着，许如霜两只丰腴的胳膊兜成一个半圆圈着他的头，她亲了他。潘婷别过脸，看着饭店外面像银河一样的湖水，她想到只需要忍耐一会儿就能回家见到季踊。他或者入睡或者还在对着窗户抽烟。晚上加班回来，他的手上除了烟灰味还会有油墨香，丝丝入扣地盘绕整个深夜。她喜欢进门就把高跟鞋踩掉，然后像颗子弹一样精准有力地投入他怀里，而他的胸膛不会有丝毫颤动。他们像磁石一样静静地彼此环绕，有距离但又好像根本没距离。那种时候，窗外的声音停息了，她能听到时钟咔嗒咔嗒的声音，催促着提醒自己，她并没有拥有他，也不要把这种相接的时刻以为是一种永恒的东西。永恒是一群人发明出来骗人的把戏，爱情是所有人发明出来骗上帝的东西。它们都是短命的。

这时候她的后背感受到一种轻悠悠的拍打，王渊笑，黑暗里牙齿白净细碎。

"你的如霜美眷呢？"

"我让她先走了，我有点事想跟你说。"

"这么着急？"潘婷望着那辆闪烁而去的出租车，夜里的风把树影吹得歪斜，"去哪儿说？"

王渊拿出两张纸巾，铺在饭店侧边的台阶上，"就在这里吧，凉快。喂，你跟季踊在一块儿了？"

潘婷也坐下来，"咱们圈子是不是有点小？"

"你别忘了，我消息灵通。"

"我知道。"潘婷笑，"像你们这样的人物一般都要充当情报员的角色。"

"今天真不跟你玩笑。你呀，还是要多留意一点，说到底，你跟季踊想不想结婚？你都三十了吧。"

"你比我还大。"

"我一男的，时间不值钱，不跟你们似的，就这几年金枝玉叶的。我能跟许如霜耗得起。我跟你说，季踊他不像是值得托付的人。你知道他家里那摊烂事吗？你嫁过去，我能替你哭。"

一阵微风在潘婷穿着的黑色连体裤中晃荡，她目不转睛盯着前面的湖水，"我不明白什么意思。"

"开门见山吧，季踊，也就是袁勇同志，十四岁开车撞了人，害得对方命没了。为了赔偿和还清欠款，他父亲借了高利贷，他母亲从了妓，在一家很隐秘的店，类似于天上人间的规模，受着一些人的保护。"

王渊没有听到他意想到的惊诧叫声，或者崩溃的哭泣，甚至哪怕连一声悲凉的叹息都没有。潘婷平静得像是死了。他转脸看过去，她白白净净的脸上，鼻子皱缩，而下嘴唇在发抖。她站起来，整个脸浸在黑暗里。然后她的声音就像是一件瓷器破碎时发出的声响，"我干吗要听这些？"

王渊不明就里地站起来，"我是关心你呀。为你好，多句嘴不行吗？替你查一查，探清一下前路。"

"你都没有问过我想不想听。"潘婷下嘴唇像是要掉下来那样颤抖。然后她克制不住地想跑，胳膊已经发射出，腿也迈开了，王渊伸出两只胳膊拦腰抱住她，"你听我的，你跟了他，不仅要常年安慰他，有过这种经历心理不变态都不可能，你还会受他影响，他根本就在自暴自弃。他们报社的人都说他是个酒罐子，我不知道你发现没有，反正他有酗酒倾向，而且他一根筋，一副对什么都无所谓的样儿，你觉得你能跟他过日子吗？你们以后还要买房，还要生孩子，一个连自己都照顾不好的人，你指望他去照顾孩子吗？你就是第二个许如霜，入了圈套，上了辔头，可好歹许如霜她有钱，你图什么？"

"我图我乐意。"黑暗中，潘婷目光灼灼。

很长时间以后，王渊都在想，原来如此，那就是平凡的女孩也会打动人的地方，比如，眼睛里那种坚定的神采，那种不顾一切飞蛾扑火的神采。

她终于甩开他，跑开了。她一边跑一边大口呼吸，一边呼吸一边忘记呼吸。酒气终于从胃里升起来了，酒精翻涌着她的胃，把她颠来倒去。不像是酒在她肚里，像她在酒肚里。两边的路灯迅速地交换着她的影子，车流依旧在深夜里穿行。她在人行道上跑，跑过斑斓的橱窗，跑过静止不动的风，跑过簌簌下滑的路面。

她开门，手却死活对不准锁孔。她浑身都湿透了。这下好，她狼狈地暴露在他面前。头发湿答答，没有生气地缠绕，脸庞酱红发紫，衣服前贴后绑，一身汗味和酒味。她无所谓了。反正，他也已经暴露在她前面。

罪犯、高利贷、妓女母亲，这就是构成他的名词，许多人避之不及，而她如饥似渴。因为她以为自己可以拯救他，以为这是爱的一种方式。不过，只有潘婷自己以为那是爱，其实只是慈悲。

但是她看不透。她觉得是爱就是了。

她看着他，他没开灯，在黑暗中扭过一张坚毅的脸，嘴唇紧闭。他甚至不问她"怎么了"。对啊，她怎么会奢望一个经历过生死的人为这点小事大惊小怪？

"潘婷。"他终于叫她。所以她可以关上门，然后不顾一切地扑向他。

他们抱在一起。月光皎洁地盖在他们身上。她拼命亲他的额头和清凉的脸，她把自己的灼热和汗水都传递给他，"你为什么就那么可怜呢，袁勇？"

他没有片刻的发呆，只是寂静。就像针叶树在黑暗中，在陡峭的山峰中耸立。潘婷盯着他的脸，想透过这张脸看到里面的内容，可她什么也看不到，"我都知道了。"

"好。"他只是这么说。

"对了，刘妄那个案子，那个案子你就用的你，"她字斟句酌，因为过于小心而出了汗，汗水晶莹地淌下来，她揩去，"你用了你妈妈那方面的关系吗？"

季踊向后一仰头，他把空间涤荡出来，一副无所谓的样子看着她，这才是最伤她的。他说："因为来路不正，所以懊悔了？"

他好像是一只受了重伤的动物，而她是刚刚收起了还冒着烟的猎枪的猎人，"什么？"

"因为我是那样的人的儿子，因为我来路不正，所以你后悔了？"

"没有。"她说，"我介意的是，你从来不跟我提起你的过去。"

"过去重要吗？"他试图轻描淡写，看着她一脸澄澈。你看，就算他是个浑蛋，她竟然还是恨不起来。你刚跟浑蛋睡了呀。你跟浑蛋融为一体，你是什么？你为什么还这么天真？

潘婷摸着他的鼻子。五官里，她最喜欢他的鼻子，挺直有力，并不是说其他就不喜欢了，其他也很好，都是恰到好处，她想象不出他可以有别的样子。她继续说:"要是我不问,你准备什么时候告诉我?对了,你都没有告诉我,你和那位郑好的过去,你还有多少秘密?"

他一凛,窗外薄薄的月光无耻地搅了进来,"不告诉你是不想伤害你。"

"要是我不怕呢,要是我,我更,"她声音哽咽,好像那是不该提起的词,"更爱你的伤痕累累呢?"

十八

　　天真，他曾经这样形容她，现在这样形容依旧不为过。她问了许多问题，他给的答案都是模棱两可的。只需要会一点敷衍人的把戏就可以，假如这个天真的姑娘还爱，那就更容易糊弄了。然后等她哭够了，抱够了，他们可以大汗淋漓一场，恋人们都这样相处，好像所有的战争最后都在寻求这样的归处——黑暗中两军赤膊交战的时刻。最后他们总是在一片废墟的战场，硝烟和战火都在身体里将息的时刻，焰火才会升起。这是她沉睡的时候。

　　从她说她不是庄宥铭那个所谓的情人后，季踊就很头痛。头痛本是他的常态，但近来尤甚。就像一盘下了一半的棋，将军的架势已经备好，却突然失了瞄准的炮。倒不是说没有炮这局棋就死了，至少已经开盘，但没有炮就得重新兜一个圈子，有时候比重新下一盘都难。

　　怎么办呢？谁叫他获得了补偿。补偿是，她那么信赖他。他们之间那种信赖继续盘根错节地黏合，不会碎裂。他曾想，有一天他会把这份她自以为是的爱情亲手撕碎在她面前，一片一片，到时候他可如何是好。

　　现如今倒省去了这个烦恼，只不过他需要重新谋划一局棋。他感到头痛欲裂。

　　他常开她的小白车送她上班，履行男朋友应尽的职责。他们已经是大人了，大人之间从来不去明确定义关系。情人？男女朋友？未婚情侣？这些词那么狭隘，怎么去定义那一份复杂的关系。语言越多，受到的限制也越多。所以，还是沉默吧。

　　在路上，他听她用一种极快的语速谈她的那些梦想，比如什么"弱者正义联盟"，他觉得有意思，透过这副单薄的身板，他没想到，她身体里还披藏着一份蓬勃野心。

他象征性地问几句，因为总有几个红灯过于漫长。在那种时候，他其实宁愿不说话，可她兴致勃勃。所以他就找几个不容易走神的问题，比如，你把钱都给所里了，你怎么知道这笔钱的用途？谁来支配？

潘婷说，常主任让我做基金负责人呀，我是负责人，自然要好好决定它的去向。

比如，三十万也不经用，你要帮助的人这么多，那以后呢？

潘婷会说，不能保证别的，但是我、鹿纯明、辛贤、徐瑾，所里的抽成会有一成放进去，我们个人也会分割所得的一成放进去，所里是为把这块招牌敲响，在纳税方面，经申请，也会有部分减免，方知我还没劝动，等我再磨磨他。这不是共赢吗？哎呀，我居然也有脑袋瓜开光的时刻。

他敏锐地问，鹿纯明怎么会愿意？她也敏锐地闪躲，做善事给自己积德？

再比如，怎么判断谁是该受帮助的弱者呢？

潘婷就会说，当然是女性、孩子、穷人和受害者呀。

他暗笑，你瞧，这个女人多么天真。他还就喜欢她这一点。她摆手向他告别时，他把头抵在车窗上，他看到她身穿长裙在风里有些嫌冷，拿一只脚轻蹭着另一只脚的脚踝在挠痒。歪着身子，姿势优美。他心里很暖，说，再见亲爱的。

他每一次都是认真地说，她也是认真地听。他们从来没有定义过什么关系，所以就算第二天两个人都没有再见，也不能说这就是悲剧的预兆。但是，好在每次都有第二天的再见。所以他不慌了。哪怕有些夜晚睡醒了，他又梦回从前。他知道，他已经拥抱过她，像一滴雨已经坠入海里，他还是水，但他属于海洋了。

季踊去了郑好那儿。郑好穿着睡裙卧在沙发上，房间昏暗暧昧，就像是一间洗照片的暗房。调控灯开到最低挡。她在看电影。投影仪发出嗡嗡的混响。他走到中间，画面映在他脸上，他跟梁朝伟合二为一。穿旗袍的张曼玉抽着烟，侧着那张明艳照人的脸看着他。

郑好从沙发上下来，搂住他说："如果只有一张船票……"

他说："我坐飞机追你去。"

下一秒，她给他带来噩耗，"我准备递交辞呈啦。"

"什么？"他一闪，险些把她从肩头甩下来。他也发现了自己的惊慌，于是赶紧用手握成一个拳头堵住咳嗽来掩饰，"什么？"这次他平息了语调。

郑好没有察觉，也许她在法庭上是个公允的法官，但面对他时可不是，"哎呀，我之前不是跟你说过嘛，上海一家外企向我抛出橄榄枝，希望我做法务，给我一年时间考虑。我不是法律英语很好嘛，而上海是我梦想的城市呀。你忘了，我们很早很早之前谈起，'要让奔流的火车将我们携去遥远的远方'。"

关于被火车带走的誓言，他还记得，但对于近来上海企业的橄榄枝，他是一星半点都不记得了。他只觉得胸闷，胸口好像一场战火还没开始就熄灭，被细细碎碎的烟火堵着。他有苦不可说，有痛不能言。他只能道："晚点走，晚点走好吗？"

"为什么？"

"为了，嗯，为了我。"

黑暗中她点头，又像是拿下巴指着他，说："我记得我答应过你，我会帮你，但你也要记得，你说过你会跟我走。"

他苦涩地点头。尽力把这种苦涩化为一种笑容。

郑好把长发搁在他胳膊上，压着他斑驳的疤痕。她仰头看他，细长的眼睛里星光攒动，她说："你是要跟我走对吗？"

他静默一会儿，说："能的话，我就跟你走。"

郑好翻过身，换下巴贴着他的胳膊，他感到一种重量，轻盈又沉重，电影的光晕在屋里转呀转，他头昏眼花。黑暗中皱紧眉，郑好伸手像熨斗一样给他撑平，"还记得小时候吗？那时候我好像一直在跟你索取，也没问过你过得如何。"

她像是在对他忏悔，可他叹口气，"没有，我挺好的。"

"那我不管，你现在也要像那时候一样待我。"

"好。"他的声音轻飘，连他自己都不相信。

他毫无办法，曾给徐瑾打了个电话。两个人在电话里对未来前景一阵你争我抢的叹息。徐瑾说："我没有法子可想了，我实在想不到她不是庄宥铭的女人，她要不是，谁是？看看我们所，谁都更不像，要不就是潘婷在骗你？"

他笃信她不会。手机里再次传来徐瑾的叹息，"那你还有什么法子？"

"先上第二步吧，没准柳暗花明又一村。"

"也好。"

突然季踊似是想到什么，声音高昂了许多，"你们那个正义什么联盟运转得如何？"

"不错，最近接了几个案子，社会效益很好，很多家报纸都在追踪报道。"顿一顿，徐瑾又说，"就是你们报纸怪沉得住气。怎么，这种活儿不给钱不接？"

"倒不是，没把它当回事。一阵风，也许吹吹就过了。"

"你是真不了解小潘哪。"徐瑾又笑起来，"一阵风，也许是'利奇马'。"

那阵潮湿感又泛上来，季踊努力保持平静，"是吗？女性、孩子、穷人、受害者。她就那么肯定这些就是无辜的标配？她会吃亏的。"

"你怎么肯定会吃亏？现在社会就吃这一套。"徐瑾说。

"我真不懂这个社会。"季踊说。

徐瑾挂了电话，他的办公室严防死守，只为所有的案卷都能看上去无序实际有序地摆放，他收集的证据都能按照自己的想法排列。他站在办公室中央，周围一圈卷宗。他像皇帝翻牌似的，看这夜谁伺候他就寝，他便跟那个案子一块儿入梦。这是强迫症，他试过用星座解释——处女座。但那不怪星座，他就是喜欢万物有条有理。

妻子跑了——他对外如此声明，实际妻子至今在家，养着一家老小。没错，徐瑾还是一个十一岁姑娘和六岁男孩的爸爸。他努力圆着这个谎言，是为了掩藏另一个更让他难堪的事实：他并没有大家想的那样成功、那样努力、那样淡定。

徐瑾在高中遇到了妻子——网恋。那是他第一次赶时髦，他们在小旅馆里见面，见面时，这个农村进城打工的姑娘有一点偏执地要求他亲她，像电视剧里那样，轻轻地。他亲了，又隔着薄薄的衣服摸索着她，渴求着她，轻轻地。然后他做了更多……那个年代，这种事并不是不能发生。反正，后来她到学校里找他，脚杵在地上，脸蛋黑中透红，一件花褂子上衣和一条灰裤子挂在身上，告诉他她怀孕了。这四个字着实像四块巨石把他碾在脚底，然后那姑娘说，你得娶我。

他们住到了一起，起初他也不否认这释放了他课业之余的一部分激情，他甚至为此愚蠢地得意过——青葱年少时，当同学们个个向往女人时，他已经拥有了。当时，他在父母面前挺身而出，站在自己女人这一边。断绝关系像一道堂而皇之的圣旨降落到他头上，以至于他连下学期的课本费都拿不出来。怎么办呢？当然是那女人救了她。这怎么叫救呢，她是罪魁祸首！反正他心安理得地接受了她的资助。在那间小小出租屋里，她白天在饭店打工，晚上接单做针线活，导致她后来一只胳膊铅锤似的阴痛。她一个人干五六样活计，反正她活该。后来徐瑾上了大学，她逼他领了证。她搬到他学校旁边，出摊卖水果。四年里，他宿舍总能分到各类熟透的果子。

再后来，他工作了，她以为自己熬出头了。可徐瑾已经从幼稚变得成熟，这个过程中，他的审美也被压抑变形。他不爱她了，甚至嫌弃她。有一回她在宿舍楼下等他，他尴尬地跟别人说，那是老家的亲戚。他不知道她也是有自尊心可伤的。他们之间除了"吃了吗、喝了吗、孩子睡了吗"之外不再有别的可说的。反正他的一辈子就给她拴着了，只能闭眼当一头得过且过的驴。

他无数次跟她商量，提议离婚。先前她哭，黑黑的脸上两道泪珠滚落。然后她定了调子：一百八十万。简直就是天文数字。当然，一百万他也付不起。她说，我给你当牛做马，养儿育女，给我一百八十万我就走，否则，除非我死。她的声音里有一种土生土长的执拗。

他有过天天盼她死的时候。在上刑法课时，他在研究如何神不知鬼不觉地避开法律的条文，企图钻黑暗的漏洞把她甩掉。后来他好说歹说，劝她回了老家，给他带孩子。那时候，他有了一个儿子。他无法抗拒她带来的粗粝、原始的感受。他现在活得越精致、越华贵，就越被她吸引。

跟潘婷、鹿纯明吃饭的那天晚上，在饭店里，她的声音不期而遇。她说："你们加菜吗，还是就要这些？"有一瞬间，徐瑾觉得自己好像消失了。在他遇到她的时候，可能是她最好看的时候，然后他就误入歧途。现在，她已经从年华抛物线里永远地坠落下去，而他正在徐徐上升。此刻，他不在这个时空里，干脆死了算了。但是不行，他得活过来，因为鹿纯明拉着他的胳膊说："喂！就吃这些。"鹿纯明眼里的视而不见和漫不经心，让他心里有一种彻头彻尾的卑微。

那天他加班到很晚，晚到根本不回家。她应该不知道他在城里的住处。但她肯定在等他。鹿纯明看着窗外，他也躲在自己办公室，以同样一种前倾的角度看着窗外，主要是看楼下的饭店。他竟然不知道她过来了，她竟然顺着他留在家里的名片找过来了，就在他公司对面。他真是既恨她又可怜她。一个人怎么能又恨又可怜一个人呢？反正那晚他睡在了办公室里。

第二天他果然又见到了她。他把她堵到包间里，然后他们吵架了。她瘦了，黑黑的脸庞上挂着泪。她哭诉一个人带孩子的困难和不易。徐瑾说，我不是一直在给你打钱吗？你这么舒服，我都想做个家庭主妇，换你来养我。

他们吵来吵去，在扭拽中，她薄薄的上衣扯开了，露出里面黑黑的、健康娇美的乳房，就像两个圆圆的山头，中间是深深的沟壑，在夜晚被泪光照拂，而沟壑映衬着日月。徐瑾不可遏制地爆发了。他把她的头磕在桌子上，褪下她的裤子，无声无息地释放。在反锁了门的包间里，在空调巨大的嗡鸣声中，对着律所庄严的门，他充满嫌恶又充满渴望。

他是甩不掉她的，其实他也根本没想过甩掉她。不是一百八十万的问题。她代表着另一个他：土气、懦弱、卑微——正是他最初的样子。无论他走多远，无论走到哪里，只要想到她，他便懂得"般配"的道理。他只配得上那样的她，她就是他。

这件事情只有季踊知道。也是一次醉酒后，徐瑾告诉的。徐瑾轻易不醉酒，醉酒就醉得沉。季踊说，这并不是双面人，你只是要记住自己的落魄。有些人悬梁刺股，有些人卧薪尝胆。你就是用她来提醒自己现在过得好多了。然后，季踊恨铁不成钢，他说，真他妈卑微啊。

"那我又能怎么办？"

季踊说："你只要帮了我，我就能帮你。我们在一个战壕里。你相信我，我不怕。一个不怕死的人什么都不怕。我会帮你。到时候你出人头地了，就忘了这些，你的病就治好了。你愿意换老婆你就换，你不愿意换，反正你有的是名，有的是钱，有的是可挥霍的。"

十九

半年的时间里，季踊和潘婷恩恩爱爱。除掉他追踪报道案件，又常常夜班白班倒，两个人还是聚少离多。但是离多也比不聚强，她已经满怀感恩之心。每当季踊出差，衣领都是烫好的；潘婷会在他的行李箱里塞张纸条，附带一份手工面包和牛奶，搞些温暖人的小把戏；她做饭、洗衣，把家里收拾得像随时迎接贵宾来访似的；他们在一起过夜，有时候去她那里，有时候在季踊家。偶有争吵，不隔夜便和好。快乐的时候，他们喝酒，看夜风吹栏，城市安寂；烦恼偶至，他们也喝酒、沐浴，然后冲撞到男女间的极乐。季踊的笑容和话语都多了，她给他照很多相片，空闲时就拿出来看。她把他的笑容和多话当作一种证明，虽然他没说需要她。但她自以为，这就是实证。

而她和许如霜联合创办的弱者正义联盟的反响一度达到高潮，她们公布了一个热线电话。法治新闻为了大书特写，做了一个专题节目，跟踪报道了几天。潘婷顶着妆着实辛苦了几天，总算录完。

电视上，潘婷的眼睛浮肿，脸蛋过宽，妆容太淡。镜头的反光中，脸白到模糊。但一张娃娃脸真诚而坦荡，声音在微妙的颤抖中好像一把折扇。她说："每一条法律文本背后都有它的逻辑，每一种逻辑里都有一个使命。弱者正义联盟的逻辑，即为弱者发声，它的使命就是摆渡，为痛苦、磨难、不公摆渡。也许，法条是冰冷的，但我们演绎法条的人是有温度的。我们投入了灵魂和头脑，注入了热忱和激情，把法从条文变成了实体正义，于是正义变得可知可感可触碰。朋友，当你寻求理解和庇护时，请看到我们；当你期盼安全和秩序时，请记得我们；当你呼唤公平和正义时，请相信我们！我们是，弱者正义联盟。"

屏幕下方滚动播放着一串讲究的蓝色阿拉伯数字。

那段时间，电话打爆了。有打来电话声称自己遭遇了家暴的妇女，调查后，不过是家长里短；有出现口角后，被儿媳推搡一把的老婆子，通过居委会调停了；有声称自己被老师猥亵的，调查一番发现女孩日记都是与老师的同人文，遂不了了之；有住在半地下室，要求公路局独为他家开凿窗户的；有楼上装修把楼下的天花板捣空的——两个大平层主人都声称自己是弱者。

倒也有几个值得办的援助，比如为周家庄一百多户农户追讨土地流转费，材料浩荡如山，光是复印、分拣都消耗一周，最后批量生成起诉状、地址确认书，还获得了法律援助案件的特等奖。完事后，联盟又发动社会救助，为村里那些患病贫困者协调到一些村里的工作；联盟跟企业组织了善款援助，对接十个贫困中学生，最后当然皆大欢喜。总的来说，半年时间，功劳簿上有的是美好画面。

潘婷常常陶醉，那是在邱宝珠案过去后的一年里，她终于心安理得过上一种心安的日子。真的是一年后，在那间小屋里，她最后一次把钱交到邱宝珠母亲手里。律所还动用了一定关系给她们申请到低保，邱宝珠姐姐的药费得以减免，潘婷跑政府，给她们谋了一份手工活，不费劲，就是给一些纸裁裁边，每月能有一千元的保障。

潘婷给邱宝珠上香，自己现在所有的阵痛、顿悟都是邱宝珠给的。而且，现在自己身边有了曾朝思暮想的男人。而邱宝珠就那么孤寂离去。潘婷有种担着对方命运的痛感。她磕头表示感谢。她站起来，拍拍腿上的尘灰，自言自语道，我想明白了，我没有对不起你。这是你的选择，我尊重你，也原谅你了。

阵风吹来，灰白色照片在波动的阳光里闪烁，邱宝珠浮动在一种光芒中。

在卓越，一切都这么顺利着。庄主任往往不知所终，但常主任和蔼可亲。他们依旧很忙，但忙得有目的有招式。他们比以前更振奋，并决定为此庆祝。一帮人先去饭店，又辗转去 KTV，反正夜生活不太丰富的城市，你也指望不着更新奇的方式。吃饭时，徐瑾一个劲儿地夸潘婷，鹿纯明甚至给她的西服口袋里插上一朵娇嫩的玫瑰花，周拂晓拍手叫好。他们都注意到辛贤跟刘冉在方知背后低声絮语，而庄主任展望未来，更是厥词大放、恬不知耻。唱歌的时候，庄主任贴过来，又谈起他的放钱项目，但吃过亏的辛贤和方知都躲到另一头。潘婷闭上眼睛，跟前一杯酒，她端起来，又放下。庄主任意识到她的拒绝，又向别人发动进攻。在黑暗中，她感觉身边贴过一个身体，鹿纯明说："小潘，你最近胖了。"

"滚！"这是她敬奉他最多的一句话。

饭后，潘婷把庄主任的大肚子塞进车里，其他人都零零星星散步回去，加班、出差、彻夜调查还在等着他们。她越发觉得，他们是战士，如果每一个案子都是一粒沙子，他们将扬起一场沙尘暴。他们会改变这个社会的结构，会把它变得柔软和坚硬。柔软的是原先坚硬的部分，坚硬的是原先柔软的部分，他们将改变一切。

晚风光临，酒醉而酣的毛孔一个个舒张着，好像伸着绒毛感知着。突然后面一阵温热，比热风更具实体。她以为是季踊，以为是季踊听到她下午故意说出的饭店名而担心她，遂来接她。

是鹿纯明。

"你干吗？"潘婷甩开他。他蹲在地上，"唉。"

你听他叹气，都不觉得这是个纨绔子弟，他叹气叹得多真诚，好像前面真有千军万马等他应对似的。

他伸着身子对着空气闻着，在她身边站着，一股夏天被浸湿的味儿闯荡过来，"我说，你看出老辛和刘冉的事儿了吗？两人都快暗地里领证了。"

"我知道。"她说，"多明显。他俩已经不隐藏了吗？"

"可不，两个人都不想当合伙人，你又能奈他们何？你说——"他把脖子抻得很长，"要不要效仿一下？"

"去你的吧。"

"再不说，我怕没机会。"

陈词滥调。潘婷怀疑他电视剧看多了。"去你的吧。"她又说，"我们之间不要这样。你呀，我不相信你有真心。"

"是吗？"鹿纯明故意露出大惊失色的模样，他梳得整整齐齐的头发有一道清晰的分水岭，潘婷抬头就看到了他的头皮。"我真心就摆这儿了。这么明显，你还不信？"

"去你的吧。"

"我真怕没机会了。"他恰到好处地顿了一顿，努力闻着身旁的香水味，淡得像一团朦胧月光，他看着她敞开的衣领里细嫩的脖颈，靠近她，"你这时候还这样拼命，好吗？"

"有什么不好？"

他思忖自己要不要说出来，有没有这个勇气，好像不说出口就不会成真似的，他开口道："对胎儿不好。"

潘婷的脸一定是在那个转过身的刹那变得苍白的。他们在路灯的包围中，他在光圈直径的一头，她在另一头。

"你怎么知道的？"潘婷声音在发抖。

"唉，我什么不知道吧，你就说。"然后他一步跨进光圈里，猝不及防抱住她。

她刚想挣脱，却听见他轻声说："祝贺你，还有祝贺季踊那个有福气的。"

她只好闭上眼睛，"谢谢你，鹿哥。"

他吹气到她脖颈，弄得她发痒，"你真的想好跟季踊一辈子了？生孩子可不是儿戏，你还没领证吧？这样好吗？要不要我帮你调查一下。"

调查，这是她最不想听到的。她用背左右一荡，把鹿纯明推开。"谢谢，鹿哥。"她营造出一种距离，"不用。"

"几个月了？两个月？我是不是彻底没机会了？"他惶然地看着她，"你肯定不会打掉孩子，跟我过吧？"

"你！"

恰好，树的阴影里，她看到季踊了。

原本他一动不动。然后他发现她看到了他，便只好走过来。

好啊，他说。好呀，她答。

他看着鹿纯明，一拳就打过去。

鹿纯明轻巧地闪开，抓住了他胳膊，细长的眼睛眯起来，弓着身子像是鞠躬："误会，兄弟。"

季踊眉头轻挑。鹿纯明双手合十，"打扰您了，打扰哈。"说着，整个身子一步一退，跳着往后撤，一会儿就不见影踪了。

他们一前一后回家。本来她也要去加班，最近电话被打爆了。太多案件线索，太多的求助像是雪花一样漫天飞舞。冒出一些投资合伙人，抢着要跟他们合作，愿意打着慈善的旗号，展现企业的人文关怀，只要潘婷在法制节目下加上"××特约播出""××冠名播出"。

季踊的呼吸化在黑暗里，她跟着他，拉着他宽大的手。他们走走停停，他亲亲她，听她说，那个人有病，不用担心。他说，我知道。

"我想问你件事。"他说。黑暗里，他的鼻子挺着，眼睛明亮地映着她。

她都不能呼吸了，求婚这样的戏码她等得太久，好像闭上眼就能听到它降落人世的声音。从前她觉得俗气，多俗气，一个男人对一个女人求婚，鲜花和戒指这种烂俗情节依次上演，好像程序既定似的一个不差。但现在，她渴望自己俗之又俗。

她想多了。

他说："你能帮我的一个当事人吗？我做暗访时遇到她，很辛酸的故事。她，唉，被禽兽欺负了。"

接待室里，小姑娘胡圆身穿黄色网球服，双腿细长，身材娇小。托着小小脸蛋的手，有一个个涟漪一样的窝，双唇自然噘着，人中有一道浅浅的沟壑。潘婷问她什么，她都不答，一味地垂着头，羞答答哭泣，偶尔抬头，长长的睫毛好像挂着霜。发缝干净细长，一丝不苟地分割着两边沉蔼蔼的黑色。

怎么回事呢？磨了潘婷三天，这三天，潘婷一直照料着她，充分展现一个女人对一个女孩的全部同情。潘婷给她买衣服，送她娃娃，给她喂饭。对着一只头上有着夸张而丑陋的蝴蝶结的小兔子，女孩终于说话了。她断断续续，有问才有答地，复述了一个残忍的故事，一个现实版的亨伯特和洛丽塔的故事。

潘：你怎么认识他的？

圆：朋友说有个场子，我们光去倒倒酒就能有五百元。

潘：他怎么搭上你的？

圆：散了场后，他跟我说话，说我像他女儿。然后说加个微信什么的。我从小是个孤儿，他说我像他闺女，我就放松警惕了。

潘：平时你住哪儿？跟谁在一起？

圆：我姨带我。我还骗她说去参加夏令营了。

潘：那他怎么欺负你的？

圆：嗯……那天，我感觉自己被灌了点酒。然后他说开车送我。他司机开车，我们在后座上。那时候我就有点迷迷糊糊，觉得他靠我挺近的。然后下车的时候，我去吐，他就把我横抱起来，我想喊，他反应比我快，一只手捂着我的嘴。我就看见司机从车门那儿窜出来跑了。他把我抬到肩膀上，进了他家里。

潘：是侵犯了吗？

圆：嗯。

潘：能说说吗？

圆：嗯。我不知道。我挣脱来着。那时候我看过很多电视剧，里面有这种场面，看的时候，我就觉得怎么可能呢，有个人压着你，你只要把腿紧紧闭着不就行了吗？你只要，只要狠狠地夹紧腿。但是不行的，电视上都是真的，他们能分开你的腿。他分开你的腿，身子一压，往里一顶，你就完了。当然，有些是假的。比如她们会发出那么扭曲的尖叫，我没有，当时我想着，就算是真的被欺负了，也要忍着，不发出那种丢人的声音。潘姐，我完蛋了是吗？我现在不敢闭眼，我害怕，潘姐。

潘：会好的，相信我。但是你必须告诉我，亲爱的，我知道这让你很难过，但是你要相信我，他是用的那个吗？是，是进去了吗？

圆：嗯。很疼。他用手……就是电影里那样。

潘：哪部电影？

圆：《美国往事》？里面还有他们抢劫到别人家那段。

潘：我明白了。我们指认他可以吗？我陪你去报案。

圆：没有用的。我报过案，潘姐，在所里，他们安慰我，但是一会儿，他带着微笑又把我领回来。他跟他们说，我是他的爱人！说我身份证上的年龄已满十八岁，是自愿相爱。他只是偶尔为之，还反问他们，年龄差距大难道犯法吗？两情相悦难道有错吗？两口子吵架难道不行吗？他们竟让他回来了！我跑过两次，在车站被他堵回来，他好像在我身上装了GPS，又是威胁又是哄骗，把我拉回来。他说，反正我已经跟他了，不如一直跟他，说跟别人也是糟蹋。

潘：你有这么大？

圆：才不是呢。我的年龄有问题，我们大队里，嗯，就是我老家那里，有人花钱买了我的身份，因为他的孩子有违法记录，我的没有，我爸那时候还在——就卖给他了。我俩那时长得很像，况且我们村里也都姓胡。她比我大四五岁吧。后来我爸死了，我投奔城里一个远房姨家，他们总说我跟死去的妈妈长得像。然后那一家也不知道去哪里了。

潘：这张身份证，这个身份，有什么违法记录？

圆：卖淫。

潘：你！你爸怎么能这样啊！

圆：我爸不是个坏人，就是过不下去了。他腿上有个洞，我不知道那是什么病，反正我隔三岔五要给他擦脓水呢，他还不得不去干体力活，我就说那得要了他的命，唉，他也是没办法。我妈走得早呢。潘姐，你要帮我，你不帮我，我就是死了，也没脸去见我爸呢。

潘：我知道，我尽力，我一定尽力。嗯——还有谁能证明你的真实年龄？

圆：当初那家人都搬走了。给我们操办这个的支书，好像前些年给逮进号子了。

潘婷去见了那个支书。隔着玻璃窗，那人块头大，满脸黑，眼睛狡黠。说话时，两边下眼皮剧烈地抖动，像一层皮包在某种涡轮上。他说，怎么最近都找我翻旧账啊，我都戴罪立功了，该交代的也都交代了。然后他低声地抱怨这埋怨那，末了又看看上方的摄像头，声音洪亮地说起一些冠冕堂皇的忏悔词。潘婷耐着性子听他讲完，从兜里翻出照片，把胡圆小时候的照片贴着窗户给他看。

"认识，老认识了。我们村的，小美女。"对方说。潘婷大喜，问起胡圆换身份的事情。

支书脸上老练到没有表情，"你说的情况好像有。我记得我办过几个这样的事儿，五千块钱。但是，"他的狡黠从修炼过的本分中又透露出来，"我恰好忘记了是谁跟谁换。你知道，我那些年叱咤风云，作的孽太多。"

二十

去接潘婷回家。单单这六个字就有一种魔力。白天或者深夜，当他沉浸在新出炉报纸浓重的墨香中，他总是被这六个字以及随之而来的那种心情所打动。他很久没有期待过什么人，或者什么样的好事了。

上一次，他在楼下店面门口堵到母亲，母亲正一只胳膊撑着伞，另一只手握着一把小壶在浇门口的大丽花。太阳把它们晒得萎靡不振。季踊站在外面远远看着，她先转过身。"来了。"她说，"你找妈妈干什么？"

声音真是温柔。他小心翼翼接过那把壶，替她浇水。这样，当太阳毒辣地扫射过来时，她的胳膊能够全然无损地躲在阴影下。

妈妈，他喊，我找到他了，也找到他了。两个他，他都不做解释。母亲在他身后的阴影中继续点头。好。母亲说。

最近跟你在一起的那个姑娘不错。母亲发自内心地感慨。

你说哪个？他问。微笑着，看着她。

可不能这样。她微微摇头，耳畔的碎发纹丝不动地贴着鬓角，袁勇你不是这样的孩子呀。

是那个短发，喜欢笑的姑娘吗？大高个，嗯，细胳膊细腿儿的。

对。母亲说，有回我看你们拎着超市的购物袋，装满了一袋蔬菜。我想，你现在过得很好，很正常，没有受到我们的影响。

怎么可能呢，他苦笑，我无时无刻不在想着你们。

季牡丹微微闭上眼睛，头顶的伞移开了，她赤裸裸地拿那张脸对着烈日光芒。太阳光把她的头发抹上金辉。我有点等不及了，你说呢？

从律所出来，潘婷一身粉色的西服。季踊等在树下，把头盔给她。她接过来，犹豫了一会儿。然后把手里塞着厚厚材料的提包放到季踊的摩托车箱里。她慢吞吞地跨坐上去，说"慢点"，便把脸贴在他背上。

"进行得怎么样？"等红灯时，他把脸侧过来。

"不太好呀，那个支书想不起来了，反正我也没指望他能良心发现。而胡圆这边的证据不充分。公安机关不是没立案过，但都撤销了，因为那个张秉直——哎呀，好像是个很了不得的培训机构的高管。就是那个做儿童英语、公考演练做得特别出彩的线上培训机构，前些年它借着网络异军突起，影响力不得了。这个张秉直在里面掌握重权。到底相信谁呢？是相信一个身份证上显示已满十八岁的孤儿，还是一个大权在握、前途有望的成功人士？又是舆论题。我已经怕了，不敢再判断了。"

绿灯亮了，他们飞驰过去。横跨了护城河的大桥就这么笔直地把他们吞进去，一寸一寸。两个人紧紧靠着，风呼啸而去，他们有一种相依为命的错觉。

季踊侧过脸说："对，我去他那个集团跟踪报道一起网络黑客事件时，认识了张秉直。我们一起吃饭，吃完饭那个小女孩就在包间外面等着。脸灰着。张去结账时，她问我是不是记者，然后塞给我一个电话号码。后来我也进行报道了。你也知道，我们的小城晚报还是受大晚报的控制，确切地说，受广告商控制。他们要求把那篇报道撤下。"

"所以，最后也没有登报？"潘婷喊。

"对。"风吞没了这句话。

他们到了家。潘婷换了鞋，进了厨房，俨然一名主妇。季踊在客厅看打球，但他并不感兴趣。手机在桌上一阵一阵地振动，他看到了信息：你在哪里？我在大桥上看到你带着一个女孩？你这是什么意思？

他好像听到了郑好既不紧不慢又执拗固执的声音。他回复说，我总有同事，有女性亲戚，难道你就不跟任何异性接触吗？

然后他关机。否则这部手机今晚要疲惫不堪地承受一次又一次疯狂的嘶鸣。

潘婷端着一盘西红柿炒蛋出来，"尝尝。还是你做得最好，看我能出师吗？"

"当然。"他笑着捏捏她脸蛋。

"下一步，倒可以请出我们的正义联盟了。你知道，我们有自己的节目，稿子都是我自己准备，没人提前封杀，可我唯一没有把握的是，她的证据实在不充分，会有人相信她吗？唉，好在，只要调查程序一启动就行。不管是正面的，还是负面的，都会促使事件真正水落石出。"

"你问，会有人相信她吗，首先重要的是你相信她吗？"季踊漫不经心地吃着菜。

"当然，她看上去就很小，而且你只要跟她说说话就知道了，这是一个被捕的猎物。她太可怜了。"

"嗯。"季踊把西红柿抹到她嘴上，然后亲吻她。

他们一直这样。甜蜜的时候，潘婷以为自己就应该在这里终了。两个人都觉得这已经完成了人生最纯最美最真挚的一刻，接下去不过就是在衰退、凋谢、疲惫。在生命绚烂的时候及时死去倒也不错。就像现在，每一次，当他们连接的时刻，相思的瞬间，抵达的片刻，她都有一种共赴命运的冲动，也许殉情就是这么自然而然地发生的。

可她不能殉情。季踊喃喃道："你要怎么做呢？"

"不行就只能上节目了。"潘婷搂住他的脖子，"可我没有把握，现在手里只有我自己的笃信。其他都是一团迷雾。"

"我有一些材料给你。"季踊说，"我给你带来了。"

二十一

法治节目上，潘婷的眼袋很明显。主持人的头发像是一团铁丝圈，随她怎么摇晃都纹丝不动。两个人分割着一张弯月形的导播台，两张脸中间还隔着诸多层厚厚的粉。

主持人："我们常说'法律不只保护弱者'，就像医生不只治疗好人，而且要为恶人操刀。这段时间我们也收到不少读者来信和电话，说难道弱者就是正义吗？这与当今社会现状显然不符，如果说硬要把弱者设定为正义的一方，那么法律就没有存在的必要了，我们只需通过判断强者弱者，然后天平就能倾斜。对此，你怎么看？"

"弱者保护在立法阶段就应当形成，以实现社会的最大公平。法律不该单保护弱者是法官的判断，法官是维护公平正义，但对于一个律师，我还是选择站在弱者那一边，为他们的权利而斗争。"

主持人："我知道，你们'弱者正义联盟'一直以来都在倡导法律援助，为聋哑人、遭遇家暴和性侵的妇女和未成年人维护权益，为外来务工人员挽回经济损失，为弃婴争取合法权益……半年时间，我们也是看到了不少这样的案例。那么，我相信你刚才的笃定已经给了我们明确的回答。"

主持人的身体微微向前倾斜，前面的提词板换了下一页，几个大字闪烁着向上拉去："今天我们探讨什么？"

潘婷接着说："探讨如何保护作为弱者的女性。首先，我想引入一个真实案例，是我正在办理的。请切换大屏幕。"

微信截图一张一张像飞鱼一样闪过，鳞片一样排列，作为特写镜头出现在大屏幕上。内容涉及一个成年男子对一个女子的诌媚、诱惑、诱骗。

再深入一点的，是更令人浮想联翩的马赛克。

这是那晚，季踊提供给潘婷的。

主持人："哇，我预感到今天不像是简单的法律问题辨析，更像是新闻爆料。你的题目'一个企业高管的禽兽行径：对未成年少女伸出的手，何时才能被擒住？'吸人眼球。"

潘婷："今天这个案例的小姑娘，我也录了一段她的自白视频。"

屏幕上，马赛克后面是一个模糊的女孩形象，抱着一只梦幻紫的独角兽，声音宛若天籁："一开始我什么都不知道，他把我带到他家……"

他们在长桌开晨会，其实今天只有一个议事主题：潘婷选择直接报道，这样对不对。

常主任拿手撑着薄薄的桌子，他瘦了，肚子只是勉强地塌在边沿。一只杯子被他攥在手里，他开始念稿子，杯子也在轻轻震动，"……置我们于后手，没有余地的……"

徐瑾打断他："那什么才是有余地？半年来，潘婷共做了三十一期，每一期的主题都提前报送到庄主任办公室。材料也在。"

常主任深深一摁桌子，"庄宥铭呢？他看到这次的材料了吗？审查了吗？"

"就放在他办公桌上。"潘婷双手交叉托着她的圆下巴，道，"就在他股票分析的那本书下面。"然后她深吸一口气，希望她今天早上偷偷放进去的时候，庄宥铭根本没看到，不过这段时间，他根本就不会常待在办公室，他偶尔也给潘婷打电话，让她打掩护。"庄主任今天说出去办点事了。"

刘冉从鼻子里哼出一声："想必老大他现在只留意股票了吧？"

常主任皱起眉头，用大手搓着自己的脸："例会都不来，真是！"他把粉笔敲断在桌子上，一头蹦到方知的桌子前，方知皱着鼻子捡起，扔进烟灰缸，"难道没人支持我？"

周拂晓反而款款起身，解围道："我也觉得这期我们可能会触犯一些人的利益。这个机构，据我调查，"她弯下腰，从椅子后面拎出一只黑公文包，在所有人的注视下庄重地拉开，她把材料拿出来继续道，"是家大型培训机构，他担任高管。如果我们在证据不充足的情况下妄自出手，不小心动了谁的奶酪，节目可能会被责令停播或下架。"

"我们不必怕他。"潘婷说,"他过去的历史也根本不清白,怎么都难辞其咎。我们这不过是敲门砖,他做高利贷起家的,原先无恶不作。后来捐了点钱,进了学校,洗白了黑历史,变成教授出来,拿到了资本的融资,成了这家公司的股东。"

"我们一个小律所,这样不管不顾冒风险,到底图什么?"常主任擦着额头上的汗,"一个正义联盟,只是靠些法律援助和我们愚蠢的资金投入,我们是在搞法律还是搞慈善?你有没有弄清楚……"

"常主任,"潘婷声音幽幽道,"半年时间,我们所从白云的衍生附属所打出名号,一个人的年均办案量几乎翻了一番。这种数量的腾飞相当可观吧?就算其中有不少是法律援助,但因为看中名号而来的也不在少数。是时候进一步亮明我们所的姿态了。但我们现在讨论的竟然是,弱者正义联盟究竟要不要进行下去,当初这个议题就已经经过大家一致表决支持了的……"

"刘冉!你再把你的杯子敲响试试!"脸红了的常主任打断潘婷,怒气冲冲对着刘冉。

没想到,这次会议竟然会以这样一种方式结束:刘冉啪的一声,把她手里一直在转的杯子扣倒,然后站起来,一只红色的单肩包像摔跤那样甩在身前,她盯着常主任,"我辞职。"接着,她往后撤出座位,大步往外走。

"你回来!"常主任喊。

刘冉停下,她姿势潇洒地甩开包,全部人的眼睛都落在她身上。鹿纯明甚至站起来,送她一个飞吻。而她走回来,眼睛里现出一种从来没有过的笃定。潘婷觉得自己好像不认识她——难怪,在庄主任的安排与布置下,她已经变得透明而无存在意义。她走到周拂晓面前,大骂了句"贱货!"。周拂晓坐在椅子上,两眼瞪圆了,根本没有反应过来。而刘冉继续向前折返,折到辛贤身边,辛贤的脸白了又红,红了转白,反复不停地换了几轮。这时候,外面热辣的阳光穿过廊柱,细细碎碎地打进来,把他们照耀得像是一出卑微的舞台剧。站着的刘冉,用手托起辛贤的下巴,然后吻了他。

椅子发出了一种合乎时宜的吱扭声,潘婷想,以后会议室最好买地毯铺一下。

"跟我走吗?"刘冉说。神情依旧潇洒,像一束光照向海面。

"不！"辛贤浑身一个激灵。

那一期法治节目在电视台顺利播出。当天打电话到律所咨询的、找上门来的记者如夏日猪肉摊的苍蝇。按他们约定，整个律所对一切舆论不作回应——潘婷成了准新闻发言人。记者们都注意到，这个看上去单薄细长的女人，眼神里有种澄澈的坚定。她的声音稳稳地回响着：我们相信正义的力量，我们相信弱者的能量，我们相信这个社会的反馈，为了我们的相信，我们才这样坚定地活着，并且站在这里说，我们为此而奋斗。

很好，所有的镜头对准她，捕捉这一份如梦初醒的正义感。

就在这一天晚上，微博、微信公众号文章铺开了对男性高管的曝光。舆论掀起浪潮，不仅对准他强奸幼女的行径，他们还挖掘出高管日均消费几万以及名下拥有数十套房产，导致上市公司迅速与他撇清关系。这样一来，不费吹灰之力，高管的私生活赤裸裸地曝光在公众视野下，谁还会在意那个女孩到底是不是真的不满十四周岁呢？

高管发来微信想要赔偿私了。于是潘婷提出再去见女孩胡圆，她的援助当然不只是打击坏人，她要彻底抚慰受伤害的弱者。当时她正跟季踊在床上翻滚完，为了庆贺。季踊在她耳边私语："你不调查调查女孩的背景吗？"

潘婷的后脑勺压在他的胳膊上，感受到他身体的余温正漫溯而来，她看着白蒙蒙的天花板，"那又有什么要紧。我们只要保护了她，又打击了坏人就好。"

季踊也看着天花板，声音淡得像一首即将结束的歌，"我向你保证，他真的是坏人。"

当时潘婷不知道，季踊没有保证过，坏人欺凌的一定是好人，一定是作为弱者的好人。他没这样说，他巧妙地避开了这一点。

胡圆如约到了。在咖啡厅暧昧的光线里，宽大的校服松松垮垮地罩着她。潘婷和季踊已经坐好，胡圆把自己身体拖进卡座里，然后托着腮，眼角下吊着两个硕大的"睡袋"。

"好了。"潘婷声音轻快，好像她们只是走了一圈游乐场，安慰妹妹玩累了的那种语调，"你最近没有受到什么骚扰吧？也有记者想联系你，但我都挡了。"

胡圆抬起下巴，微微一笑，继而又盯着潘婷给她订的四寸小蛋糕："哇，谢谢姐姐，我最喜欢吃草莓蛋糕了。最近还好，姐姐在保护我，我知道。"

　　"你快吃吧。"潘婷看着她，"你真的想撤销立案吗？你接受他的赔偿金？"潘婷顿了顿，想找到一个更妥帖的字眼，"他这么无耻下流，不会有好下场的，我知道赔偿金对你来说很有诱惑力，一百万，但是你不觉得不把他投进监狱，以后他还会对别的女孩下手吗？"

　　"她主意很坚决。"季踊的脸斜插在灰色吊灯笼罩的光芒中。

　　"好吧。"潘婷眼睛还是盯着胡圆，胡圆那张脸玲珑美丽，她感觉未来一定是一位不可方物的美人，"不过我已经提交了对你的伤害鉴定，还有微信证据，以及你保存下来的他的衣物。上面也能够检测出……"潘婷咬紧了下嘴唇，"反正，如果你想，我们是不会让他逃脱的。"

　　"姐姐，我没想那么多，他又跟我求和，再说我不想接受媒体的采访。就算是有马赛克，我还是怕我姨听声音就知道是我，我还想好好生活。"胡圆的长睫毛轻轻落下，又像帘子一样提起来，"反正我摆脱了他就好。"

　　"而且，"说话的是季踊，"据我所知，他现在没有钱了。"如果潘婷留意的话，她会发现季踊涌起了一股笑意，"调查程序一启动，他就失去了工作，据我所知，已经没有单位敢要他了。"

　　"好吧，我会把你的意思转达到，为了保护你，我觉得你们没有必要再联系，你觉得呢？对了，我给你找了一所学校，你应该上中学了吧？"潘婷小心翼翼，"我把学校资料带来了。不知道你喜不喜欢，你先看看。"

　　不知道是不是潘婷的错觉，她觉得胡圆吃蛋糕时脸上有丝凄凉的笑容。可是，很快胡圆就挤出一个欢快的笑，用大眼睛空洞地扫着她和季踊："好呀，姐姐，我会去的。在此之前，姐姐帮我介绍给庄主任呀，我听说这回多亏他没有阻拦才上了报道，要是他死活不接我们的案子，姐姐也为难呢。我去好好道个谢。"

　　潘婷想，也对，虽然庄宥铭不阻挡是因为根本没看，但，管他呢。

　　潘婷去卫生间。她很满意地补了口红和粉饼。镜子里反射着一个生龙活虎的自己，她叹口气，镜子也微微漾着一些雾气。她的皱纹已经延伸到了额头。没关系的。她已经找到了自己的事业。谁又会在意一个有事业的女人的年龄。然后她又凄苦地一笑，因为她知道人们大多都在意。她穿着松垮的长褂，腰部没有褶——她偏瘦，就算是有四个月的身孕，恐怕季踊也看不出来。她还没找到一个合适的机会告诉他。她怕看到他大惊失色的表情，尽管她并不确定，究竟是大惊失色好还是不动声色好，她拿不准他会是什么表情。她自己去医院查过了，检测的各项指标都不算可观。但如果这胎不要，怕是以后想要都没机会了。当然，医生总是言过其实，但谁叫他们说中了自己的心事，她实在喜欢季踊，想要一个跟他一般模样的小人儿。

回来时，咖啡厅中央的钢琴前多了一个瘦长的小伙子开始弹唱，唱的是周杰伦的老歌，"故事的小黄花，从出生那年就飘过，童年的荡秋千，随记忆一直晃到现在"。她微笑，因为曲子弹得很好，然后她无声无息地走过去。

她走过去，竟看到这一幕：蛋糕摆放在一边，胡圆白嫩的手正抚着季踊的双颊，她款款地凝视着他，好像他是一具艺术雕塑。吊灯正暧昧地垂着，遮遮掩掩，漫射的灯光轻柔地落在胡圆的秀发和季踊的脸上。不会有人觉得那是一个大哥哥与他年幼无知的小妹妹之间的互动，只会觉得二人间有一股浑浊不明的暧昧在发散。潘婷的脑袋轰隆一声，有巨大的石头一块一块砸过来。

她憋住了喉咙里的一口气，别慌，她告诉自己，你怎么能慌呢？那——那不过是个孩子。可是，哪个孩子会有这样熟稔的风情万种的眼神？灯光太冷淡，她看不到季踊的神色。她逼自己走过去，每一步都像在发出骇人听闻的巨响。下一秒她看到季踊不耐烦地甩开那两只小手。季踊说："给你的钱打到卡里了。"

什么钱？然后潘婷乐观地诓骗自己，也许是善款吧。

她坐下来，照旧微笑，照旧温柔懂礼节地请小女孩吃蛋糕、喝果汁。在给她倒第二杯果汁时，她看到胡圆的手正不停地玩弄着自己的一缕头发。从额前拿到耳后，并拿眼睛不住地梭巡着季踊。

"你的身份证，"潘婷问，"你真实的那个身份证在谁那儿？"

"我不知道。"胡圆说，"或者你可以帮我找找？"

"我找不到。"潘婷看着她，"或许谁也找不到。"

季踊咳嗽一声，惹得两个女人的眼睛都看向坐在角落里的他。他寒碜地笑了一下，"结账？我得去报社上晚班了。"

饭后，胡圆在店门口，"大哥哥送我吧。"她笑得天真无害。

潘婷也淡淡一笑，"还是我送你吧。"她拦下出租车，招呼女孩进去。季踊在车窗外摆摆手，"回家见。"接着，他上了拦下的第二辆出租车。

潘婷正要钻进车里，女孩从里面伸出一只小手撑在她的肩膀上，"我自己走吧。"胡圆看着她，粉嫩的双唇让牙齿咬着，"我先下来。"

潘婷让出半个身子。女孩双手一伸，从车里哗地一下钻出来，"哎呀，姐姐，我正好去附近看看我姨。你呀，赶快回家吧，毕竟，有身孕可得当心。"

潘婷的脸色暗淡下来，路灯精确地打在她脸上，"连你也看出来了。"

"姐姐，你不会告诉我，全天下只有那个傻帽不知道吧？"

潘婷迎着她的目光，内心定了一定，有一阵波涛从她的身体里呼啸过去，她咽了口吐沫。"我们很快就结婚了。"她撒谎说，"这是一件结婚礼物。你是小孩子，你还不懂。"

胡圆的脸上凝出一个笑容。一秒，两秒。那个笑越扯越大，然后她爽朗地拍拍出租车，"咱们都是天涯沦落人，也不知道姐——你懂不懂这个意思。算了，走吧，师傅。"

二十二

　　季踊坐在郑好家的沙发上，看着她张手赤脚地躺在客厅中间。屋子里的书和零碎物件都已打包好，几个箱子零乱地摊着。他自然要跟她解释自己为何带一女子骑车，以及自己为何几天没来，解释完后，他坐在那里听候裁决。郑好说，行啊，谁叫我没有别的办法，只能相信你。我还有别的选择吗？

　　季踊不说话。他也躺在郑好身边，看着天花板，天花板中央的灯垂头丧气地耷着。他想起自己小时候也曾这样躺在地板上，思考着父母的人生难题。

　　那时候他还不知道自己到底犯了多大的错。他只是发现父亲回家的次数变少了，而母亲总是叹气，从抽屉里拿出很久之前的香烟，焦躁地点燃，接着屋里慢慢地浸染一种烟味。他怀念那个味道。他曾经问过母亲，当时真的别无他路了吗？母亲怎么说的？她只是一笑，拉扯着两颊上瘦长的皱纹，她说袁勇啊好孩子，这是妈妈自己的选择，你为什么执迷不悟要去怪、去恨别人呢？

　　难道应该怪妈妈吗？

　　他没办法怪她。她那么苍老，岁月将她抛弃，他不能不管。他抓住她，以为抓住了自己的儿时，他拼命地抓住她，以为能抓住所失去的时光。母亲从来不知道，从那年开始，他已经不再成长。他活着，只是为了随时暂停，以接续过往。他的人生在那一刻泾渭分明地断裂了，发出咔嚓一声。他不可能回到过去，即便他在母亲身边。他的生命在最好的时刻戛然而止。

　　他们静静地躺着，然后季踊打破了沉默："很快了。已经非常顺利，非常成功了。之后你去哪儿，我就去给你当牛做马。"他屏住呼吸，唯恐即将说出的字句让自己窒息，"我偿还你，毕竟我欠你的。"

"那个女孩，"郑好的声音也断断续续，"那个女孩是叫潘婷？"

有一瞬间，他没有说话，可声音背叛了他，"怎么？"

"你这样很不地道呀。"郑好说，"吃着碗里的，看着锅里的。我不管，反正你不能再见她了。"

被警告不能再见潘婷，季踊的心像是瞬间变得千疮百孔。潘婷是他现世的安稳，是属于人间偶尔的幸福，是他曾拥有的既卑微又甜蜜的幸福。怎么说呢，就像老鼠终于认定了自己永远属于地下道，然后恣纵地以泥坑为伍。不，怎么能把她比喻为泥坑呢？她是英雄冢，让一个男人忘记了自己的使命。

在办公室，潘婷跟鹿纯明因为资金的走向大吵一架。鹿纯明认为最近源源不断的法律援助让他们亏了空。纷至沓来的案件当事人都打着弱者的旗号，不钻法律空子，要钻律所空子，纷纷要求救助。"这样下去，我觉得你要砸了牌子。砸了牌子还是小事，你迟早要自掏腰包买单。你看看这些人是弱者吗？我怎么觉得一个个强势得如狼似虎？"

潘婷跑去找庄宥铭，难得，他总算在。她先是示弱，然后道苦。庄宥铭垂着脑袋盯着空无一物的桌子，灯光都聚在他的脑袋上。他说："早就跟你说了小潘，这件事就是有风险对不对？"

潘婷双手撑在桌子上，"庄主任说得对。我以后多请示汇报，好吧？"

"就你懂事，"庄宥铭仰起头，这几个月里，他瘦了许多，倒像是一张肥脸给削去了一半，"不过说实话，我是真没怎么掏心窝子跟你说过话——我这把年纪了，一跟你们年轻人说话，就容易搞得又臭又长，你们不爱听，但是小潘，你让我刮目相看。很厉害啊，一个女人，没有以相夫教子为业，来咱们所吃苦，什么精神啊。"

"庄主任。"潘婷一本正经地走到窗前，这一会儿，他们终于平等地在日光底下。太阳光暖融融地照在玻璃上，每一丝都那么耀武扬威。她抬起下巴，"再也不是您那个时代了，不再是'妇女能顶半边天'。现在，女人可以有自己的一片天。"

"瞧你，"庄宥铭转脸看着她，皱纹掩映在那些光芒里，"这就要蹬鼻子上脸？哈哈，要我说，路还长着呢。没有挫折的成功都不算成功，你记得我的话吧小潘，这才刚开始。男人，难人呀！就看天塌了，你这副小身板还管不管用。"

正午的日头嚣张地吞没着人间。中午是齐城最安静的时刻，也是她最安宁的时刻。

"我觉得我可以扛一下，再扛一下。"

庄宥铭盯看她侧脸的眼神柔和起来，好像水面起了涟漪，"行。你也是，光干工作多凄凉，家里咋样？"

"还好。"她淡淡一笑，"承老大关心，还过得去。"

"听说你恋爱了？鹿纯明那小子天天来我这儿唠唠叨叨。他让我劝你，要擦亮眼睛。我又不是媒婆，对吧？我听说对方姓季，是个记者？"

"嗯，政法线的。"

"这很好呀。"庄主任又开始心不在焉地摸着头发，"你最近不错，干得不错。"

"我们也挣不着几个钱。不过庄主任你怎么变主意了，开始支持我们了？你不嫌赔钱还得罪人吗？"

"哎，我也有眼力不济的时候。"

"你还在搞股票呢？庄主任，我劝你别上那当了，现在都什么时候了，我们前阵子不正打击一类电信诈骗的，披着股票行家的外衣却……"

"别提了。都是老常给我说的，说是国资委下属的企业，呵，搞没搞错，幸好你没借给我钱，要不连你也赔进去！"

潘婷努力绷出一个笑容，"庄主任，找你不是为别的，上次那个案子，虽然我的当事人撤销立案了，但公安也以挪用资金开启了调查，他的工作早就丢了。"

"动作很快嘛。"庄主任弹了一下烟灰，走到窗户前，看着外面。

"对，现在企业也注重公关了。丑闻相当于毒瘤，大家的策略一般就是抓紧切除，越早越好。"

"嗯。好。"庄主任的背影在点头。

潘婷继续对着那个背影，"我那个当事人想当面谢谢你，还说拜托了，一定要见一面。你知道的，新闻里都打马赛克，你可能没见过她，她是个非常可爱的小姑娘。"

"好啊。"庄主任声音含糊，"行，你安排吧。"

"那我跟她说一下，下午让她过来办公室。"

庄主任转过身来，摸着自己光溜的头皮，"我没猜错的话，是个小美女？"

"一点儿没错。"潘婷说。

旋转门外，一群当事人等在那里。打头的是个烫着细碎卷发，身穿长裙的胖女人，在拉住徐瑾扯话。潘婷过去后，他们都躁动起来，就像浪潮一波一波围过来。

"要给我们做主啊！"

"你们不就是搞这个的吗？"在听到徐瑾说此类案子不接时，胖女人来回拉扯着瘦小的徐瑾，好像他是一根杨柳条，在暴风雨中经受捶打。胖女人的头发滚来滚去。

"我家女儿上学，买的学区房，开发商硬是说不包学区了，我们是弱者啊！"

"你看看我老头打得我！你看看这块瘀青，我早发现他跟小狐狸精的烂事，他还打我。"

"没钱啊，我儿子同学用的都是苹果手机，我们根本买不起，你们就出一下，就帮助帮助，孩子忘不了你们啊！"

这都什么跟什么。潘婷站在中央，她把目光落在近处，落在徐瑾跟胖女人拉扯后凌乱的衬衫上。"请大家安静！"她的声音柔软中带着笃定，"你们这样吵，我们根本就听不清大家在说什么。我们弱者正义联盟是有申请条件的，符合条件的，我们会帮忙打官司，也会帮助申请社会救助；不符合打官司条件的，如果你是真的需要我们，我们会抽空——请大家明白，我们也是需要工作的，我们只能抽空——尽自己所能帮助大家协调有关单位或者机构，比如社会福利机构、电视台、报社或者政府机关。我们能做的只是一个媒介，并不能……"

她感觉这些话除了熨烫自己的喉咙，别无他用，因为众人的声音已经盖过了她。声音在更高处沸腾，好像一锅热水，倾倒下来。

"不是说帮助弱者吗？说得那么好听！"

"不公平！凭啥上电视的就能帮助，我们就不能啊！"

"歧视啊！本身就是歧视！"

声音开始变成实体，因为有人开始推搡她，有人趁机摸了她的屁股，有人拍她的肩膀，力道不轻。

这时候，鹿纯明大步跨过来，一只胳膊迅速包揽住她，他的肩膀有些阔，潘婷从肩膀处感受到他说话时的震颤，"都他妈——给我滚出去！"

情势陡转直下。一群人推搡得厉害。鹿纯明挡在潘婷前面，众人冲破旋转门，往律所里面闯。一阵晕眩，像是天和地倒置了一刻钟，反正潘婷从鹿纯明身后缓缓跌落下去。她听不到那些骚动了。腹中一阵刺痛，热滚滚的一阵血涌，潘婷大叫不好。抓她起来的却是许如霜，依旧穿金戴玉，手里挎着一只限量款包，笑容可掬。

一番检查，潘婷从 B 超室里出来。许如霜关切地询问情况，潘婷点头，脸上一片虾红色，她把手里紧攥的黑白影像拿给许如霜，怯怯地问："许姐，我这个是男孩还是女孩？"

"不管男孩女孩都好，都好呀。"

小家伙像只蜷缩的蜥蜴，脑袋圆圆的，小手往上伸着，像是自在地在山洞里安歇。

"我是都很喜欢。但不是说女孩随父吗？我希望她是女孩。"

许如霜嘴上笑着，眼睛看着她，冒着星光，"你呀，整个心都让人给拴住了，死死地。还没跟他说吗？"

"没，在等一个合适的机会。"

"等什么呀，择日不如撞日，今儿告诉他得了。姐给你做靠山，还怕他不高兴，不急着娶你？"

潘婷软软一笑。两个人从妇科出来，见王渊等在外面。

"你怎么也来了，你俩不避嫌了？"潘婷用下巴点着周围一圈圈蜂拥的人流。

"有好事跟你汇报，谁料遇上你的大喜事了。"

"什么好事？"

王渊说："别急，上车说。"

她被许如霜和王渊小心地扶进车里，刚坐定便惊呼道："坏了，徐瑾和鹿纯明那儿可多当事人啦，他们被包围了，还不知道怎么收场呢。"

"没事儿，"王渊在宝马车上很自如地打开收音机，许如霜坐在驾驶位，车轻盈地启动，迅速飞驰电掣进了主路，"据说你们老庄亲自出动，把他们很是一番忽悠。"

潘婷感觉到自己嘴角翘起来，"姜还是老的辣，不服不行。老庄——别看我们平时不抱他的大腿，他还是很能护我们羽翼的。对了，到底是什么好事？"

"我离婚了。"

"她离婚了。"

两个人一前一后，像唱交响曲。真好，潘婷由衷地笑了，且慢，她旋即担心起来——"许姐，你不是说，你离婚了一分钱也拿不到，企业也会没了吗？"

"所以，"许如霜说，"我前天给你们账户打进了三百万——那时我还没跟他签协议，别告诉我你没收到！"

"什么？"

"真没收到吗？不会呀，我还有流水呢。"许如霜一边从旁扯过一只女包翻找，一边留意着交通信号灯。突然她猛踩刹车，三个人都重重跌进座位。真皮座椅发出一股皮革沉闷的香味。

"那肯定是庄主任经手的。"

"好吧，"许如霜说，"我可没想到一个联盟的负责人竟然不掌管资金。"

"我哪里是负责人，就是在电视台露个脸，晒晒正义感，然后再去堵住那群新闻记者的嘴。"

"这你倒有优势，让你们家季踊出面不就结了？在报纸上做个夫妻档的法制栏目得了。"许如霜又一次快刹车，三个人再次倒进座椅。

"如霜，你注意点，潘婷还有身孕呢！"

"不好意思！"

"嗯，你离婚是怎么回事？就这么和平？"

"我跟他签协议了。转了账的那部分不算，其他的婚内财产分我一部分，不过就两套房，市中心的。我喜欢不动产，妥帖。哈哈。"

笑声在车里嗡嗡环绕。

"那三百万怎么办？"

"反正他没法办，我已经投到咱俩设的账户里。算捐赠了，不要白不要。不要，嗨，明着跟你说吧，不要也充公。充公还不如和你一块干事业。做做好事，积积阴德。"

潘婷犹豫了一下。她不相信许如霜只是单纯投钱这么简单，不相信她完全出于善心。倒不是因为她不善良，而是她的确很有头脑。有头脑的人不可能不为自己打算。

"那王渊你可高兴坏了吧？"

"我算是能嫁给她了。就看她娶不娶我了。"王渊幽幽道。

"太好了。想庆贺一下。"

"先去你家吧，叫上季踊，之后四个人一起在附近吃个饭。"

"好吧。"

季踊昨天夜班，今天休息，潘婷记得很清楚。钥匙插进锁孔，旋转，内芯吱扭扭地不情不愿地旋开。她记得清楚，屋子里应该到处是季踊的衣服，横七竖八乱堆在沙发上。然后他细细长长的腿就懒洋洋地贴在床板上。他会等她回来做饭。可眼下，桌子很干净，床铺叠了，也干净，沙发上没有任何一件衣物。

没有人。

这像是一间空了很久的屋子，潮湿的雨味乘虚而入。这不对，明明昨晚，他们还在这里缠绵。要不就是出去吃饭了？但电话里传来"您拨打的电话已关机，请稍后再拨"。她讨厌那个"您"，那个"请"，那些客套话像是在拼命推卸责任。

她丢失了爱人，没人该对此负责吗？

直到这一刻她才发现，她连一个他单位同事的号码都没有。对了，徐瑾。

徐瑾的声音照常响起，"怎么了，哎哟，那群人，疯了他们。以为我们是救助院呢。疯了疯了疯了。"

"徐律师，我疯了——季踊在哪儿呢？"

徐瑾一愣，"这我哪知道，你们两口子吵架了？你打他手机呀。"

"关机。"

徐瑾的声音低下来，"你逼婚了？"

"你怎么现在还取笑我。我真的找不到他了。"

挂了电话，一直盯着潘婷的许如霜和王渊，先是互相对看一眼，又默契地挤出微笑。许如霜拍拍她的肩膀，故作轻松，"没事，男人嘛，偶尔有个酒场，不告诉女朋友也正常。"

王渊则说："这小子又跟狐朋狗友撸串去了吧。"

两个人的体谅让潘婷脸红耳朵烫。她让出半个身子，虚弱地说："你们先进来，地方有点小。我已经把我的房子退租了。要不我们去外面吃好了。"

他们当然温柔地连说不用去外面，因为知道今天晚上潘婷肯定要一分一刻守在这里等季踊回家。她此刻的样子不好看，眼神耷拉，脸颊松垮，没有一个笑容。许如霜推说叫一份佛跳墙。王渊倒已挽起了袖子，下厨做饭。两个女人静默地站着。许如霜也不去安慰她，她不是那么虚假的人，凭直觉，她认为季踊可能逃离了，这里连一双他的鞋都没有了。一个人竟然把自己打包得如此彻底。

为什么会逃离呢？不知道。一个男人总有千百个理由远离一个女人，最拙劣的一个是太爱。可是，季踊不是这么拙劣的人。

潘婷蹲在窗台上，一阵卤肉饭的香气从厨房里漫延出来，许如霜还在打量着房间，并随手帮潘婷把屋里搞得乱一点，比方把衣服随便扔在椅子上，这样潘婷也许会好受一点，起码不会显得那么空荡荡。却见潘婷突然站起来，脑袋撞上横梁发出砰咚一声，王渊吓了一跳，他手里拎着油乎乎的醋瓶子，从厨房探出半个身子，以为那动静是潘婷想不开跳楼了。潘婷不顾脑袋被撞出一个包，疯狂夺门而出。

"干什么去呀！"许如霜大喊。

门没关，他们追上去。

潘婷抓住楼下一个女孩，女孩一头波浪卷，睫毛长长的，穿着的紧身皮裙险些露出底裤。她们在争吵，女孩说："我可没见他哦，你别拦我呀。庄主任约了我去唱歌。上午不是你牵的线吗？"

"我不知道！我不知道你是干这个的！"

"嗐，婊子面前，当然人人都可以装清纯喽。"个头小，容貌幼，说出的话却不客气。

王渊走过去说："你才多大啊？学学中文，拣些文明话说，没爹娘教你吗？"

"我不识字，也没爹娘，不好意思。"女孩脸一歪，脸上浮起一股调皮的笑，突然声音又撒起娇，"姐姐，我真不知道大哥哥去哪儿了。他是住在我们对面楼上不假，可我也没近水楼台先得月呀，你不天天把得紧吗？"

"你不是喜欢他？那条短信——"潘婷扯着她的袖子，"那条短信是你发的对吗？你到底多大？你住烟柳巷子，你一定在骗我。上一个案子是你在骗我是吗？你和季踊，你们一起骗我是吗？把我当成傻子，还叫我姐姐，你怎么叫得出来，你怎么能！"

"那是你说的，我可没说。"女孩的眼神里还端着妖媚。实在过分，潘婷原来怎么没有觉察出这股妖媚。最后，潘婷竟不顾体面地突然扑向她，撕扯起她的头发。

柔软的长发被潘婷攥在手里，两个女人滚成一团，四只手挥舞着。许如霜和王渊善于拉偏架。王渊看似抱着女孩，实际却是把她往外扯，女孩的惨叫声响彻胡同。

好在许如霜还有一丝理智。她脱身出来，反手一人给了一耳光。声音响亮，似乎连空气也跟着震颤。

"冷静一点！你们！"她喊。

两个人都蒙了。王渊的手松开，突然，巨大的哭声爆发出来，像除夕的第一声鞭炮响。潘婷觉得声音好像锤子砸向她，嗡嗡的。

许如霜跌坐在地上，歪着身子。眼泪啪啪掉落，她胡乱抹着脸，"丫的，我他妈竟然离婚了！"

潘婷倒是被许如霜豪壮的哭声惊醒了。胡圆推了王渊一把，拎起高跟鞋，光着脚跑远了。

一个女人，很多个女人，突然拥出店来看热闹。她们衣着花哨，或者说很清凉；风情万种，或者说搔首弄姿。打头阵的是个老女人，头发已经蒙了一星半点的白，但是依旧美丽端庄，她后面跟着的那三四个女人细腰细肢，眼波流转。打头的女人关切地看着她们，最后眼睛落在潘婷身上，问道，你没事吧？

许如霜站起来，王渊扶着她，像是一根得力的拐杖。一个高个头有着深深酒窝的女人笑道，刚才听到鸢尾又喊又叫的，鸢尾这小妞，肯定是惹别人事儿了，你可别见怪，那就是我们一吉祥物，大家都宠她，把她惯坏了。

潘婷不说话，她注视着打头的女人。徐如霜拉住她的胳膊说："走吧。"

他们三个离开了，也不知道去哪儿。也许，潘婷还是会回到屋里。也许，他们会去买醉，忘记今晚季踊的不翼而飞。反正在她离开的时候，她还不知道前面等着自己的是什么。她感觉身后有道直勾勾的眼神，可转过身来却什么也没看到。她们好像原地消失了，但那道目光像是钉在了她的背上。

潘婷过了昏昏沉沉的一夜，清醒与浑噩交错。她不确定自己究竟是在梦中还是在现实里感到季踊回来了。然后他们一起摸着她的肚子，为孩子喜极而泣。她哭了。哭着醒过来肯定是没有出息的。但她还是这样了。然后她看到天光从一头渐渐偏着竖起来，稠糊糊的光芒卷着窗帘。王渊和许如霜已经回去了，这一晚像一场梦。梦醒后，她艰难地前往律所。她还不知道，命运正穿戴整洁地提刀等她呢。

她迎面撞上了方知。方知拿手捅捅她的肩膀，声音高亢，眼神里泛着贼光，"你怎么才来！知道吗！庄主任出事了！大事！"

"什么事？"什么事能比季踊不见了还糟糕吗？

"庄宥铭携款潜逃，还强奸了一名未成年人！"

二十三

很久以后。

小芒果蹲在潘婷腿边，拿脑袋顶着她的脚。她似乎以为自己能翻过去——翻过去，就长大了。这就是孩子不讲道理的逻辑。

但是潘婷把她的脑袋挪开了。她便学着小猪佩奇那样，哼哼唧唧。小芒果长得不像她，好像她的基因巧妙避开了所有可能的排列组合，所里的人都这样说。很好，潘婷想，他父亲在监狱里会感到欣慰的。

他们的故事早就结束了，从她说"很久以后"开始，一个故事里的主人公有一半的概率要死去。但她还活着，而且多了一个甜蜜的负担。

即便她现在站在律所高楼上，即便是跳槽之后的白云所，即便依旧是在齐城，她感觉自己也已经活过来了。说活过来了，并不代表她曾经死去。但是那个又冲动又迷茫的潘婷，她的一部分已被埋葬。小芒果还在哭。"请进。"有人进来，是她的上司——常主任。在白云所，他们又做了同事。他冲潘婷嘟嘟囔囔抱怨，概括来说，如果她再把孩子抱到单位来，不能保证不开除她。她双手摊开，表示自己无所谓。常主任叹口气出去了。然后她把小芒果塞进儿童提篮，提着她走出办公室，像提着一只巨大的鲸鱼，同事们对她说"潘姐好"。

嘀，她以为自己还年轻呢，这一声"姐"像打碎一面光滑镜子那样打碎潘婷觉得自己还年轻的幻觉。下了电梯，她把孩子提进车里。开动的瞬间，收音机响起一首歌，是王菲的《乘客》。多老土，这个年代还有人听这样的歌。"这旅途不曲折，一转眼就到了，坐你开的车，听你听的歌，我们好快乐……"在红灯面前，交警把她拦下来，"驾驶证、行驶证。"

她恭敬递上证件。那个瘦削的交警戴着墨镜，仔细地对着照片，"不是你的车啊。"

当然，这是鹿纯明的车。在她帮他父亲那么多忙，在她牺牲了一个女人的爱情和一个律师的尊荣之后，作为补偿，他把自己的车给她开，但这样的补偿显然极为有限。

鹿纯明该换行驶证了——如果，他没死的话。

回忆就这样开始浮现。那天早上，她去了律所，还没进门便感觉气氛不对。季踊的事情被她抛在脑后。她听到方知和辛贤你一句我一句、前言不搭后语地议论着什么。他们三个人堵在律所门口，脸色阴郁，与外面炽热的阳光对比鲜明。

直到常主任一脸怒气地出现在电梯间，方知推了她一把，他们才赶紧钻进律所。其实也无须掩盖，因为大家都站着，议论声就像是除夕的爆竹，一声一声地炸裂。常主任难掩怒气，他快步走到大家工位前，低着头，突然轰隆一声，两只胳膊像划开一朵巨波，把桌子上成堆的案卷都扫到地上。大家安静下来。

他说："谁他妈都不要管庄宥铭的事情，对外都统一口径，就说他从来就是这样，在工作中歧视女性，为了目的不择手段，偷盗公司钱财，到处欠着外债。顺便说下，他拿走的是你们弱者联盟的资金。三百五十七万！他妈的，这个老东西。"

潘婷的心颤抖了，这不是形容，它正在她的胸腔里撞动呢。潘婷身子一沉，辛贤扶住她的手。他们站在那里，像日落时分，知道自己被战友出卖后，独自面对即将奔涌来的千军万马的狼狈又绝望的士兵。空调不识时务地发出一阵轰鸣，声音冷冰冰地沉落下来。

从这里开始，她的记忆像是被放进了压缩饼干机里。真相是从大家的口中一点一滴拼凑出来的：庄宥铭把公共账户里的钱转走，于前一天晚上十点钟，在一家盲人按摩馆里，在几个证人目睹下，对一个小女孩实施了性侵。

这是一开始得知的大概的轮廓，后面更多的细节被填充进来：照片、录像不仅寄到了律所，也寄到了电视台，甚至寄到了公安局，三管齐下。这是一个神枪手。她看着方知放到桌子上的一项又一项罪证，身体开始一场海啸般的颤动。她的双腿好像第一次感觉到上半身的存在，那么沉，以至于它再也不能轻易地被托起来。

那家盲人按摩馆她去过，其中有个证人她见过，那个小女孩她也认识。

潘婷的手机屏幕亮了，是季踊的短信：潘婷，帮我。我爱你。

庄宥铭跑了，谁也不知道他跑到了哪里。报道的新闻铺天盖地，曾经与他们合作的法制节目主播，那个永远顶着一只鸟窝的女人，极尽所能渲染着自己的悲愤。潘婷已经没有任何反应时间，就好像又回到了备战高考的教室里，在同样热得人流汗的季节，聆听窗外不绝如缕的虫鸣蝉扰，数学题一道一道摆出来，每一个数字和符号她都认得，却找不到一个公式解答。

那段时间好似一场噩梦。

晚上，她待在人去楼空的阁楼里等待季踊。电话那头从忙音到关机。

一切都令人错愕，不真实到好像在巨大的银幕前观看别人近似真实的演出。窗户外，街道上还有络绎的人群，像是没事儿人一样悠闲自在。每个人都是一个世界，加起来就是现实。门铃响了，门没锁。

她听到门轻轻合上的声响，下一秒鹿纯明就像一个黑暗的雕像立在她床前。

"帮帮我。"他声音潦倒，衣衫不整，眼镜上一块镜片破碎，歪歪斜斜地架在耳朵上。这是在同一天里，第二个男人向她发出求救信号。

"我把庄宥铭藏我那儿了。潘婷，你帮帮我，我不能不管他。他是——我爸。"

"你在说什么呀。你们姓氏都不一样。"

"我随母姓。"

"我们怎么从来不知道。"

"在所里总要避嫌嘛。"

"你藏着他没用，让他抓紧把钱补上呀。"

"钱，我们根本不知道钱是怎么回事！他是有赌债、高利贷，但是我已经把房子卖了，给他还债。我们去银行查了——也不知道钱怎么会到他的账户上，又从他的账户到了债权人手里，反正就是要不回来了。我是被他们打出门来的。你知道吗潘婷，他没做这件事，我不知道是谁干的。一定是我们认识的熟人。我谁也不相信，我只相信你。"

"那强奸是怎么回事？"

"我倒要问你，外面的新闻媒体可能不知道，但你一直在保护她。我记得你曾经证明她未满十四岁，你是怎么证明的？不管怎样，她一定是勾引了我爸，他不是那种，那种强迫别人的人。他说你介绍他们认识，然后女孩让他送她回家，他们鬼使神差进了按摩馆，然后就发生了那件事情，他说他才是被迫的！当他醒来，一个女人——不，一个女孩在……你明白吗？"

"我不明白，你情我愿没有用的，我刚证明了她未满十四岁，你比我清楚。"

"胡扯，我是今早上才发现。那个案子中，那女孩打了那么厚的马赛克，谁能知道她究竟多少岁？"

"媒体知道，公安知道，这难道还不够吗？你再怎么激动也没用啊。"

"我要疯了，我要疯。你帮我吧——他们一个个作鸟兽散，人前一套背后一套，落井下石，侮辱我们。你知道吗？刘冉在微博上发声了，这件事情已经渲染起来了。我爸，他不是个坏人。"

鹿纯明突然跪在潘婷床头，半个身子趴在上面，声泪俱下。他一只手扬着破碎的眼镜，镜脚还在空中晃晃悠悠。"拜托你了潘婷，你去看看我爸吧，他是经常说话不检点，口出狂言，赌博成瘾，但他一直对我和我妈都很好。"

潘婷怎么能知道呢？窗外的月亮无辜又彷徨地揉了一团暧昧的光扔过来，她的窗户上都是那样的星河。她的星河中不再拥有单纯，她知道，有一天她一定会被淘洗。她曾以为会被岁月淘洗，就像每一个女人经历的那样：对婚姻失望，对职场失望，对孩子失望，对自己失望。然而，她没想到是被自己的认真和单纯淘洗了。算是明白了，她就是这个世界的新生儿，注定要被玷污和揉搓。世界它有一种残忍的嗜好，你越是单纯和认真，越是容易被选中。谁还没点儿破坏欲呢？

她扳起鹿纯明的头，他的眼泪扎扎实实地灌在胳膊上。"带我去见他吧。让他自首，我会给他做代理。"

鹿纯明一面哭一面笑，"我就知道，你会帮我。"

那是她第一次见到庄宥铭落魄的样子。市中心的小公寓，一望可知内部结构，可她谁也没见到。鹿纯明走到阳台上，打开一个立式衣橱，她的老板庄宥铭从里面探头探脑地冒出来。

屋子里没开灯，鹿纯明打开手电筒，他们围坐在地上。庄宥铭断断续续把鹿纯明说的话又重复了一遍。庄宥铭说赌场是常主任带他去的，两个人都投钱了，老常的老底子厚，可他却赔得脸光腔光，把给鹿纯明准备娶老婆的房子也赔进去了。他说他也摸不着头脑，完全不知道那个钱是怎么到他账户里的，那天他明明没去公司。

那天她也没有去。庄宥铭房间里的钥匙在她的桌上，谁都可以拿到，所以谁都可以做这件事。那么这件事，是谁做的呢？

庄宥铭低下声音，像是啜泣，又像在低吟，他讲述自己是怎么跟女孩吃了饭，女孩怎么恭维他，两个人不知怎么聊起了精神放松，女孩说有一家效果很好的按摩馆。庄宥铭回忆不出来两个人是怎么去了那里，只知道自己如何昏昏沉沉在睡梦中发现女孩在对他做那样的事情，借了酒劲，他不知所措地从了女孩。潘婷的脸庞不再泛红。借着手机的灯光，她看着庄宥铭虚弱又瘦削的脸，这不是他最希望得到的吗？或者说，这不就是他希望所有女性部下做的吗？从一开始他就喜欢开她们玩笑。那么多的强奸案，男监里泛滥着滔滔不绝的欲望。这下好了，该庄宥铭去感受一下吧。

可是他匍匐在地上，大声喊冤，"小潘，我真的冤哪。是有人要害我呀。我知道她看上去很小，可是她当场掏出了她的身份证。身份证上已经满十八岁了。我是有警惕心的，不会知法犯法。我没有'明知'她是未成年，我们是'自愿'发生的性关系！"

"庄主任。"也许这是最后一次叫他主任，她说，"第一，自愿不自愿，目前你说的不算，因为女孩曝光了你，按摩馆里有盲人技师作证说听到了拉扯和扭打声。第二，我前一阵花了洪荒之力，刚在所有人面前证明了胡圆的实际年龄比身份证上小四岁。咱们在一个律所，你怎么会不'明知'？你怎么证明你不'明知'？"

"那我完了。"庄宥铭突然站起身，鹿纯明的手电筒被他撞得一晃，光芒打在他逐渐萎缩下去的肚子上。

突然他的脸垂下来，以至于潘婷后来做过的所有关于人间真实的噩梦中都有这张脸。他说："小潘，有人要害我！"

潘婷也站起来，在黑暗中，她突然看到了一个模糊的影子，当时她把那当成"影子"，其实就像是脑袋里的一道神启，她突然大喊："庄宥铭！"

鹿纯明吓得用手搂住她的腿，潘婷依着惯性晃悠了一下。她低头看着庄宥铭，他们好像被黑暗的海水淹没透的两个溺水者，她继续说："庄宥铭，你认识季踊吗？或者说，袁勇？"

立案、侦查、开庭，起码要半年时间，最长要十六个月，所有的程序都像是一道道大门，人们可以听见法槌敲响的庄重声音。在那些声音背后，就是当事人跟所谓"正义"之间的距离，有的时候，薄如蝉翼，然而就是那层轻柔的蝉翼，让人迷失在证据的迷宫中，最后，你以为是"正义"诓骗了你，其实是你自己忽略了程序。庄宥铭投案后，潘婷和鹿纯明开始游走，四处收集证据。她很少回卓越来。那栋冰蓝色的大楼依旧不动声色地屹立，对她来说，有些太过于昂扬，过于冷漠，她宁愿待在咖啡馆里，或是在许如霜提供的四室一厅里。许如霜同情她，并同情自己的三百万。这期间，她的前夫被曝出了破产，三百万独独没有被作为债权收回。潘婷笑她是拿弱者正义联盟洗钱来了。

许如霜端上来一盘水果，也不客气了，一脚踹在潘婷坐的椅子上，地面之间起了一声生动摩擦。"喂！"她抱怨，"我现在一贫如洗了，一定要把钱追回来啊。"

王渊窝在她背后的沙发里，淡淡地问："若是追回，还能从正义联盟里拿出来吗？"

潘婷回了他一句"不可能"，然后她听到许如霜跺脚的声音，伴着王渊哀怨的叹气。她发誓，就连那叹气都充满了生活中的人气儿，足以宽慰她这段时间越来越绝望的心。

白天潘婷就躲避在这里，晚上才独自回去。他们避而不谈的，是季踊，还有她腹中的孩子。许如霜默默地用各色蛋糕和肉让潘婷成功地胖了十斤，肚子终于轻轻鼓了起来。潘婷会轻拢着手，从肚皮上虚虚地拂过去。六个月了，肚皮像是一座刚刚拉起的蒙古包，四周压得紧紧实实，不过里面还没撑满。即便是在中国裁判文书网翻阅类案的过程中，她始终没把自己当成一个孕妇。她偶尔能感觉到肚皮里的动静，她觉得那是连接她与季踊的时刻。老天爷呀，她终于可以说出口了，承认对他的迷恋和爱慕，承认自己如此卑微和鄙贱，承认软弱和疏于掌控。她好像回到贫穷中去了。就好像生活把她从享福里剔除那样，爱情也将她剔除，就像她隔着教室玻璃远远看着同学们都穿着合体的衣服，既不哗哗作响，又不花里胡哨，她的爱情也像隔着层窗玻璃，她永远都触摸不到。

但好在她有了他的骨肉，对他的迷恋可以继续下去。毕竟孩子也是他的一部分。

季踊是哪天晚上到家的，她毫无知觉。日子成了窗帘里无知无觉的白昼和夜色。她听到门响，以为是风摇曳纱窗，却感到自己被轻轻地往里推了推，接着一个身体挨过来。

她吓了一跳，当醒悟过来时，为自己吓了一跳所包含的全部失望和绝望而委屈。季踊伸出那只长胳膊搂住她。

一堆问题，一个拥着一个，想要从他摆渡到她，但是话语堆成了坟墓。反正两个人只是静悄悄地，分享着不动声色的安静。好像谁先开口，这种不动声色和不慌不忙的战术就当场暴毙。最后，是他先暴毙了，因为他说："潘婷，我给你讲个故事好吗？"

"我不想听。"她应该捂住耳朵，但她只是闭上了眼睛。眼睛闭上，但是眼泪还是不屈不挠地溢出来，"你以为你攥紧了我，就能轻易玩弄我了？你以为我已经被绑得牢牢的，你就可以一声不吭地离开，然后一句话也没有？"

他本来用手摸着她细瘦的胳膊，然后突然就绕到了前面，摸着她略微隆起的小肚子，轻柔地说："你最近压力很大呀，长肉肉了。"他的声音没有丝毫失控，要么就是他控制得很好，要么就是他假装不懂，要么就是他根本不在乎。反正他的语气还是一如既往，"吃面包吃胖了吧。"

"季踊！"她的脑子里掀起一阵巨浪。她不知道他是真的不知道，还是装作不知道。她抑制住眼泪的翻滚，任凭他把自己的身子扳过来，面对着她，然后把头抵上去，就像羊羔抵在母羊身上那样温柔。"潘婷，潘婷，潘婷。"他轻轻呼唤，声音从他们中间的空气中丝丝入扣地盘绕。

"你呀……"潘婷搂住他的头，然后离开一寸，像自由落体一般，把自己的脑袋再一次狠狠砸向他。两个人同时感受到那种阵痛，那种互相需要又互相拒绝的痛苦。她没哭，这就是她坚强的地方，不该哭的时候她绝对撑得住。这一点从一开始就打动了他。从她跟他一较到底，从她咬着牙把他头撞破了开始，他就知道，这是个属于他的果实。他想着再忍一忍，等到一切都平息后，他便可以采撷了。但现在还不是时候。果子没成熟，或者说，过早地摘掉了，他就会像失掉万寿山五庄观的人参果那样失掉她。

所以他有什么办法呢？为了这个，他不断惩罚自己。

这几天，季踊白天在郑好家里，夜里在街上游荡，每天活得像个废人。老板打了几个催命电话，他没接，反正拼命工作也只是为了博得这一刻，而这一刻已经到来。他活着的全部意义便是此刻，像一道珍馐美味，品尝的时刻到了，谁也不能阻止他狼餐虎噬。

马上了，马上了。快了，快了。

他想起有一天，郑好的东西都收拾停当，说过："只要是未成年犯罪，一定就会到我的合议庭。而合议庭的审判长，只有我。"为了这句话，他算尽了天机。

所以，潘婷，你必须成全我。季踊在心里默默祷告。

这几天，他像只寄生兽一样潜伏在郑好家里，坐看势态发展。

胡圆给他电话："上钩了，老大。"她叫他老大时，声音可一点都不娇弱。她风情万种，连声音也是她的武器之一。

"好，接下来看你和老吴的。"他吹了吹手指上的烟灰。

"别忘了，说好给我一百万哦。"女孩笑得刺耳。

"少不了你一分钱。"

季踊静静等着。夜晚像是海洋，他就泡在巨浪中，闭上眼睛。他很享受这种感觉，风静谧又迟钝地迎面而来。街上人声吵吵嚷嚷，混杂成一种尘世安宁的假象。如果每个都有仇恨、嫉妒、无耻和堕落，那么聚起来会有多沉，会形成一种糟糕的意念吗？像《修道院纪事》里，布里蒙达和巴尔塔萨搜集后装到飞行器中的全人类的意志。那是至纯至善、有勇有谋的。可是大部分的意念，季踊相信都是龌龊而鄙薄的。它们流在阴沟了，无处而去，便成了横行的罪恶。那到底是怎样壮阔的情景，想象一下吧，如果人类的仇恨、嫉妒、无耻和堕落一同升天，会不会引发一场超过"世纪"这个词语的巨大而恒久的爆炸？

哦，爆炸吧，彻底地碎裂吧。把糟糕的罪人都拉进地狱。那么，在罪恶的地狱里，他也能见到他的父亲和母亲，他要跟他们并肩在一起。他们永远都不上天堂，他们相约一起背负，一起唾弃，一起灭亡，一起重蹈罪恶的覆辙。

他过来亲她，又稳又狠又急，先是暴风骤雨，然后势头转了，他慢下来，只是把她的嘴唇轻轻地咬着，他的舌头轻轻舔着她的牙齿，感受她的潮湿和温暖。接吻顺理成章地变成一种魂魄的交换。世界上所有表达缠绵的词语加起来都不够形容此番意境。他这样想，然后终于迎接到她的第一颗眼泪，然后是第二颗。眼泪就从他们脸与脸的隙缝中钻出来，绵延着，越过两个人的嘴，变成了沉重的甜蜜中一丝轻盈的苦涩。

他继续吻她，直到她用力推开他。"你告诉我，你是不是在利用我？那个女孩胡圆，那个盲人老吴，他们都是经由你！我操控了舆论，竭力去证明女孩未满十四周岁。然后——她便开始让我介绍庄宥铭，当天就发生了这件事。我不相信这是巧合。"

"是，但也不是。"季踊握着她的手。他们目光触不到一起，就像两只方向相反的蚂蚁，"你不是已经看出来了吗？"

潘婷用力抹干眼泪，直直盯着他，"为什么要利用我？"

"因为你爱我。"

"真是诚恳。"又残忍。

"潘婷，"他把声音压低了，同月光一起打过来，就好像他们是互谋的，"听我说，别打断——我十四岁的时候，偷开我爸的车出门，撞了一个人，那人眼见快七十岁了。我没有跑，他从地上爬起来，当时看起来完全没事儿，我把他扶到站牌底下，把他的电动车立到一边，陪他在长椅上坐了一会儿。他说我没事，孩子你走吧。然后我就走了。我开出一公里了，不放心，又折回来把我家号码给了他。第二天，我妈做着早饭，一个电话来了，告诉我们，那个大爷死了。没有录像，有的只是我留给他的电话号码。我们开始了漫长的谈判：因为我拉他起来时闻到了浓重的酒味。

"你别这样看我，求你了潘婷，我没有推卸责任的意思，只是，这是我的命。本来我们已经达成了和解，对方家属说只要赔四十万。我父母去筹钱，把当时所有的储蓄都拿出来了。正好在那个时刻，出现在那家医院的一个律师，据说他是去看望生病的家人，就是这么巧，他听到了他们的谈话，说要给他们代理。再过一天，他们要求的赔偿款已经翻了一倍。我们家怎么可能有这么多钱？我爸想走司法程序，但是他们声称如果得不到赔偿就会毁了我。毕竟是我害死了人！一个活生生的人！我爸怕毁了我的前途，真是可笑！我有什么前途可言。我这条贱命值什么呢！他凑到了钱——他借了高利贷。可就算是这样，那个律师还没有收手。因为，"他鼻子像被尖锐的东西猛烈地扎了一下，抽动着，他整张脸开始不自觉地扭曲，"他背后的人看上我妈了。"

"他们真是糊涂！"他说不下去了，抬头看着天花板。夜晚已经越过了界，穿过昏黄色的灯罩，在天花板上涂抹了黑色。

潘婷上前搂住他的头，勇敢地问下去："那个律师，就是庄宥铭吗？"

"不然呢？"声音小得出奇，他任由自己的头重重砸在她的胸口。他任由自己，像一个倒空了的口袋，颓废在一个女人的怀抱里。

"潘婷，你要帮我。"在被温柔消磨的片刻，他终于在她唇边说。

潘婷突然浑身一阵颤抖，是从肚子里传过来的。在那样的夜色中，她相信肚子里的孩子终于生出健壮到可以踢腾的小腿。告不告诉他呢？潘婷咬紧了嘴唇，她拒绝着他的亲吻，因为要保持一点清醒真是太难了。老天在塑造女人时，一定很潦草地把女人设置成感性阀门永远流淌的构造；而给男人的，却是金属和器械的冷漠与理智一应俱全。这不公平。不过，男人与女人哪有什么公平可言。

然而，起初她就信了他。因为他开始喃喃自语，说起自己的深仇大恨，说起那些让他沉重和不安的一切，又许诺她，会在一切平息后，给她一个所有女人都想得到的结果，他将把自己的一生交给她。

可他还是疏忽了，说出了让她心碎的话："潘婷，你不要管这件事。我们一块处决他，为了我，为了我的母亲、我的父亲，我会一辈子感激你。"

"你是为了利用我，然后睡了我；又要为了感激我，再娶我？季踊，我就这么贱，就这么好骗好哄？"

听她这样去贬低自己这件事，比骂他更让他遭罪。季踊仔细地盯着她，以为这样她就能理解他，他大概用最后一句话一锤定了他的死音："那你要我怎样去感激你？"

潘婷从他怀里挣脱出来，她那么用力，连肚子里那种紧缩感都不顾了。可不是嘛，全世界都能看出来她有了他的孩子。可是他在哪个世界？

"而且，"这时候他又说了这句万万不该开口的话，"正义联盟是你一手打造的招牌，而胡圆也是你一手缔造的未满十四岁的纯洁少女。如果你站在庄宥铭那边，你要想好，潘婷，你会毁了自己。你不是对我说你想要找到自己的坐标，然后遇到了我吗？我们现在已经接近完美了，你看你已经遇到了我，不可能也不应该失去我，你也已经有了自己的事业。你难道愿意牺牲这一切吗？牺牲这一切，谁也讨不了好，我们都会毁掉的。正义联盟毁了，那么多你要帮助的人也毁了。你想想邱宝珠和她的家人！"

她怎么也想不到他会对她的软肋敲骨吸髓。她怎么也想不到。

看，这就是一开始他设的局。运筹帷幄。

潘婷让自己身子往后退，就为了在泪眼婆娑中再次看清他——自己真的认识他吗？叫季踊，或者叫袁勇的这个男人。他爱她吗？呵，在他眼里，她除了是个工具，还能是什么？是个愚蠢的、天真的、容易摆布的女人！

"你在威胁我吗？你真的准备这么做吗？"潘婷突然站起来，"季踊，你告诉我，其实根本没有关键证据能证实胡圆未满十四岁对吗？——对，是我全错了，你让我根据并不完善的证据链误导了舆论，虽然我到现在都无法确认她多大，但她绝对没有自称的那么小，她什么都懂！就连你不懂的，她也懂。胡圆勾引的那个过去放过高利贷的高管——如果你刚才不说，我不会想起来——他就是你爸的高利贷债主对吗？"

她只是猜测。

他却一惊。眼神慌乱。

眼前的世界黑了又黑。路灯难道是灭了吗？有没有一个星球可以立刻马上撞击过来。对，不用瞄准其他地方，就是这里，为什么不能马上死去呢？

你滚蛋。马上，滚吧！

如果有一天他输了，他心服口服。因为他输在这里。

潘婷一巴掌甩在他脸上，突然握住床头柜上的手包，像握住一把手枪，"季踊，我永远不会原谅你。现在，我什么也不怕。你要不要问问我为什么？"

她发誓，如果他问一句为什么，她就会告诉他，她已经成了他孩子的母亲，她要为他们的孩子生在一个更好的世界，一个黑白分明的世界而誓死努力。

然而他沉默了一会儿，没有用手捂着那片泛起的红，甚至头都没有随着她的巴掌而转动，他只是闭上眼睛，然后睁开，看着她，说着不疼不痒的话："你有你的道理。我尊重你。"

如果眼神可以杀人，那现在她的眼睛已经是一把枪，一根带着尖刺的棍棒，一把闪亮的匕首。总之，她不顾一切地抓住手包，其实无所谓抓住什么，她的手捏紧到关节作响，她浑身在抖，好像被风吹起又落下的一片樱花瓣，被揉碎后遭到了遗弃。卑微和狼狈这两个词总算是找上她了。她狠狠看他一眼，一只手抹掉眼泪，重重摔门而去。她以为自己会冲下楼跑掉，用毕生最快的速度。但她发现自己一点儿力气都没有，她知道他们已经结束了，表面上是她宣告了这场终结，实际上，他们都明白，是她被动接受了这样的审判。她甚至连挽回的勇气都不敢拿出来，就因为她还惦记着给自己留点尊严，不至于死得那么难看，毕竟她还妄想他会留下一段关于她的美好记忆。她还留恋着这道门内和他有关的那一点点的温存。眼泪自顾自地掉落，她把自己沿着门一点一点折叠起来，默默哭了一会儿。

她还向往他。这就是她的悲哀。

她忘记了自己是怎么离开那里的，反正醒来时就在许如霜家里。案件办理得很快，庄宥铭非常清楚流程和期限。他曾亲自为多少当事人跑过这些流程，现在轮到他了，风水总是轮流转。

潘婷在许如霜家里时，总会受到两个人的悉心照料。王渊在上班之前，会给两个女人煎好荷包蛋，熬一锅银耳燕麦粥。清早，潘婷全是靠房间里食物干爽的香味才振作精神起床。

许如霜如今失业在家，自诩她俩都是女性弱者联盟掌门人。潘婷笑笑，连牵一个笑容都很为难。她要着力证明的事实：一、庄宥铭并非"明知"女孩已满十四周岁且为娼；二、正义联盟资金并非被庄宥铭盗取而是另有其人或者盗取的并不是公司的资金，系个人交易。在多次权衡之后，第二条的"或者"之前很难证明，没有证据，检方反而很容易根据前期的事实形成证据链；"或者"之后，她倒是可以努力。但这不就等于说，她要在天下人的眼皮底下去证明两件事：一、她之前都是在愚弄大家，胡圆就是她用来愚弄大众的工具；二、她是个傻子，将所有人对正义联盟的信任弃之不顾。

黑暗中，她感觉眼皮沉搭搭的，那些死去的人又一次出现了。她明白了，在她脆弱的时候，迷茫的时候，他们就会组团来质问她，质问她薄弱的灵魂。也许，他们在她梦里根本没来过，来过的只是她自己的魂魄，告诉自己，人间有那么多苦，她永远都甭想得到她想得到的，一旦有一天她得到了，那么也就意味着，她即将承受失去的痛苦。

有一天，当她在费力联系胡圆老家的人时，门开了。许如霜拎着大包小包的东西进来，脸色通红，好像是被开水涮过。她放下笔，艰难地挪动身子去帮忙，却看到身后跟着一个个头不高、穿着一丝不苟的衬衣和西裤、头发烫着时兴小卷的男人。

"哎呀，甭搭手了，你现在要注意身子。"许如霜说，"这是我前夫，他叫张志林。"

"跟明星一个名字，张智霖？"潘婷重复道。

"怎么会，同音嘛。"可明明许如霜的脸上漾出温存的笑容，像比见到张智霖还幸福。

潘婷硬撑着在客厅里坐了一会儿，见缝插针地问了对方目前的状况，得到破产后正准备投资网上书店东山再起的回答后，实在无甚可谈。离婚这件事情就像从来没有降临在两个人中间，他们一人坐在沙发的一边，就公司决定、近期理财、投资方向进行了一番津津有味的争论，根本不顾及一旁挺着肚子充当电灯泡的潘婷。

潘婷找个借口出去了。她茫然地走在街上，正好撞见王渊开着许如霜的宝马，稳稳地停在寸草不生的停车位上。潘婷赶紧拉住他问："你怎么提前回来了？"

"今儿老大不在，我想回来给你们炖个鸡。我做蘑菇炖鸡特好吃。"

潘婷一阵心酸，稳住他："走吧，我想出去兜兜风，许姐还没回来。"

他们上了高架桥。王渊问去哪儿兜风，潘婷说都可以。接着他们沿着"都可以"大道兜向无数个"都可以"的岔路口。她又一次觉得两个人同是天涯沦落人。虽然她已经够遭罪了，但说什么都要维护好王渊的爱情幻想。

于是一路上，她勉强地陪他说着并不好笑的笑话。到了一个缓坡路段，在王渊把车窗打开的瞬间，路灯全开，齐城的夜晚临近他们。

　　王渊说："我特喜欢许如霜。你知道为什么吗？"

　　"她的确很有魅力。"

　　"好多人都以为我是为了钱，当然啦，当小白脸咱也不是不能接受，因为小白脸也是要有天赋的好吗？不过，她真的让我觉得厉害。这是第二回，我觉得一个女人这么厉害。第一回，是我数学老师把一黑板的奥数题都精准无误地做出来。哈哈，别看我这样，我可是拿过奥数一等奖的。"

　　潘婷笑了，为了这个不好笑的笑话："你哪样儿啊？反正跟奥数一等奖不沾边。你看你长得这么妖媚，喜欢数学的不应该是，嗯，灰头土脸的？"

　　"少来，陈景润多意气风发啊。我说——别打断我呀，老潘，许如霜是第二个。你呢，是第三个。"

　　潘婷的嘴角牵动，她想说什么，比如，别笑话我了，别作践我了。但是她没说出口，她听着王渊给她的人生下一个她自己都不清楚的定论。

　　但他没有接着继续这个话题，谢天谢地。"所以呢，许如霜就算是背叛我了，我也会接受她，我还会在手里攒着她对我好的那些日子。跟这样的女人搞过对象，我值了。"

　　潘婷笑了，"那就好，你心里有数就好。"

　　"潘婷，"他突然在高架桥最高处停下，"我知道你在为许如霜打掩护，我今天跟踪她了。"

　　"可你还是会原谅她。"

　　"对呀，我又能做什么呢？除了及时行乐。你呢，几个月了？"

　　"六个月了。"她抚摸着肚子的边缘。

　　"那傻瓜不会没看出来吧？"

　　"他就是个傻瓜。当然，也许我才是傻瓜。"潘婷看着前面，灰色的风染着夜空。

　　"能放弃你的人，绝对是傻瓜，你知道为什么？"

　　"男人都喜欢欺骗女人，因为他们总是在欺骗世界时受挫，然后妄想来我们这儿寻求安慰。"

　　街上，齐城的护城河岸全是灯光，所有的城市都热爱这样的灯火通明。

世界恨不得变成一个黑夜如昼的房间，让所有的愚蠢纤毫毕现。潘婷想起了一年前，那时她还是一个从京城逃离的女孩，为了抵抗平庸，她纵身一跃，把自己嵌进了一种她以为结构致密的解决问题的方式里。她以为靠自己去摆渡他人，便能获得对麻木与庸常的解救，她还以为自己在做伟大的事情。为此，她奋力工作，拼命去爱和期待。一年前，她曾经开着车，车里坐着把她照得光华奕奕的人。因为颠倒不了众生，所以她妄想颠倒一个人，妄想颠倒一群人。被爱或者被怜悯。现在她看着窗玻璃折回来的自己那张虚浮的脸，她变得透明了。她还真以为世界上有这样的颠倒呢。什么都不是。一个人，永远都不可能颠倒另一个人。一个人，除了成为自己，谁也成为不了。这就是普通人的命运。不叫人瞧不起，已经是最大的体面了。

而那时，她还记得她发的宏愿。那么稚嫩。她对邱宝珠说，我要帮助你。

她对季踊说，我爱你此刻，即便你伤痕累累。

可她，只是尘世间的另一粒齑粉。风吹过去，她便魂飞魄散。

潘婷

我是潘婷。当然是，潘婷。

妈妈早上给我打了电话，闹钟的墨黑色镜面不动声色地显示二〇一九年八月。时间有什么了不起，无非用来荒废。我妈在电话里说，婷婷你钱还够吗？上回听你说你不接案子了，这是怎么回事？

我说钱够用，毕竟我还有那几个月奋斗攒下来的积蓄。但是不接案子也是真的，可我没跟妈妈说为什么，因为难以启齿。如果我说我有了一个负担，一个孩子，我妈肯定会大惊失色，幸好隔着电话我看不到她那张饱经摧残后依旧神色关切的脸。然后她会围绕孩子父亲是谁，怎么怀上的，为什么不打掉，怎么会干这么伤风败俗的事情，缀个拖油瓶怎么好再嫁，孩子父亲到底是谁让你爸揍他一顿，怎么能不对我们负责……想一想的工夫，我就已经将这些事情轻描淡写地概括为：放心，一切都好。

可我并不好。为了这个孩子，我搞明白了诸多生酮之类的术语，每天清晨开车去医院排一条像神话里的长龙那样长的队伍，挂号抽血，傍晚自行解救，朝肚子上几个部位扎肝素。肚皮上泛着瘀青，仿佛被人打了几拳。当肚皮终于撑到不能再撑大的时候，妊娠纹还是突破了我的想象，肚皮又紧又绷，好像一只即将爆炸的气球。可即便如此，白天我还要准备一场场的庭审。忙碌使我镇定，我用一种绝症患者留恋人世的心情致敬每一个案件，握每一只当事人递过来的手，甭管是冰冷还是温热，甭管是柔软还是起茧。在干完常规的工作后，我每天致力于埋头钻研庄宥铭案。万幸巨大的案桌成功挡住了我的胖肚子，只剩下一张虚胖的脸。我会继续我的表演。

这段时间，人事变动频繁。听说卓越所已经开始与庄宥铭划清界限。徐瑾顺利晋升为合伙人，方知有了自己独立的办公室，辛贤辞职做回了老师。据说举报老庄的人中也有刘冉。我没再见过辛贤和刘冉。人海，总是茫茫。想象一下吧，我们不过就是在无垠大海里的泡沫，没有什么深刻的东西。而我和徐瑾依然互相不说话。

律所里告别了辛贤与刘冉的八卦后，又传出了其他人的，仿佛有庄宥铭这一个新闻事件还不够，像春节散落的鞭炮，不知从哪里响起来，东一声西一声：周拂晓是徐瑾的小情人，而徐瑾的老婆从老家跑来，在徐瑾的住所安营扎寨，监视着他的一举一动。这两件事情到底有什么关系呢？据说，只是据说，有一天周拂晓在休息室里，夹着一根长长的女士香烟，把随手带来的一筐枣分给大家。方知抓了好大一把，吃了几颗，反身对着垃圾桶吐了。周拂晓解释说，她住的地方，庭院里有一棵枣树，好像得了什么疯病，这枣只能蒸着吃不能生吃。

当时大家都沉默着把枣倒进不同的袋子，那个时候不知道有多少人脑海中闪过了关于徐瑾市中心的房子，还有家门前的枣树。

能听到这些花边，足以证明我现在的生活沉淀着一种稳定。而稳定其实是最不稳定的状态，没有什么稳定是不可打破的，尤其是在鹿纯明借着谈案子一天来许如霜家三趟时，我已经无力吐槽。而许如霜天天跟他打嘴官司，让他抓紧吐出他老爹吞的钱款，好让自己给前夫还债。你看，再牛气的女强人，都是爱情的提线木偶。但那是幸福的木偶，总好过我，我已经又三个月没有听说过他的消息了。偶尔在电子邮箱这种古老的交流方式中，小心翼翼地等待。他在等待庄宥铭被判刑，我也在等待，我们之间生出了一场无关爱情的博弈。

好吧，他一定把我解读为一个心甘情愿受他奴役的情人，一个愚蠢又天真的女人。当然，这就是我，就是又愚蠢又天真，竟然会相信他爱我。这些从言情剧里走出来的句子，都是俘虏女人的坏器具。谁第一个发明了这些句子、这些字眼呢？为了人类一场又一场的繁衍，以帮助这个种族不要灭绝，人们用了多少这样虚伪的创造呢？可我就像一个被遗弃的怨妇那样，一边抱怨一边迷信，并愿意随时为这些句子赴汤蹈火，完成一场漂亮的牺牲。

也许要过更久以后，我才会明白，这些牺牲都是为了强烈地证明自我的存在，也就是说，爱情，就是人创造出来，为了掩盖繁衍的卑微和龌龊。

为了恋人眼中烘烤的那种浓浓的火光，女人昏了头。

所以，不要嘲笑我，因为我也只是昏了头的亿万女人中的一个，但是幸好，什么都躲不过"有效期"的摧残，所以你等着，爱情这个字眼，它屠杀不了你，残酷也不能屠杀你。这些句子都会苦苦熬到真相大白的时刻：恋人的眼里再没有了那种光泽，只剩下余烬袅袅。温存，或者干脆吹了灰。

算了，我直入主题吧。那场审判，那场最最重要的审判。

我准备了一切。像是从身体里抽离出另一个我——我用了这样的力量，如果我还有力量的话。收到开庭传票时，看着承办法官的名字，熟悉得就像一个老朋友，却又叫我认不出：郑好。

季踊永远都不会想到，他以为我们会互相仇视，互相撕扯，互相叫板，按部就班地演绎他设计好的戏码。他根本不会想到我去找了郑好，且两个女人能够彼此和平地说上话。

她约我见面的地方是我跟季踊第一次吃馄饨的地方。原来她也知道，或者她就是故意的。见到她的那一刻，我突然明白了，我一直以为胡圆是他的另一个，原来不是，这就对了嘛，季踊怎么会喜欢一个烟柳巷女人，喜欢又怎么会利用她？郑好才是。

还不到吃饭点，店里除了我和郑好，就剩下围着围裙的老板娘。她脸上干干净净，额头的发紧紧地夹在一只黑色的发卡里，后面连着马尾，模样平静，眼睛细细长长。郑好先坐下，盯着我，直到我们开始说话。我们寒暄了很久，譬如法院的几个熟人，几个律师，白云所和卓越所，甚至谈到了鹿纯明，谈到了徐瑾。她也认识徐瑾，并称呼他为"那个法律贩子"。然后我们终于像两条支流汇聚那样，所有的话题被引到一处：庄宥铭和季踊。她说她知道我的存在，并且认为比我知道有她的存在要早。没错，她说得对。然后门嘭的一声被踹开，我和她都从灼热的馄饨雾气中抬起头。两个戴着棒球帽的人进来，帽檐压得很低。一个拉住老板娘脖子上的细金项链，迅速扯下来，另一个绕到前面，从收银台抽屉里翻出现金，动作利索地塞进手包里，得手后迅速撤离。郑好放下筷子，老板娘高呼"有歹徒！"。

我们一前一后跑出门去。郑好跑得快，我看到她的小腿左晃右晃，消失在街口。我喘了一口气，扶住自己的腰，小家伙踢中了我的肋骨。我往前又撺几步，实在支撑不住，瘫靠在一棵巨大的梧桐树上。

喂！她叫我，我看着她弯着腰，双手支在膝盖上。手上什么都没有。

我原以为能见证她缉拿住歹徒，结果没有。我们都垂头丧气，疲惫不堪地回到餐馆，重新坐回我们吃了一半的两碗馄饨前。老伴娘在大声咒骂。一会儿警察来了，有的负责做笔录，有的忙着调监控录像。

郑好把最后一个馄饨搁进嘴里，头上的汗总算干了。她依旧坐得笔直，就像她迈开步子跑时那么优雅。

她把香菜从碗里小心挑出来自嘲道："我这功力不行了，原先我能跑马拉松，百米冲刺也是第一。小时候特别要强，什么都要争个先。竟然没追上，要是搁以前，我要哭好一会儿。

我笑着劝慰："也许他们路口有车接应呢。"

她深深看我一眼，"你说得对，也许他们有车。人怎么能跑过车呢。"郑好叹口气，突然问道，"他的孩子吧？"我没说话，对着窗外空荡的大街点点头。玻璃窗上，我的脸有些浮肿，可我一点儿也不在乎。

她开始说起他们的过去。他们怎样一起长大，她怎样计划要嫁给他。可后来有一天，季踊变了，变得古怪、孤僻。但她呢？她家里还有个麻烦，根本顾不上他。他们就是从那时开始，变得互相不了解。再后来，他们就像相敬如宾的老夫老妻一样，只是尽聊天、吃饭，甚至睡觉的义务。毕业以后，两个人去了不一样地方，像是把固若金汤的捆绑解开了。可是，郑好很不服气，怎么能说散就散，难道自己存在的意义就是装点这个男孩的成长吗？她不明白，直到现在也想不明白。她今天来也是想看看，季踊喜欢的到底是什么人？季踊到底在想什么？

这竟然也是我的心路历程。我们像是一面镜子，彼此照见，从对方身上寻找真相。眼泪从我的眼眶一闪，我告诉她，我们都是受害者。我告诉她庄宥铭事件的来龙去脉。我说："郑好，请你想一想。你肯为了一个老板娘徒手去追歹徒，你这么有正义感，难道真的愿意把一个无辜的人送进监狱吗？而且是以爱的名义？你也亲眼看到了，我尝到了这份爱的苦果，他给了我孩子。"之后，我还说了一句谎，"他对我说过你，他说他只是在利用你，利用你搞定庄宥铭，就是当年那个害了他妈的律师。"我知道这话很伤她，但我还是兀自说出了口，"你不是一个被爱冲昏头脑的人。我被利用是因为我软弱，你不应该被利用。"

她站起来，看着我，好像我是从地上新长出的一朵菌菇。我也站起来，我们面面相觑。她的长马尾顺着脖颈垂下来，贴在胸前，发梢没有一点凌乱。她说，我不喜欢你这么跟我说话，我说我也不想。她又说，你知道你已经没有退路了吗？根据我的调查，前段时间就是你操控了舆论，不是吗？我特别讨厌你们这一套，业务不专、舆论凑数。我说我错了，真的错了。我的眼泪唰地落下，溅在她手背上。

"你会认错吗？"她把目光从街道移到我的脸上。

"一定。"我说，"然后，我也会放弃季踊，把孩子打掉。"

她看着我，好像我蒸发掉了。

"明白了，季踊并不是那么重要对吗？"她说，一字一句地。

"对。"说话的时候，我的心里有什么东西断裂了。

开庭的时候，我没有见到郑好，承办法官果然变了，她没有骗我。书记员宣读的法庭纪律，我可以逐条背下来。法庭里凉飕飕，我坐在那里，旁听席上没有人。我对着自己的律师袍子，充满了眷恋的滋味。时值深秋，窗外风清气正，这个城市依旧视我为其中一员。我眷恋这个城市，眷恋我的律师袍子，眷恋我至今得到的荣誉。可这又有什么用呢？我眷恋它们，但不能过于沉湎，否则就是执迷不悟。亲爱的朋友——请你听好我的绕口令：我必须毁灭我自己，才能证明公平正义在我心中的价值。我想起春秋时期，那个因为属下错杀一人而不惜举刀自杀的李离。我曾经觉得生命置于一切之上。可有时候，生命又是多么轻贱，如果我们连自己想要去为之奋斗的尊严都舍弃的话，人跟蝼蚁有什么两样？

"被告人你有什么要陈述的？"

到我出场的时候了，各位。请听好。

"法官您好，我希望我今天的行为被录下：我需要陈述的事实首先是我不配做被告人的律师，不配做任何人的律师。我对不起公平正义以及当初我做律师时发的誓言，没有忠实履行法律工作者的神圣使命，没能维护当事人的合法权益，我有损社会公平正义，是我的过错导致我的当事人今日这般状况。"

"请不要陈述与本案无关的事实。"

"法官，我将向您证明，这不是跟本案无关，而是息息相关：首先，女孩胡圆是我前述案件中的当事人。当时我致力于证明虽然其身份证上的年龄为十八岁，但实际未满十四周岁，与企业高管发生性行为系被动胁迫。当时公安不予立案，我却利用舆论，使用了对律师来说最卑鄙的一招。当证据、法律都不够充足时，我操控舆论，把胡圆塑造成一个可怜的受害者。我操纵了大家的愤怒、担忧、不满，利用舆论打了一场胜仗。在微博上、公众号上，无数的父母惶惶转发，就为了让法律往前进步一点，为了让保护孩子的措施能更可靠一点，在那场由我掀起的舆论浪潮中，试问：有人关心真实的证据吗？有人会为真相更执着吗？没有，人们只相信设定的真相，而那真相就是我设定的。我假定胡圆就是弱者，因为我太想帮助一个弱者而直接忽略了弱者并非一种绝对的定义，而是一种相对的比较。我在她与高管的比较中，武断得出女孩胡圆就是受害者的结论，武断接受了她的所有逻辑，她的所有谎言。

"没错，我被骗了。但我最大的错误不是身为法律从业者却被骗，而是不肯向公众致歉，不肯承认我的错误。当时舆论风潮起来后，依托大家的传播，自然有人挖出了高管更多的违法事实。我便以为我躲过了这一劫。

"可我躲不过良心的劫。你看，报应的时候来了，我现在的当事人就是被我所害。以下是我向法庭提交的证据：女孩胡圆的真实身份。"

女孩母亲去世后，胡父又结婚生一女，比女孩小四岁零五个月。胡父嫌女孩碍事，常常毒打她。她暗暗恨着父亲与妹妹。她与妹妹长得非常像。当后来她从事性服务行业后，便利用起了自己妹妹（胡圆）的身份，而她的真实身份为胡玲，真实年龄为十八岁零两个月。她一直用这两个身份工作和生活，每当她需要年满十八岁时，她就是胡玲，而当她需要未成年身份时，她就是胡圆。

大屏幕放映了多张照片。我找到了当年的接生婆。我访遍了全村，总算找到了常年在村里接生的女人，她历年接生的孩子皆有记录，因这个村子流行偷改年龄，接生婆为自保留下了记录。

出示接生婆口供——一张歪歪扭扭的签字照。请法庭传证人出庭。

接生婆按照她一开始对我说的，对着法官和摄像头又一五一十地复述一遍。庄宥铭垂着脸，眼神犹犹豫豫从下往上瞟我。我知道他在为我心痛，因为我若是成功了，职业生涯必然毁掉了；如果我失败，职业生涯一样完蛋。但是我直直地盯着他，我在告诉他：我可以的，这是我进入卓越所以来一直想要做的——证明自己。

男人和女人有什么区别吗？

有。女人更勇敢。

"法官，我知道一个欺骗了所有世人的律师不配再为任何一个当事人发声，但我必须修正错误。接下来，我向您证明我的另一项错误：弱者正义联盟。一年前，我成立了这个联盟，我们规避了基金严格的审批环节，运转资金只是作为卓越所内部对外公开的善款，用于帮助弱者。到底什么是弱者？我们定义为女性、孩子、穷人等。可这个定义从一开始就是错的。下定义的人不可能永远明辨真伪，所以联盟的运行一直是我独断专行。虽然款项是从我和我的同事们的律师费用里抽取，但它到底贡献了什么？它成了一块招牌，一只帮助我们拓展业务和案源的招财猫。"

我咽了一口吐沫，告诉自己，必须撑下去。"所以善款出现了管理不善的问题。首先就是与个人资金、账户混同。我们使用庄宥铭合伙人的身份证开通了银行账户。很随意地，我们三个人共享密码。因为账户上钱并不是很多，也都是大家合资来的，所以我们武断地用于各种自以为是的善行。结果我的朋友，也是联盟第一笔善款的捐赠者许如霜，将个人的钱打至其中。但是她并非想投资，所以哪怕庄宥铭挪用其中的款项用于偿还赌债，也绝不构成挪用资金罪。"

"请法庭传讯证人许如霜。"

许姐，我的许姐，她说一定会帮我，她会吗？会的。许如霜果然承认，资金系她转账，实则为转移前夫的财产，以便离婚时分得更多财产。

谢谢你，如霜姐。

"以上便是我犯下的两点错误：一是操纵并愚弄舆论；二是对大家赖以信任的账户资金管理不善。我不配做一名律师。因我的失误、失察、失责，致当事人蒙冤，我请求法官明断。"

开完庭，我像白娘子刚褪去蛇皮，不是千年的那一场成人礼，而是之前无数次的重生与蜕变。我很虚脱，很累，孩子在我肚子里鼓动起来，他无声无息在踹我的肋骨，让我狠狠感受他。

鹿纯明在迎接我，他说："潘婷，你一定是疯了，你以后的职业生涯就结束了你知道吗？弱者正义联盟也要完蛋了，你真是疯了。"

我该说什么呢？法院的走廊里那么悄静，我压下声音，挤出一句"我活该"。

鹿纯明说："你呀，什么追求，说什么来齐城找坐标，我看你是找到坐标了——被人仇恨的坐标。"

"我活该嘛。"

他笑了。眼镜反射出柔和的光，我第一次发现，他笑起来还有些清冷。

"我罪孽深重，你说大家会原谅我吗？"

鹿纯明说，每个人都罪孽深重，谁又顾得上谁呢？把自己看轻一点吧，就算这个月你是舆论的主角——有些时候你还得花钱才能如愿上头条呢，下个月，你方唱罢我登场，你永远不会一直是站在舞台中央的人。对了，你最近还梦到邱宝珠吗？"

"我最近梦里的都是你爹那张黑暗中被手机照亮的惨白的脸。"

"对，邱宝珠他们不会回来找你了。"

"为什么？"

"因为你已经缴械投降啦。承认吧，对这个世界，你也无能为力，你也是受害者啦潘婷。你现在真的变成了他们中的一员，也是个弱者。什么叫理解，什么叫平等，什么叫公平，这就是。"鹿纯明撇下我往前大步迈进，然后回过头来眉毛高扬，神采奕奕地对我说："别灰心，实在不行，我养你呀。季踊的孩子，我也能养！只要是你生的。"

"去你的吧。"我冷冰冰地撇下一句话。

徐瑾

常虹跟我同居时和我约法五六章：比如说要爱她一生一世——我没做到；比如说不能花心——我没做到；比如说挣钱了都给她花——这个可以有。

总之，我没法把她从我的生活中划掉。你怎么能以为一个人能跟自己的过去相分离呢？常虹就是我的过去——一个农村出来的凤凰男，一个背负全村希望的读书人。人的头顶是有架天平的，老兄，一头翘那么高，另一头不得用"真实"来平衡吗？常虹是我的真实，是我的历史、我的过去。看见她，我就明白了我是从哪里出来的。人就像植物，永远不能忘记自己的土地。谁要是忘了，就得倒大霉。

我就不会，我装了避雷针，躲避命运的噩耗召唤，把我现在享有的一切召回。因为我在竭力保持平衡。我既没有大手大脚地贪许多钱，也没有过上奢华闪光的日子。我是简朴的、踏实的，只是在追求那么一点点出人头地。也就是说，如果有人再提到我，完全想不到我是从那个小山村走出来的。他们只会觉得我是他们见过最努力以及最幸运的人。

你看，我要求的并不多吧？可我会为此做噩梦，梦里我还是那个一无所有的小孩，因为太过于向往出人头地，所以少年老成地巴结老师、巴结校长，每门功课都力争满分。梦境过于逼真，令我胃疼。我明白了，小时候听到的圣诞老人、神笔马良都不是童话，以为自己拥有与众不同的能力才是童话。我最大的恐惧就是淹没在茫茫人海中。

当季踊找到我，跟我说，哥们，你忘了我吗？我真的吓一跳。我怎么能忘了他呢？十六年前，就是这个人偷开一辆车出来，半路叫上背着书包回家的我。那天我特别沮丧，书包里叠着一张考砸的试卷，九十五分，离我想要的一百分差距太大。谈话内容我已经忘记了，总之，他叫住我，让我上车。

我们在班里交谈的次数并不多，毕竟他是少爷嘛。在我每天勤工俭学，早起一个小时把校园里的落叶往簸箕里扫，并且费劲地倒进垃圾桶里的时候，他还在他温暖的被窝里，暖烘烘地躺着。但我不想成为这样的人，我是说，我并不是追求舒服。我只是希望有点出路。那天我们正巧聊到了这个。

季踊说，你又考第一，真了不起。

我说，大家都说我书呆子呢。

季踊说，他们那是嫉妒。他们想做书呆子，但只能做呆子。你真了不起。

什么？因为考第一？

不是，因为你疯狂地知道自己要什么，并且为了这个努力。疯狂的人都了不起。

然后我心里流淌出一条黄河。真的，我是说一条温和的，泥沙俱下的黄河，流淌过我，让我暖又让我骚动。

季踊在叹气，我还是第一次知道，少爷也忧愁。有一个瞬间，就在车轻轻驶过几条街道时，我挺安宁的，我在想原来我们也有同病相怜的痛苦，结果他又一次叹气，说，唉，我妈可能知道我早恋了。怎么办？

早恋、母亲，这些我都没有拥有过。阳光炫目。但我没叹气，我摆弄着车里的镜子，说，知道就知道呗。兵来将挡，走一步看一步。不然能把你怎么样。

也是。他真就愉快地吹起口哨，侧脸写满了快乐，竟然没有听出我口气里那股子酸溜溜。就是这时候我漾起一种对他的喜欢。就算现在，这股喜欢也没有淡去。那时候，我们聊起了未来，一聊未来，我话就多，我高兴地跟他比画，告诉他我要成为一个了不起的大律师，像美国人丹诺那样。

谁？季踊喊。他打开了窗，风吹着我们。

我说，丹诺！一个美国佬！

他笑了，好，我要保护妈妈！你要成为美国佬！我们会了不起的。他说。

然后我指着前面，我就在那儿下。

那是个公交弯道。他飞速地滑进去，停下来，我高兴地拍了拍他的肩膀，我说，季踊，下周我们去踢球吧。

我没听到他说好便开了车门，砰的一声，结束像开始一样快。

我们把老大爷扶到站牌底下。季踊看着我，我永远忘不了那个目光，坚定、平稳，那里面还有一种淡然和负重。他说，你回去吧。

我知道。他知道我赔不起。

这不明摆着吗？我走了。我一边走，一边冲他摆手，我说下周足球场不见不散。

不见不散，然后就地失散。那件事情之后一周我没见过季踊。后来我转学了，因为交不起学费。再后来就遇见了常虹。再再后来，男人跟女人之间那点事，不说也罢。

直到我与季踊重逢。我永远不会原谅时间，因为它伤害了他那彻头彻尾的阳光，那种单纯得有些傻又有些可爱的无忧无虑。当年的少爷成了一个缄默的人。我们去喝了酒，他跟我说有个人害了他一家。

我当然要帮他，为了那份永远消失的阳光，为了那句我们会了不起。

至于潘婷，她当然是个傻妞。你瞧她，还以为这世界上有爱情。季踊这样的人，怎么会给得起那种东西，就算是过去的季踊，那个少爷的脑子里除了妈妈，也没别人。所有的女人不过是他妈妈的影子而已。

所以我说，潘婷是个傻孩子，要不是我已经爱上事业、常虹和周拂晓，我就要爱上她了。哈哈，周拂晓。我们从一次醉酒开始，俗套不说，还生硬。我们两个人都醉了。那天是她第一次来我们所，我介绍的，因为她睡了我。后来，她像睡了我一样地睡了很多男人，然后堂而皇之地享受这些随之而来的金钱和事业。我一开始不明白，她无忧无愁，何必要糟践自己？

她眉头一挑，娇小的唇就落在我的后颈，她说："我就是喜欢被人倾慕的感觉，我就是喜欢。有人喜欢纯洁，有人喜欢装纯。我既不纯洁又不装纯。我就是想享受肉体，这有什么不对？"

这有什么不对？这当然没什么不对。

她弄得我脖子痒痒的，我抱着她，我为她而激动，为她娇艳的皮肤，为她快活的笑声，为她锐利的目光，为她闪躲的承诺。拂晓，她就像太阳，吸引着我，于是便有了另一个我，那个脱离了泥土的炽热的我。可我不能阻止她去找别人。于是我更加渴望成功，因为成功会留住一切，包括太阳。

可当我回家，面对常虹，她杵在那里，像从一面墙上掉下来的灰。她不声不响，无声无息，然后我就闻到了老家的泥土味。父亲把西瓜从地里捞出来，沿街叫卖。蟋蟀在泥地里打滚，而知了始终在聒噪。那些我连滚带爬的日子，向我连滚带爬地扑过来，这就是常虹带给我的。她一直在打零工，这有什么必要呢？帮助她从那样的日子里解脱出来也是我的使命。从来不是她需要我，而是我需要她需要我。

季踊说，你帮我，我帮你。我们在一个战壕里。到时候我可以出人头地，有的是名，有的是钱，有的是可挥霍的，我甚至可以换一个女人。我信他。谁叫他是第一个说我会了不起的人呢？可女人，我还是算了吧。那是我的过去，像一株植物在拖泥带水。我必须跟土地保持紧密联系，不然我一定会惨遭厄运。你可以把这视为一种迷信。

是我给庄宥铭牵的线。我给他们当过代理律师，我太了解他了。他们干的是那些不明不白的勾当。有一个租赁来的的办公地点，几个雇用来的廉价劳动力，有一些表现虔诚的托儿。再加上，这件事情的关键——老常，常主任。庄宥铭上套了。一开始只是一万两万，尝到了一点点甜头后，数字就像他的血压一样飙升。而他办公室的钥匙当然是周拂晓拿到的。她坐在潘婷对面，自然晓得那傻妞把钥匙放在哪里。周围所有人都是畜生，可潘婷却不会怀疑一点儿。她甚至觉得天底下都是被生活摧残的善意。有些人生来是流氓，比如我；有些人生来是婊子，比如周拂晓；有些人生来是恶徒，比如庄宥铭；有些人生来是纨绔，比如鹿纯明。对了，鹿纯明就是庄宥铭生的。所以，恶徒会生纨绔。

单纯，本来不是病。但像潘婷这样，无论看到世界多么肮脏，还那么单纯，那就是病得不轻了。但这病有药可救。因为我们都错了，只有她对。所以我永远不会鄙视她。只要看到她精神抖擞地投入这个世界，我就知道这个世界还有救。听说她状态很好，带着孩子，一个人顽强地对这个世界操刀。听说她还在做律师，真不敢想，有些人居然用单纯打动了世界。我们蝇营狗苟那么多年，世界居然吃单纯这一套。不过说真的，我很欣慰。

电话响了，是常虹打来的，让我回家吃水饺。水饺，这个女人就会包水饺，但也真是好吃。我收拾好公文包，关上电脑准备下班。对了，一会儿我推开玻璃门，会看到风光的一切——我的员工们都在沉甸甸地低头加班，键盘发出噪动的声响。他们选择沉默地告别我，因为我是这里的老板，我拥有他们。当我昂首挺胸地走出去，置身高楼中，我觉得我在走向云端。

然后在电梯口，我被一个打扫卫生的阿姨撞到了。

我低头揩去她滴在我身上的油污。当我抬起头，却见她紧紧盯着我，盯着我的眼睛好像在冒火。终于，在我的员工抵达我身后的时候，她还是禁不住开口了，他乡遇故知，她激动地喊——剩子！徐小孬！书仙儿！土球！是你！

我那屈辱的过去，像六月的冰雹，正向我纷至沓来呢。

那天晚上我照例吃了常虹包的水饺，照例在被窝里回复周拂晓的短信。她的短信是这样写的：嗨，周末约个觉。

我回复，结束吧。

黎明已至。

我的天空暗淡了。

梦里，我呼叫，常虹抱住了我。我的人生有多少屈辱到流泪的时刻，就有多少骄傲到发光的时刻。普通人就是这样，普通是普通人的桎梏，也是普通人的免死金牌。

我终于像一滴水，汇入了茫茫人海。我消失了。但谁说我真的消失了？我只是随波逐流努力地流淌，并不丰沛，但也没有干涸。

我永远都没有了不起。

鹿纯明

　　我小时候挺浑蛋的。我说真的。我简直是个浑蛋。倒不是说我现在不是，我现在比那时修炼得还炉火纯青。

　　二〇一八年七月，有个姑娘来到我们律所。我爸说，那姑娘不错，心思挺单纯，给你留着当媳妇如何。我说你太想当然了，你瞧着我像是缺女人的人吗？我对她没瞧上眼，那么细瘦干巴，说话特别正经，开不起玩笑。你对她说，潘婷，下班一块儿喝酒吧。她跟你说"不去，酒量不行"。那态度诚恳得，好像你真是为了跟她吹瓶子拼酒量似的。要是你夸夸她，这身打扮不错，她会脸一红，四下瞧着自己的衣服，然后保证第二天还穿那件。那时候我换了六任女朋友，六个女生各有千秋，简直难分伯仲。但都有一个鲜明的特点就是难缠，分手特难，都要死要活，跟我抽干了她们的血似的，分明是那些年我挣的钱给她们抽干了。那时候我就以为女人都一个德行，像寄生虫，离了男人没法活，至少不能好好活。

　　那时候我经常见到潘婷一个人在附近的超意兴吃饭，她一般就点虎皮煎蛋、油辣椒、肉，外加一份米饭。她总是坐在靠墙的位置，我总坐在隔着她一排桌子的地方。我抬头便能看见她，我当然不是故意的，她又不是个标致美人，瘦得肋巴骨突出，像是剔了肉的排骨，太干巴了。我看到她小心地用涂了口红的嘴嘬肉皮跟瘦肉，然后留下一块完整的肥膘搁进盘子，像是欣赏自己多了不起的创作似的回味一会儿。然后尽快扒饭。

　　唱歌时也是。她唱得糟透了。尤其是孙燕姿清冷的声音与她甜腻腻的嗓音，简直要撞车呀。她点的歌我倒是都喜欢，比如《Say You, Say Me》和卡朋特的老歌。我还曾见到她办公桌上放着《九三年》，好品味！我们有一回一起参加社会志愿活动，我的衬衫落在她车上，第二天她递到我面前的是一件洗好熨好叠好的衬衫，像新买的似的。这年头，居然有女人愿意花力气做家务，也是令我震撼。我的女友们都吵嚷着要做新新女性，十指不沾阳春水。

还有一次，我跟做老师的女朋友逛街，她在一堆我根本分不清款式的女鞋里挑挑拣拣，而我找到一个座位歇脚。

我真怀疑每个女人的脚都是钢铁做的，走这么久都不嫌累。然后我看见她戴着耳机，一个人。她目不斜视，从那么多女鞋架子旁走过去，为了挑一块智能运动手环，她仔细地低头跟售货员确认。只用了一分钟刷卡、付钱，然后目不斜视地离开。她的短发随着身体晃动，细长柳枝似的腿一点儿也不招呼那些鞋子，她就那么满脸泛着一种孤零零的喜悦走了出去。而我的女友，又害我等了半个小时，我看她刷卡，听她唠叨这双鞋与上周她买的在我看来似乎是孪生的鞋有什么不一样。

有一回我们一块儿去调查案子，徐老大让我多照应着她，那是一个合同纠纷案，对方的货物已经发霉，不能按时履约。我们去协商或者至少拍几张照片留作证据。经过门卫室的时候，我虚报了副厂长名号。当我们用手机以自以为很隐蔽的角度拍照时，周围一圈黑压压的脑袋从四处涌来。我拉起她就跑，那些为了抵制赔偿而奉命出动的职工，手里攥着锄头扫把，一个个来者不善。我们就像悲惨的麻雀，钻进了猎人的天罗地网。我一边扯她一边跑。在工厂电动门即将关闭的刹那，我们跑了出来。车就在外面等着，我松开她的手，钻进车前座，司机师傅马上发动了车，我们一路狂驰。汗已经下了大半的时候，我才惊觉后座上没人。

厂房面临破产危机，职工感情深厚，或可为其不择手段。我换了一辆出租车，再掉头回去找潘婷，天色渐黑。污浊的天空里随便粘着几片晚霞。我没找到潘婷。我转了一圈又一圈，晚霞在我身上挂了霜。附近几百米都是荒郊。林立的新修大厦就像一个个有暴露癖的钢铁人，肋骨似的钢筋水泥。街上空空荡荡，除了几个民工。

我对一些民工抱有不好的刻板印象，甭管多么天之骄子，不小心招致了某些憋闷许久的人，他可不会问你本科学的什么，将来能为国家做什么贡献，他只管将他的欲望发泄了，就像洪水泄闸。完蛋了，我心想。潘婷呀潘婷，我算是栽了。要么是被那群亡命之徒打残，要么就给民工们开闸。我计算着下半辈子得照顾她一辈子了。

那天晚上，我一边走，一边幻想了很多场景，比如我得怎么去照顾她。照顾她——想必不是很麻烦，比如她根本就不会为了脚上那些劳什子浪费那么多时间。我们可以一块儿听听音乐，看看雨果的小说。下雨阴天了，就窝在软皮沙发里喝啤酒，看电影，一定要赫尔佐格的。想象一下她那满是骨头的身体，硬邦邦地窝在我的身体里，就像我抱着一叶独木舟，在大海中飘零，只有我跟她，我们会一起在碧波荡漾中互相求生。想象一下我会把她的假肢卸下来，再亲吻她的骨头断裂处。

下一秒我被绊倒了。在即将撞击地面的一瞬间，我的腿立刻打个弯，滚到一旁的灌木丛里。在漆黑的夜色里，我与那双晶莹的眼眸相对。

"鹿哥，你跑得可真快。"潘婷说，声音轻盈。

"对不起，没发现你没上来。你没事吧？"

我趁着夜色，瞧她的发型、衣冠没有过分凌乱。

"你看我拍了什么。"她眼睛更明亮了，"他们有个后门，我从那儿进去，把货物都清点了，算是一招声东击西。"

黑暗里，她把黑乎乎的手机屏幕凑在我眼皮下面。不知道为什么，我为她没有受伤和遭遇残暴，内心泛起一种近似于残酷的遗憾。挥之不去，像苍蝇一样跟着我。

"谢谢。"我看着她兴奋的脸，拉起她的手。

"咱们怎么走？"

我亲吻了她。哎呀，我就那么凑过去，仔仔细细把我的所有 DNA 都传递了过去，我把她细小的舌头、洁白的牙齿都揽进我的身体里，我拼命地搂住她，就像搂住一轮月亮，一盆火，或者一汪清泉。也就一秒钟，真的，就一秒钟，她那细瘦的胳膊居然涌出那么大的力气推开了我。月光底下，我叠着胳膊，垫在脑袋后面，瞧着她。她额头上都是汗水，咬着自己的下唇，好像在怜悯那里惨遭的不测。

"鹿哥，你放尊重点。我不是你能随便钓的小妹。"

她的声音好听得就像一个在撒哈拉沙漠行走的人遇到了一丝凉风。我坐在地上，在灌木丛里，就地躺下，问她："潘婷，要不要跟我在一块儿。"

"得了吧，世界上其他男人都没了，再说吧。"

"这么残忍地拒绝？"我身体里某些器官开始发酸发涩，在我弹无虚发的情场，失意终于汹涌而至。

"对，明确告诉你，不可能。我也劝你早点儿收收心。"

"你就那么以为我花心？"

"我以为的不对吗？"

"行，你说对就对吧。"我看着外面，希望自己脸上不要露出颓废。

之后，我们一起在潮乎乎的草地上欣赏千里与共的婵娟，月光把她的绒毛罩上一层温柔的白色。她对我讲起她的志向，说要成为一个对社会有用的人，多么老土的追求。

我真的败了，我服了。嗨，这小妞！等到工厂的灯都暗下去，我们沿着乌黑的墙体，在黑暗中静静地走。之后坐上一辆出租车打道回府，我目送她进了公寓，目送她楼上的灯亮起。出租车师傅问，你还走吗！

我说走，哎呀，我心里泛起一股子恋恋不舍。

后来，我渐渐知道了季踊这个名字。我并不嫉妒，只是羡慕。偶尔，我会帮助她做一些案件的前期工作，比如帮她从我爸手里偷案卷，比如帮她找到更快处理案件的办法。

现在，我更觉得配她不上了。我竟然要求她的帮助，而她那么大方地帮助了我。案件宣判了，我爸被无罪释放。不管有多少人认为他是罪恶的，是歹毒的，但他毕竟是我爸爸。在我的印象里，他一直特别努力，挣钱养活我们。我妈特别能花钱，她挥霍无度，而我爸依旧愿意供养她，因为年轻时，他靠着岳父起家，而他年轻时犯了男人的风流错误。那时候他还在机关，同时期跟两个女临时工搞上了，其中一位敲山震虎地威吓我妈，幸而我姥爷出面摆平了。我妈要不是跟他，得不了抑郁，更不会因为抑郁而吃激素导致体重暴增。他并不是没良心的人，他自此体恤我妈，反正我没见他再闹出过风花雪月的破事。他把一生都奉献给了蝇营狗苟，披着伪善的外套，比如"养家糊口"，所以在这个世界上我最理解他，理解他不朽的啤酒肚，理解他的卑微和失意，理解他的奋斗和仓皇。我理解他，并努力成为一个相似又相反的人——我要做一个不折不扣混日子的人，我要成为奋斗最差劲的代言，我要至少守着底线过活，我要至少照顾好身边的人。

可我也是够迟钝的，才发现是季踊设了局。潘婷在我们家，说起了十六年前那个少年的案子，像从古墓里爬出来的陈年旧案。我看到月光又从玻璃外闯了进来，我看见我爸的头发蒙了白。他的肚子终于缩下去，而潘婷的肚子鼓了起来。在这一刻，好像是生命行程的一种交接。从他像熄灭的烟灰那样的眼神中，渐渐生出一点点光。他说："对，在袁勇这个小孩看来，我的确是要求巨额赔偿，我的确在逼他们。但你要相信，我也是没有办法。对方看上去是个老头，但他的儿子就在权势部门。前些年，这个恶人倒是进了局子。但当时袁勇他爹唯一的错误就是让他媳妇出面协商，毕竟季予婷是个大美人，那个老头的儿子觊觎她很久了……"

潘婷字句清楚地问："所以你以季踊的前途要挟，跟他父母索要天价赔偿款，逼得他们走投无路，又趁机提出借高利贷，让他们彻底陷入深渊，最后你又把季予婷拉进了火坑？"

我爸笑了，那么猥琐，我真的忘不了——那是拉进火坑吗？听说她在这行干得很棒。

砰的一拳，我爸的眼镜掉在地上。潘婷的眼睛里竟然涌着泪水，她说："我从来没有不尊重过你，即便你歧视女性，侮辱别人的人格，但我现在瞧不起你。我虽然为你代理，可我瞧不起你。"

我爸把眼镜重新归位："小潘，你怎么就能确定那不是她的个人选择呢？事件背后才是真相。你怎么知道季踊他爸做了什么？难道只是为了季踊这件事上吊的吗？你太单纯，那时候他们那个单位已经被查出来违法，只有他爸顶罪，其余的人才能保全。他爸的确走投无路，但未必是因为我们的案子，他只是顺势而为。对方开了优厚的条件，袁勇他拥有千万身家，你选择他，自然是对的，当然你可能也不知道你的男朋友条件有多好吧？他告诉过你吗？"

潘婷轻轻蹲下去，蒙脸呜呜哭。

庭审后，我和爸爸走出法院大门。像平时很多个工作日，在我承接了庭审之后，我感觉到的那种失重感又一次袭来。阳光晴好，我们脱胎换骨。潘婷说，坏了，我的手环落在法庭了。

她回去拿。我扶着我爸往外走。

季踊就像水上漂过来的浮木似的，来到我们面前，我微微打了个招呼。

他无动于衷地看着我，和我身后的爸爸。

我说哥们，现在算是一笔勾销了吧。我爸生气地冲他喊，妈的，你害我。但他话还没说完，我看见刀光一闪。那把匕首，就像最新磨光的那样，反射着致命的光芒，直直冲着我的身后袭去。有一种命运操刀而来的慌乱，但只是一秒钟，我知道我爸躲不过了，我干脆贴了上去。

在我倒下的时候，我问他，你得到什么好处了吗？心满意足了吗？你这个畜生，这天底下你一个人过得不好，就得全天下人为你偿命吗？

我好像在渐渐发冷，热流一股一股从我身体里奔出来，手捂不住了呀，好像掉进了一台巨大的冰箱里。天旋地转的时候，我想起了潘婷。

我做这些，是擦干净她的翅膀，助她去飞蛾扑火。我能得到什么，除了捧着一把你化成的灰烬，什么也得不到。我吻你，你就飞散了；我抱你，你就扬尘了。我只有把你埋葬，没有坟墓，也没有祠。埋葬也是在我心里，以后我连你的名字都不敢提起。得了，我永远不用再遭这个罪了。

永别了，老庄。永别了，潘婷。

季踊

二〇一九年九月十二日开庭。二〇一九年九月二十七日宣判。

庄宥铭，无罪。

我在旁听席坐着，之前开庭时我没来，宣判的时候到了。前面坐着妈妈，戴着黑色的帽子，帽上别着纱。她始终不曾低头，可我看到了她的颤抖。因为不是公开庭，参与的人只有我们。潘婷好样的，声音响亮，穿着一身白色的西装，好像在给谁戴孝。庄宥铭就站在我们前面，他已经秃了，头顶映射着法庭两边的灯光。两个身穿制服的法警站在他左右。

审判席没有郑好，最后一刻，她总算狠狠报复了我，报复我那么多年对她的冷淡。在我来庭审的前一个晚上，她发短信告诉我她走了。连个电话都不打，只是一堆冗长的黑色文字堆在屏幕上。她说，抱歉，原谅我一直不理解你，但你也一直不了解我。你的心——如果你有心——也根本不在这个世界上了，你在过去就死掉了。

女人都是好样儿的。相比潘婷，她更了解我。

审判长是一个老头，我原先采访过他，因为一个买卖合同案。上了头版后，他还打电话给我，骂我不知羞耻，内容反讽他故意拖长审理期限，而且用的照片严重有损他的形象。他骂了我后，我马上写稿子连他们领导都讽刺上了，包庇嘛。后来他苦苦哀求我，才把还没发出来的文章撤下来。后来我听说他调整了部门，看来现在又回来了。要是我知道是他，提前打电话道道歉会不会好点儿？我猜没用。

我知道这只是一场没有争议的宣判，结果早就在那儿摆着呢。老头喝了一口水，喉咙一紧一缩的。念几句，他又喝水，然后继续宣读结果。

庭审结束后，我陪着妈妈走回去。妈妈扭过头来，今天她没化妆，看起来有些憔悴，她垂着眼睛说，回家吧袁勇。然后她拉着我的手，就像小时候。

我不舍得松开这只手，上面布满褶皱，比我想象中的粗糙，又比我想象中的厚实，简直不像女人的手。我从这只手上看到她不可抑制地老了。就是这么残忍。我赶紧松开。当时我们在红绿灯路口，走过去，左拐就到地下停车场。妈妈右拐，说，怎么了袁勇？语气小心翼翼，当我是个小孩子。我看着人群从我们面前穿过去。这世界上到底有多少苦恼呢？人为什么活着呢？

我们没有家。我们去了饭馆。妈妈要了一盆水煮鱼。上菜的大娘胸口用金色的别针别着工牌，妈妈冲她微笑，可大娘刚走，妈妈的笑容就停住了。

她一动不动地盯着水煮鱼说，记得你小时候爱吃。

她一定是忘记了，我小时候从没吃过水煮鱼，我讨厌豆芽。

但我还是吃着碗里她不断夹来的直挺挺的豆芽。我们半晌没说话，空调的风执着地往我脑袋上吹。我想起了庄宥铭的头，如果在那里给他划上一刀，应该不会很难。很光滑，就像西瓜，只需要一柄长刀。电冰箱后面就有一块磨刀石，是潘婷一个月前买的。当时她拎着红色塑料袋，袋子里是五根黄瓜，她说"看我去赶集，买了黄瓜还有磨刀石"。

我问要磨刀石干什么。她把一头还挂着花的黄瓜用纸巾擦了擦，放进嘴里大嚼特嚼，声音脆得像西瓜裂开，反复裂开。她说，你的刀钝死了，不像菜刀像砍刀。

在回忆霸占我的时候，妈妈的头一直没有抬起来。我们不知道说什么，她也不微笑了。她的唇上粘了一粒米饭。然后眼泪就顺着她下垂的脸颊淌下来，淌进了她的法令纹中，真是沧桑。她的喉咙里含糊着呜咽，眼睛使劲眨着，试图止住泪花。

"袁勇啊，"她的声音像是从水煮鱼盆底传过来，"你让妈妈失望了。如果做不到，为什么要让妈妈抱有期待，本来妈妈已经接受了新的人生，为什么要这样？"

我把头也垂下来，下巴抵在自己的胸膛上，胸膛里有痛苦的心跳，火烧火燎。

我想起小时候快活的日子，妈妈抱着我的日子，我四岁还在吃奶，吊在她身上，搂着她的头发，那时候她年轻，身上有洗发水的味道。我十岁时跟在她的拖鞋后面，然后她猛然坐下来，把我坐进沙发里，窝得喘不过气来。我想起她轻轻地按压我的胸膛，急得整张脸都是紫的，跟我一样。我们一起在生与死的关口走了一遭。然后，到了十四岁，在我出事之前，我遇见妈妈穿着优雅的旗袍，在马路上，她身边有一个男人，戴着眼镜，脸尖得像一把剪子。妈妈把遮阳伞一挡，两个人消失在那柄伞下。太阳毒辣，我愣在那里，不巧一辆公交车开过去，我的视线被阻挡了，那把伞也不见了。我追了三个街口也不见。我回家时先去找妈妈，她在家，穿着家居服和爸爸坐在沙发上嗑瓜子。我觉得是我出现了幻觉，一定是太阳过于毒辣。

今天我想起了那副眼镜。我后来见过他，是那个买走了妈妈、逼死了爸爸的人。那时候我太绝望了，竟然只是觉得眼熟。

回忆丝丝缕缕。我顿了顿，把筷子插进米饭里，直直插进去，我抬起头，看着她问："妈妈，当年爸爸是你们害死的吗，那个借给爸爸高利贷的人？"

妈妈看着我，眼泪止住了。她把筷子放平，我却一把拿过来，把它直挑挑地插进米饭堆里。

"季踊。"她的嘴唇抖动着。

我唯一放不下的只有潘婷。当时我多么疏忽，根本没料到她的能量。从认识她开始，那时候还以为她是个很好切入的小角色。在我的复仇大业中，这一角色不算什么，只是恰好长在庄宥铭最薄弱的环节。而我向来招女人的爱慕，从学生时代就是。我越是拒绝，越是招惹。好像"拒绝"就是某些女人的一道降魔符。后来，我目睹着她从一个弱小的、娇嫩的女孩子，为了证明自己的存在而披肝沥胆。即使狼狈，也从狼狈中坚韧起来，就好像一朵玫瑰生出了怜悯的刺。那时候我才开始发现她的特别。当她着手建立弱者正义联盟时，我承认自己一度暗自嘲讽，又花了多久，渐渐生出一种钦佩。一个女人妄想在人海中找寻自我定位，有多难？很多人想想就罢了，很多男人也只不过是把日子混得像模像样来安慰自己隆起和油腻的皮囊。我小瞧她了，还以为给她爱情就可以，以为哄哄就能行。是我太高估了自己。

而我花了多少时间才发现我真的爱她呢？一分钟？一秒钟？对，是她从审判席上清喉咙的那一刻。不对，是她满鼻子满眼的泪水开始恨我的那一刻。也不对，是她说"要是，我更爱你的伤痕累累"的那一刻。还是不对，是她把头狠狠撞向我的头，我们共同在一种莫大的震鸣中决定互相遗忘的那一刻。

是许许多多个有用，或者没用的时刻；是许许多多个有她出现，或者没她出现的时刻；是许许多多个她哭泣，或者快乐的时刻。

在监狱的日子不好过。有一天，潘婷来看我。这就像过年。

我一早就求监区长让我刮了胡子，还借着窗玻璃的反光整理了衣领。我很久没有正视过自己的模样了，总觉得人生停滞了，空留一副一成不变的皮囊。我好像只记得四岁的我、十岁的我、十四岁的我。偶尔，脑海中还会闪过三十一岁时的我，遇到潘婷的时候、离开潘婷的时候。没了。记忆就这么卑劣又善良，都是我那些好的尚且意气风发的时候。一个人少年得志是很痛苦的事情，以为远方还有未来，其实远方只是永远的下坡。到死，就潦草到底了。

她坐在那一头，我们不说话。她手里攥着一个小孩，两个人像连体动物似的。小孩子没什么特别，脸很白，随她。眼睛很大。说不上来性别。非要说的话，是个假小子。

"你还好吗？"她的声音还是那么温柔。

"还行。"我说，吃的住的都够意思。我想问她，你呢，却没问出口。

"你妈妈，上个月被一锅端了，是你原先报社的总编实名举报。他因情妇的事东窗事发，便以举报来立功，这不是我用的招数嘛。"

好家伙，就是来告诉我这个的吗？我不出声，愣愣看着她。

"不过你母亲——她真的还蛮神通广大的，要是我知道自己遇到了什么对手，也许就不会那么勇敢了。"好在她微笑着，黑色的连衣裙里漾出一点儿柔情，"钟法官也是个铁面无私的人。"

我问她："你真的相信这世界上有铁面无私的人吗？"

"我相信。我就是。"

我摇头，"潘婷，你只是受到的诱惑还不够。诱惑你的，肯定不是钱，也不是色。也许是名，也许是你苦苦追寻的意义。"

她撇撇嘴。我知道她认为我没有改造好。

"自从你做了那样伤天害理……"她没继续说下去，看来觉得说出来更残忍，更令她心痛。她仔细盯着地上的瓷砖，如此就不用看我，然后说，"我已经放下你了，用了三年时间。今天就是来跟你说这个。"

"好。"我说，"庄宥铭呢？"我问。

"他一贫如洗，儿子又没了，你以为他有什么好日子过，老态龙钟的，前面的日子还都是些没有退休金的苦日子，而他的身体又没什么毛病。时间长着呢，如果你希望他遭罪的话。"

"弱者正义联盟呢？"

"解散了。我现在在志愿者中心应聘了法律顾问，想着直接帮助那些人可能会好一点。"

我看到了她中指上有一枚崭新娇小的戒指，假小子终于说话了，"妈妈，我想尿尿。"

哦，她像是终于想起"她"来似的，"好吧。那就这样吧。"她对着我说。

"别走。"我说，声音像是起伏的海浪。

她的眉头一扬，她生气时真的很像我妈年轻的时候。

"再让我看看你吧。"我说，"孩子几岁了？"

她困惑地凝视我，然后垂下头。"小芒果，叫叔叔。"

小孩子没说话，眼睛里有股生机勃勃的凶相。

"就这样吧。"她站起来，"对了，季牡丹——季予婷就关在你隔壁。也许你们放风的时候会遇到。"她拉紧了那个孩子，说了声再见。

我目送她走，直至背影消失。我苦苦看着墙壁，又不能穿墙而过。

唯一欣慰的是，妈妈就在我的隔壁。想想吧，我们终于一墙之隔。

就像，我曾在她的肚子里。

（全文完）

图书在版编目（CIP）数据

危险辩护 / 钱幸著 . -- 北京 : 北京联合出版公司，
2025. 2. -- ISBN 978-7-5596-8080-8

Ⅰ . I247.5

中国国家版本馆 CIP 数据核字第 2024SU3151 号

危险辩护

作　者：钱　幸
出品人：赵红仕
策划监制：王晨曦
责任编辑：龚　将
特约编辑：李　晴
美术编辑：陈雪莲
营销支持：沈贤亭
封面设计：主语设计

北京联合出版公司出版
（北京市西城区德外大 83 号楼 9 层　100088）
北京联合天畅文化传播公司发行
上海盛通时代印刷有限公司印刷　新华书店经销
字数 230 千字　890 毫米 ×1240 毫米　1/32　7.5 印张
2025 年 2 月第 1 版　2025 年 2 月第 1 次印刷
ISBN　978-7-5596-8080-8
定价：59.00 元